달의 아이

Child of Moon

달의 아이 6 ☾

박이수 판타지 장편 소설

초판 1쇄 찍은 날 § 2003년 2월 14일
초판 1쇄 펴낸 날 § 2003년 2월 25일

지은이 § 박이수
펴낸이 § 서경석

편집장 § 문혜영
편집 § 장상수 · 박영주 · 김회정 · 유경화
마케팅 § 정필 · 강양원 · 이선구 · 김규진 · 홍현경

펴낸곳 § 도서출판 청어람
등록번호 § 제1081-1-89호
등록일자 § 1999. 5. 31
어람번호 § 제1-0354호

주소 § 경기도 부천시 원미구 심곡1동 350-1 남성B/D 3F (우) 420-011
전화 § 032-656-4452 팩스 § 032-656-4453
http://www.chungeoram.com
E-mail § eoram99@chollian.net

값 7,500원

ISBN 89-5505-457-2 (SET)
ISBN 89-5505-615-X 04810

박이수 판타지 장편 소설

달의 아이

Child of Moon

세상 밖으로 **6**

도서출판
청어람

목　차

6권
세상 밖으로

조용히 문이 닫혔다. 뒤이어 무덤처럼 암울하고 막막한 고요가 찾아왔다. 주위를 둘러싼 불그스름한 음영 속에서 세상 그 어떤 것으로도 침범할 수 없는 적막이 군림하고 있는 듯했다.

그 얼어붙은 시간 동안 아몬은 세차게 얻어맞아 귀청이 멍멍해진 사람처럼 못 박힌 채 그저 문을 바라보고 있었다.

"나가라."

아몬은 깊고 어두운 동굴 저편에서 들려오는 듯한 목소리를 좇아 고개를 돌렸다. 그의 넋 나간 얼굴엔 공포에 가까운 충격과 절망이 뒤엉켜 있었다.

"리자드님."

아몬이 속삭이듯 리자드를 불렀다.

"나가라. 근신을 명한다. 내가 부를 때까지 네 거처에서 머물러라."

낮고 거친 음성으로 리자드가 명령을 내렸다.

아몬은 그를 향해 천천히 고개를 숙였다. 그리고 기력이 다한 노인처럼 조금씩 비틀대며 느릿느릿 밖으로 나갔다.

다시 침묵이 찾아들었다. 리자드는 차곡차곡 쌓이는 묵직한 정적 속에서 미동없이 앉아 있었다. 표정을 지워 버린 얼굴에 파리한 불빛이 스며들었다. 보이지 않는 곳에 은폐되어 있던 혼란스런 감정과 생각들이 위험할 정도로 표면 가까이 떠올랐다.

어떤 기묘한 아픔 같은 것이 가슴속에 쌓이는 걸 느끼며 리자드는 텅 빈 공간을 바라봤다. 미세하게 뚫린 구멍이 조금씩 벌어졌다. 그 틈으로 억누르고 있던, 아니, 존재하는 줄도 몰랐던 약한 마음이 드러났다.

숨결이 거칠어졌다. 리자드는 주먹을 말아 쥐었다. 손이 조여들며 작은 통증이 찾아왔다. 그는 손등을 감싼 헝겊을 내려다보았다. 그 위로 상처 입은 창백한 얼굴이 떠올랐다. 그를 외면하던 보라색 눈동자가 되살아났다.

분노가 점점 부풀어 올랐다. 어둡고 음울한 손길이 내면 속을 휘저으며 점령해 들어왔다. 리자드는 책상 위에 놓인 물건들을 아래로 거칠게 쓸어 내던졌다. 헝겊 조각이 풀리며 바닥으로 떨어져 내렸다. 피 흘리며 죽어가는 작은 새처럼 힘없이 나풀거리며.

리자드는 허리를 굽혀 너덜거리는 천 조각을 집어 들었다. 그리고 뼈가 으스러질 듯 작은 천을 틀어쥐었다.

*   *   *

다급한 발소리가 괴괴한 정적을 일시에 무너뜨렸다. 어둠을 향해 굽이치며 솟아 있는 계단 위로 긴 그림자가 너울댔다. 술에 취한 듯 흐느적거리는 불꽃이 주위를 휘감아 도는 짙은 어둠을 밀어냈다.

햇불을 단단히 움켜쥔 사일러스가 단숨에 계단을 뛰어올랐다. 그는 가쁜 숨을 몰아쉬며 앞을 가로막은 문을 두드렸다.

"아몬! 나야, 사일러스!"

응답을 기다리던 그는 더 이상 참지 못하고 문고리에 손을 뻗었다.

"아몬!"

사일러스는 아몬을 부르며 다급히 안으로 들어서서 긴장된 시선으로 주위를 둘러봤다. 창문을 통해 스며든 흐릿한 빛이 사방을 푸르스름한 은빛으로 물들이고 있었다. 사일러스는 침대 위에 앉아 있는 아몬을 발견한 순간 참았던 숨을 내쉬었다. 그는 색이 바랜 듯 희미한 어둠 속에서 몸을 작게 웅송그리고 있었다. 사일러스는 휘몰아치는 바람을 맞아 쉴 새 없이 벽에 부딪치는 창문을 닫은 후 아몬에게 몸을 돌렸다.

"창문을 활짝 열어놓고 춥지도 않았어? 더군다나 난로에 불씨 하나 남지 않았잖아. 이런 냉방에서 대체 뭐 하는 거야?"

대답을 듣지 못하리란 걸 뻔히 알면서도 사일러스는 소용없는 질문을 던졌다. 그렇게 해서라도 그는 주위를 둘러싼 숨 막힌 적막을 몰아내고 싶었다. 사일러스는 곁눈질로 아몬을 살피며 협탁 위에 놓인 촛대를 집어 들어 세 개의 촛불을 밝혔다. 그리고 차디차게 식은 난로에 햇불을 던져 넣은 다음 그 위에 서너 개의 장작을 대강 올렸다.

손을 털며 잠시 머뭇거리던 그는 아몬에게 다가가 침대에 걸터앉았다.

"아몬."

사일러스는 조심스럽게 아몬을 살폈다. 무릎을 바짝 당겨 안고 있는 그는 깊은 잠에 빠지기라도 한 듯 힘없이 고개를 꺾고 있었다. 하지만 팽팽히 당겨져 금방이라도 끊어질 것 같은 아슬아슬한 위태로움이 그의 전신에서 풍겨 나오고 있었다. 부정할 수 없는 그 느낌으로 사일러스는 그가 결코 잠들지 못했음을, 아몬을 얽매고 있는 현실의 끈이 한 순간도 그를 놔주지 않았음을 알 수 있었다.

"아몬."

다시 한 번 아몬을 부르는 사일러스의 어조엔 한층 근심이 더해 있었다. 아몬이 천천히 고개를 들어 올렸다. 두 사람의 시선이 마주쳤다. 아몬의 눈은 감당하기 힘든 고통으로 어둡고 황폐했다.

"괜찮은 거야?"

아무 말 없이 사일러스를 바라보던 아몬이 잔뜩 가라앉은 어조로 입술을 움직였다.

"사일러스……."

"말해 봐, 너 괜찮은 거지?"

사일러스가 당겨 앉으며 목소리를 높였다.

"아니, 괜찮지 않아. 괜찮을 수가 없어, 사일러스."

아몬의 입술에 흐릿한 미소가 그려졌다. 가슴 시릴 만큼 처연하게 느껴지는 미소에 사일러스는 숨을 죽였다.

"무슨 일이야? 대체 무슨 일이 있었던 거야?"

"엘이 잡혀갔어. 아시리움에."

아몬이 억양없는 말투로 대답했다.

"그건 나도 들었어. 그 말을 듣자마자 너한테 와본 거고. 내가 궁금한 건 왜 네가 다 죽어가는 사람처럼 이렇게 축 늘어져 있느냐는 거야. 물론 엘에 대한 걱정 때문이겠지. 나도 네가 그녀를 얼마나 아끼는지 누구보다 잘 알고 있어. 하지만 네가 이렇게 힘들어하고 괴로워한다고 엘이 풀려나는 것도 아니잖아. 야박하고 잔인한 말일지 모르지만 일이 이렇게 된 건 어쩌면 엘의 운명 때문인지도 몰라. 다시 말해 어쩔 수 없이 일어난 사건일 뿐 네 책임이 아니라고. 그러니까 이번 일이 마치 너 때문에 벌어진 것처럼 죽상 좀 하고 있지 말란 말이다."

"아니, 엘은 나 때문에 잡혔어."

속일 수 없는 진실을 인정하듯 아몬의 목소리는 담담했다.

"젠장! 말도 안 되는 헛소리 하지 마!"

모든 것이 자신의 책임이라는 태도에 불끈 성질이 치밀어 오르자 사일러스는 주먹으로 거칠게 침대를 내려쳤다.

"네가 전지전능한 신이라도 돼? 엘이 몰래 성을 빠져나간 게 네 탓이야? 엘을 알아본 누군가가 하필 그 시간, 그곳에 있었다는 게 네 탓이야? 아시리움이 그 빌어먹을 여관에서 그녀를 잡았다는 게 네 탓이냐고! 제발 억지 좀 부리지 마, 임마! 세상에서 벌어지는 모든 죄악과 더러운 일이 네 책임이라는 그 알량한 착각 좀 버리라고! 내 눈엔 네 그런 행동이 잘난 체하는 것으로밖에 안 보이니까!"

격렬한 말을 토해낸 사일러스가 거친 숨을 몰아쉬며 호흡을 골랐다. 성마른 질책이 이어지는 동안 그를 물끄러미 응시하고 있던 아몬이 억지로 쥐어 짜내는 듯 힘겹게 말했다.

"넌 몰라, 사일러스. 나도 그곳에 있었어. 엘이 잡히는 순간 나도 그 자리에 있었어."

사일러스가 등을 꼿꼿이 세웠다.

"무슨 말을 하는 거야? 엘은 '여행자의 쉼터'에서 잡혔다며? 난 분명히 그렇게 들었어."

"그래, 엘은 네가 들은 대로 '여행자의 쉼터'에서 잡혔어."

"그런데 그게 무슨 말… 설마… 너도 거기 있었다는 말이야?"

"난 아시리움과 거의 동시에 그 여관에 도착했어. 해가 저물어가는데도 엘이 보이지 않자 그녀가 성을 나갔다는 걸 직감할 수 있었거든. 그래서 그 즉시 '여행자의 쉼터'로 갔어."

도무지 영문을 모르겠다는 듯 사일러스가 미간에 깊은 주름을 잡았다.

"하지만 그렇다면 왜… 그러니까 내 말은 네가 그 자리에 있었다면 왜……."

"왜 엘을 구하지 않았느냐고?"

사일러스가 주춤거리며 고개를 끄덕였다.

"난… 엘을 구할 수 없었어, 사일러스. 아무것도 할 수 없었어. 마법이……."

목소리가 더 이상 나오지 않자 아몬은 말을 멈추고 떨리는 숨을 깊이 들이쉬었다.

"마법이 되질 않았어. 그렇게 손쉽게 시현되던 마법이 조금도… 아무리 기를 써도 말을 듣지 않았어."

사일러스는 믿을 수 없는 고백에 할 말을 찾지 못하고 입귀만 실룩였다. 그는 잠시 후에야 겨우 의문을 표시할 수 있었다.

"이해가 되지 않아. 얼마 전만 해도 괜찮았잖아. 데클란 평원에서도, 또 에크젤에서 이곳으로 돌아올 때도 전혀 힘든 기색을 보이지 않았잖아."

"괜찮은 정도가 아니었어, 사일러스. 그땐 나 자신도 놀랄 만큼 강하고 정확한 마법을 시현할 수 있었거든. 장거리 공간 이동을 연이어 했는데도 조금도 힘들지 않았으니까. 마치 아무리 퍼 써도 고갈되지 않는 기적의 마법력을 소유하고 있는 것 같았어. 그래서 난 내가 완전히 예전으로 돌아왔다는, 아니, 부상당하기 전보다 훨씬 좋은 상태가 되었다는 착각에 빠지게 됐던 거야."

"부상당하기 전이라고? 그 사고? 네가 층계에서 구른 사고를 말하는 거야?"

사일러스가 날카롭게 물으며 얼굴을 들이밀었다.

"그래, 그 사고… 난 그 일이 있은 후 꽤 오랫동안 마법을 쓸 수 없었어. 조금씩 힘이 돌아왔지만 예전엔 쉽게 할 수 있었던 마법도 제대로 시현하기가 불가능했어. 그래서 네 연락을 받고 데클란 평원으로 갈 때도 사실 걱정이 이만저만 아니었어. 그때, 자유자재로 마법을 할 수 있다는 걸 알았을 때 얼마나 마음이 놓였는지 몰라. 난 그 이후부터 줄곧 모든 것이 정상으로 돌아왔다는 망념(妄念)에 빠져 있었어. 오늘… 그 여관에 도착하기 전까지는……."

두터운 침묵이 두 사람 사이에 가로놓였다. 그 경직된 벽을 무너뜨리고 싶은 듯 사일러스가 벌떡 몸을 세웠다.

"이렇게 멍하니 있어서는 안 돼. 그 사고로 인한 부상이 아직 다 낫지 않았다면 우선 그것부터 치료해야 하잖아. 그런 다음에 엘을 구할 방도를 찾아야지."

"아니, 두 가지 다 불가능해."

"그게 무슨 말이야?"

사일러스가 엉거주춤 상체를 굽혔다.

"아시리움은 바보가 아니야, 사일러스. 사람들이 생각하는 것 이상으로 그들은 치밀하고 빈틈이 없어. 섬뜩할 정도로……."

"좀 자세히 말해 봐."

"아시리움 성전은 물론이고 수많은 아시리움 신전엔 마법이 전혀 통하지 않는 곳이 있어. 철저하게 마법력을 막아버린 공간. 아마 엘은 그곳에 있을 거야. 그게 무슨 뜻인지 알지? 내가 예전처럼 마법을 시현할 수 있고 의지대로 제어가 가능해진다고 해도 내 힘으로 엘을 구할 수 없다는 말이야."

"그것 말고 다른 건? 네 치료가 불가능하단 말은 무슨 뜻이야?"

"내가 아는 모든 방법을 시도해 봤어. 또 미친 듯이 책도 찾아봤어. 그 끝에 나온 결론이 뭔지 알아? 아니, 소용없는 일에 매달리기 전에 이미 마음속 깊이 느끼고 있던 것… 그 부정할 수 없는 진실이 무엇인지 알아?"

사일러스가 딱딱한 동작으로 고개를 가로저었다.

"돌 바닥에 머리를 부딪친 그 단순한 사고가 원인이 아니라는 것. 언제인지는 모르지만 그전부터 다른 무엇인가가 내 머리 속에 단단히 박혀 있었다는 것. 알 수 없는 이물질이 점점 내면 속으로 장악해 들어오고 있다는 것… 내가 감당할 수 없는 일이 이미 벌어지고 있다는 것."

말을 멈춘 아몬이 사일러스의 눈을 깊숙이 들여다봤다. 그리고 심하게 잠긴 낮은 어조로 속삭였다.

"사일러스… 난 무서워……."

순간 사일러스의 내부로 서늘한 두려움이 밀려들었다. 그는 조금씩 짙어지는 불길한 느낌을 떨쳐 버리기 위해 단호하게 질문을 꺼냈다.

"전하께선 뭐라고 하셔?"

아몬이 그의 시선을 피했다.

"역시 내 예상이 맞았군. 전하께 그런 말을 올릴 네가 아니지. 그냥 혼자서 끙끙 앓다 속병 때문에 제 명대로 못 사는 한이 있어도 말이야."

사일러스는 깊이 숨을 들이쉬었다가 내뱉으며 한층 강경하게 말했다.

"언제 말씀드릴래? 네가 안 하겠다면 내가 할 거야."

"그러지 마, 사일러스."

아몬이 다급히 만류했다. 그의 반응을 예상하고 있었던 사일러스가 즉시 말을 받았다.

"왜? 내가 수긍할 수 있는 이유 하나만 대봐. 그럴 수 없다면 난 날이 밝는 대로 전하를 찾아뵐 거야."

"이유라면 네가 흡족할 때까지 수십 가지는 대줄 수 있어!"

아몬이 신경질적으로 소리쳤다. 그는 격앙된 시선으로 사일러스를 응시하다 촛불로 눈길을 옮겼다. 위태롭게 흔들리는 작은 불꽃에 시선을 고정한 채 마음을 가라앉힌 아몬이 얼마 후 입을 열었다.

"리자드님껜 내가 말씀 올릴게. 시간을 줘, 잠시만… 네 마음은 알지만 아직은 때가 아니야, 사일러스. 이런 상황에서 나까지 심려를 끼쳐 드릴 수는 없어. 더군다나 딱히 말씀드릴 만한 것도 없고. 조금 더 알아낸 다음 내가 직접 리자드님을 찾아뵐 거야. 그때까지 그냥 모르는 척해줘… 부탁한다."

아몬을 빤히 쳐다보던 사일러스가 한숨을 내쉬며 목덜미를 주물렀다.

"네 말대로 기다리긴 하겠지만 네가 어리석은 짓을 하고 있다는 생각엔 변함이 없어. 되도록 빨리 전하께 알려야 한다는 생각도 마찬가지고. 그래, 엘이 잡혀간 마당에 네 문제까지 안겨 드리고 싶진 않겠지. 나 역시 네 마음을 모르는 건 아니야. 하지만……."

지친 듯 사일러스의 입꼬리가 축 늘어졌다.

"그만 하자. 이런 말 백날 한다고 네가 마음을 고쳐먹을 것도 아니고. 넌 뒤돌아서 피를 토하며 죽어가는 한이 있어도 전하 앞에선 그런 모습을 보이고 싶어하지 않을 녀석이니까."

"그것 때문만은 아니야, 사일러스. 네가 모르는 게 있어."

깊이 숨을 들이쉰 아몬이 힘겹게 말을 토해냈다.

"난 오늘 리자드님의 믿음을 저버렸어. 그분을… 배신했어."

사일러스의 전신이 딱딱하게 경직됐다.

"마, 말도 안 돼. 널 누구보다 잘 알고 있는 나야. 네가 그럴 리 없어, 절대."

"그래, 나도 그렇게 알고 있었어. 어떤 일이 있어도… 설령 세상이 무너진다 해도 리자드님을 배신한다는 건 감히 머리에 떠올릴 수조차 없었어. 그분을 실망시켜 드리느니 차라리 고통스러운 죽음이 내겐 더 행복했을 거야, 사일러스……. 우스운 게 뭔지 알아?"

두 사람의 시선이 얽혀들었다. 아몬이 사일러스를 향해 이지러진 미소를 지어 보였다. 바짝 말라 버린 그의 입술이 애처로워 사일러스는 일부러 퉁명스럽게 반문했다.

"뭔데?"

"아직도 그런 마음엔 변함이 없다는 거."

사일러스는 싸움이라도 걸려는 사람처럼 눈을 부릅뜨고 아몬을 주시했다. 시선을 떼는 순간 바스러질 것 같은 아슬아슬한 모습이 신경을 곤두세우게 만들었다.

"엘 때문이야?"

사일러스는 거의 따지듯이 물었다. 천천히 고개를 가로젓는 아몬에게서 짙은 회오(悔悟)가 전해졌다.

"아니, 나 때문이야. 내 어리석음 때문이야. 엘에게 위험이 닥쳤는데도 마법을 시현할 수 없자… 공포에 질린 그녀의 얼굴을 보게 되자 참을 수가 없었어… 엘이 아시리움에 잡히는 걸 도저히 그냥 두고 볼 수 없었어. 그래서… 그래서 수십 명의 사람들 앞에서 리자드님을 언급했어. 내 행동이 불러일으킬 결과에 대해선 눈을 감아버렸어."

다시 한 번 침묵이 찾아왔다. 한동안 아몬의 어깨 너머를 바라보던 사일러스가 시선을 되돌렸다.

"전하께선 뭐라 하셔?"

"아무 말씀도… 내게 근신을 명하신 것 외에는 아무 말씀도 하지 않으셨어."

"그럼 한동안은 여기 있어야 하는 거로군."

"아니, 곧 아시리움 신전에서 날 부를 거야. 만약 지금보다 더 일이 꼬인다면 철저한 조사를 받기 위해 아시리움 성전에 가게 될 수도 있을 테고. 그렇게 된다면 난 정식으로 아시리움 성전을 구경할 수 있겠지."

농담조로 말을 끝낸 아몬이 목쉰 웃음을 흘렸다. 탁하고 미미한 소리가 흐느낌같이 느껴지자 사일러스는 외면하듯 고개를 돌렸다.

"그만 가, 사일러스. 혼자 있고 싶어."

아몬이 조용히 속삭였다. 사일러스는 묵묵히 일어나 무거운 발걸음을 옮겼다. 그가 문을 향해 반 정도 접근했을 때 아몬이 빠르게 말했다.

"거기 탁자 위에 있는 램프 가져가. 지금 굉장히 어두울 거야."

사일러스의 입술에 힘없는 미소가 그려졌다. 그는 촛불을 집어 들어 램프 심지에 불을 붙이며 퉁명스럽게 말을 꺼냈다.

"청승떨지 마, 임마. 불운이 조금 닥친 것뿐, 하늘이 무너진 것도, 세상이 멸망한 것도 아니니까. 지금은 앞이 깜깜하겠지만 지나고 보면 아무것도 아닌… 그러니까 웃으며 말할 수 있는 그 뭐랄까……."

"무슨 말을 하려는 건지 알겠으니까 그만 가봐."

아몬이 희미한 미소를 지으며 말을 이었다.

"고마워, 사일러스. 네가 오기 전보다 한결 기분이 좋아졌어."

"빈말이라도 그렇게 말해 주니 고맙다. 하여튼 난 이만 가볼게."

몸을 돌리려던 사일러스가 망설이며 입을 열었다.

"저기 말이야, 궁금한 게 있는데… 너, 혹시… 그러니까 혹시……."

머리를 벅벅 긁어대던 사일러스가 결심한 듯 정색을 했다.

"엘 좋아하니?"

"난 또 뭐라고……."

피식 웃은 아몬이 아무렇지 않게 대답했다.

"그래, 좋아해."

그가 스스럼없이 인정하고 나오자 사일러스의 입술이 멍하니 벌어졌다. 몇 번 입술을 달싹이던 사일러스가 마른침을 삼킨 다음 연이어 질문을 던졌다.

"정말이야? 정말 좋아하는 거야? 엘을 정말 그런 식으로 좋아하는 거야? 그러니까 내 말은… 여자로서 좋아하는 거냐고?"

"여자로서 좋아하느냐, 아니냐가 그렇게 중요해?"

아몬이 피곤한 한숨을 길게 내쉬었다.

"어서 대답이나 해봐, 중요한지 아닌지는 네 말을 듣고 판단할 테니까!"

사일러스가 강경하게 재촉했다.

"결론부터 말하자면 잘 모르겠어. 그냥 그녀 자체가 좋으니까. 여자로서 좋아한다는 게 어떤 것인지 잘 판단도 안 서고."

"판단이 안 선다고?"

꽤나 답답한지 고함을 지르다시피 한 사일러스가 목소리를 조금 낮춰 빠르게 말을 이었다.

"내 경험을 말해 주지. 그녀한테 욕망을 느끼고, 옆에 와 알랑거리는 사내놈들에게 힘껏 주먹을 날리고 싶어지는 것. 그게 바로 여자로서 좋아하는 거야."

단순하기 짝이 없는 설명이 나오자 아몬의 미간에 주름이 잡혔다.

"이제 알았을 테니까, 어서 말해 봐."

"네 말대로라면 난 엘을 여자로서 좋아하는 게 아니야. 욕망을 느낀 적도 없고, 옆에 있는 누군가에게 질투를 느낀 적도 없으니까."

사일러스의 얼굴에 안도감이 배어들었다.

"그럴 줄 알았어. 그러니까 넌 엘을 그저… 그 뭐랄까… 그래, 여동생! 여동생같이 생각하는 거야. 그렇지?"

"그래, 네 말이 맞아."

아몬은 사일러스의 말을 순순히 인정하고 피곤한 몸을 침대 위에 길게 뉘었다. 그를 바라보며 조금 머뭇거리던 사일러스가 문을 열었다.

"이런저런 생각 다 떨쳐 버리고 푹 자."

아몬은 사일러스가 보지 못한다는 걸 알면서도 고개를 끄덕였다. 낮은 바람을 일으키며 문이 닫혔다. 아몬은 똑바로 누워 초점없는 시선으로 천장을 바라봤다. 느릿느릿 시간이 흘러 동이 터올 때까지 그는 움직임없이 그렇게 누워 있었다.

새벽 여명이 빈 공간을 채워 나갔다. 그 후 얼마 지나지 않아 하루를 시작하는 어렴풋한 기척들이 마비된 머리를 깨웠다. 아몬은 조금씩 커지는 활기 찬 소리에 가만히 귀를 기울였다. 어느 순간 계단을 오르는 희미한 울림이 섞여 들었다.

아몬은 천천히 몸을 일으켰다. 그가 얼굴을 씻고 깨끗한 옷으로 갈아입었을 때 문 두드리는 소리와 함께 숨찬 어조가 들려왔다.

"마법사님, 아직 주무십니까?"

아몬은 문을 열어 주먹을 치켜들고 있는 중년 기사를 마주했다.

"말씀하십시오."

놀라움에 눈을 끔벅이고 있던 기사가 용건을 밝혔다.

"저… 아시리움 신전에서 방금 기별이 왔습니다. 오전 중으로 사람을 보낼 테니 즉시 떠날 수 있도록 준비하고 있으라는 내용이었습니다."

아몬은 자신에게 닿아 있는 동정 어린 눈길을 붙잡았다. 그는 거북스러워진 기사가 시선을 피한 다음에야 조용히 입을 열었다.

"알겠습니다."

*　　　　*　　　　*

"오늘쯤 다시 그 저택에 찾아가 보는 게 어떨까? 그 에지몬트라는 사람, 임무가 빨리 끝났을지도 모르잖아."

"그래, 이렇게 하염없이 기다릴 바엔 그게 더 나을 것 같아."

리오와 걸음을 맞추며 리반이 진지하게 동의했다.

"그럼 말이 나온 김에 지금 즉시 가보는 게 어때? 굳이 여관에 들를 필요는 없잖아."

마음이 급해진 리오가 리반의 팔을 잡아 세웠다. 답답하다는 듯 한숨을 푹 내쉰 리반이 삐딱한 눈초리로 리오의 몸을 훑어 내렸다.

"너, 지금 네 몰골이 어떤지 알기나 해? 그 점잖은 댁에 그렇게 꾀죄죄한 꼴로 가겠다고?"

"내 모습이 어디가 어때서?"

입술을 실룩이며 자신을 내려다보던 리오에게 슬그머니 겸연쩍은 기색이 나타났다. 하지만 그런 마음을 내색할 그가 아니었다.

"이 정도면 어디 내놔도 남부끄러울 것 없겠는데 뭘 그래?"

"그런 말을 하려면 최소한 눈곱이나 좀 떼고 해라. 일어나서 세수도 안 한 녀석이 말은."

"아침 먹으러 가자고 새벽부터 날 깨운 녀석이 바로 너잖아. 그리고 식사하기 전에 씻어야 하는 건 손이지 얼굴이 아니란 말이다. 너, 식사 전에 어머니가 '가서 세수하고 와라' 하고 말씀하신 거 기억나? 백이면 백, 다 손 씻고 오란 말씀이셨잖아."

리반은 리오를 여관 쪽으로 밀며 피식 웃었다.

"그래, 자랑이다. 한마디만 더 하겠는데, 좀 일찍 깨운 건 네가 어제 초저녁부터 자는 바람에 나까지 저녁 식사를 못해서 벌어진 일이니까 날 원망하지 마. 또 어머니에 대한 건 네 얘기가 맞긴 맞지만, 그런 말씀은 너한테나 하셨지 난 한 번도 들은 적이 없다는 것도 잊지 말고."

"한마디만 하겠다는 녀석이 줄줄이 늘어놓긴."

리오가 마뜩찮게 리반을 흘겨보며 툴툴거렸다. 그러자 리반이 싱겁게 웃으며 슬쩍 말머리를 돌렸다.

"잘 알지도 못하는 사람의 집을 방문하기엔 너무 이른 시간이야. 식사 시간에 찾아가는 것만큼 큰 실례가 없다는 건 너도 잘 알잖아. 그러니까 우선 여관에 들러서 좀 씻고 옷도 갈아입은 다음 느긋하게 출발하자."

"알았으니까 그만 좀 잡아당겨. 몇 벌 있지도 않은 옷 늘어나겠다."

여관 계단에 발을 들여놓으며 리오가 투덜거렸다.

두 사람은 서로 경쟁하듯 앞서거니 뒤서거니 하며 계단을 뛰어올라 여관 문을 밀었다. 그리고 발 디딜 틈도 없이 북적거리는 사람들을 발견하고 입구에 멈춰 섰다.

"무슨 일이지? 왜 이렇게 사람이 많은 거야?"

눈을 휘둥그렇게 뜨고 있던 리오가 얼굴을 찌푸리며 리반을 쳐다봤다.

"글쎄… 아무래도 무슨 일이 생긴 것 같아."

리반의 얼굴엔 어느새 불안감이 어려 있었다. 그 막연한 감정은 사람들의 웅성거림 속에서 아시리움이니 죄인이니 하는 말이 들려오는 순간 확연한 두려움으로 변했다.

"리반, 지금 저 말 들었어?"

리오가 숨을 헐떡이며 리반의 팔을 움켜잡았다. 리반은 핏기가 가신 그의 얼굴을 흘깃 본 다음 앞에 서 있는 중년 여인의 어깨를 건드렸다. 여인이 흥분을 감추지 못한 얼굴로 그를 돌아봤다.

"무슨 일입니까? 왜 이렇게 사람들이 많은 겁니까? 여기서 무슨 사건이라도 벌어진 겁니까?"

"아직 얘기 못 들었나 보네."

중년 여인이 신이 난 듯 침을 튀기며 목청을 높였다.

"어제 그 중죄인이 잡혔다지 뭐야! 만 큐어가 걸린 그 죄인 말이야! 더욱 믿을 수 없는 건 놈이 잡힌 곳이 이곳이란 사실이야! 바로 이 여관이라고! 다른 곳도 아니고 바로 여기에서 어제저녁 그 죄인이 잡혔다니, 정말 놀랄 노 자 아니야? 아무래도 믿어지지가 않아서 내 눈으로 확인하러 왔다니까! 그놈이 하마르칸에 있었다는 것도 놀라운데 어떻게 이 여관에서……."

"알려주셔서 감사합니다!"

리반은 여인의 말을 단호하게 끊었다. 그리고 리오의 팔을 틀어쥐고 사람들을 헤치기 시작했다. 돌덩이처럼 굳어 있던 리오가 휘청거리며 그가 이끄는 대로 발을 움직였다.

"어떡하지, 리반? 어떻게 하지? 어떻게 하면 되는 거지?"

리오가 매달리듯 연거푸 질문을 중얼거렸다.

"우선 이곳에서 나가는 일이 급선무야."

리반은 이를 악물고 더욱 힘껏 리오를 잡아당겨 나무 계단을 올랐다.

"우리 때문이야. 우리 때문에 엘이… 우릴 만나러 왔다가 엘이……."

"정신 차려, 리오!"

리반이 리오의 어깨를 거칠게 움켜잡았다.

"여기 있다간 우리까지 위험해진단 말이야. 아시리움에서 본격적으로 일을 조사하기 전에 빨리 이곳을 벗어나야 돼. 어쩌면 알렉스가 우릴 찾아왔다는 사실을 알고 있는 사람이 있을지도 몰라. 그 사람이 우리 신고하기 전에 빨리 여기서 도망쳐야 한다고. 우리까지 잡힐 수는 없잖아. 우선 여기서 벗어난 다음 알렉스를 도울 방안을 생각해야 하는 거잖아."

숨 가쁘게 속삭인 리반이 입술을 닫자마자 리오가 그의 손을 뿌리치고 계단을 뛰어올랐다. 리반은 리오를 따르기 직전 본능적으로 사람들을 쭉 훑어봤다. 그를 빤히 올려다보고 있는 얼굴을 얼핏 지나친 그는 황급히 눈길을 되돌렸다. 리반과 시선이 마주친 젊은 여인이 화들짝 놀라 허겁지겁 눈을 내리깔았다. 리반은 그녀가 여관에서 일하는 사람임을 어렵지 않게 알아볼 수 있었다. 더불어 어느 정도인지는 모르지만 그들과 알렉스의 관계를 알고 있음을 짐작할 수 있었다.

리반은 조금도 서두르지 않고 천천히 계단을 올랐다. 그를 좇는 시선이 등줄기를 뻣뻣하게 만들었다. 한 발 한 발 옮길 때마다 점차 호흡이 불규칙해졌다. 그러나 리반은 용케 태연함을 가장할 수 있었다. 그는 계단을 다 올라 여인의 감시에서 벗어난 그 순간 전속력으로 달리기 시작했다.

*　　　　*　　　　*

"들어가 보시게, 성하께서 수락하셨네."

메르트 사제는 보르헤스 사제에게 공손히 머리를 숙여 보인 뒤 조심스럽게 문을 열고 안으로 들어섰다. 그는 뒷모습을 보인 채 창가에 서 있는 루드비히를 발견하고 자신도 모르게 숨을 죽였다. 루드비히에게 못 박힌 그의 눈엔 감출 수 없는 경외감이 가득했다.

이렇게 가까이서, 그것도 개인적으로 법황을 대하는 건 이번이 처음이었다. 아시리움 성전에 들어온 지 채 1년이 안 된 스물두 살의 메르트 사제는 지금까지 먼발치서 법황을 스치듯 본 적이 한 번 있을 뿐이었다. 그때도 그는 제대로 법황을 쳐다보지 못했다. 머리를 조아린 채 두근거리는 가슴을 진정시키느라 다른 곳에 신경 쓸 정신이 없었기 때문이다.

그가 품고 있는 법황을 향한 흠모에 가까운 마음은 이미 동료 사제들 사이에선 유명한 얘기였다. 비록 메르트 사제의 우격다짐에 밀려 마지못해 나서긴 했지만, 평사제가 직접 법황에게 보고를 올리는 이례적인 사건이 벌어진 것도 동료 사제들이 보르헤스 사제에게 간곡히 청을 했기에 가능할 수 있었다.

메르트 사제는 쿵쾅거리는 가슴 고동이 밖으로 새어 나올 것 같은 걱정에 손으로 심장 부근을 지그시 눌렀다. 평소 단 한 번이라도 법황을 가까이서 보길 소원했던 그는 물 한 방울만 떨어져도 펄쩍 뛰어오를 정도로 잔뜩 긴장한 상태였다.

"무슨 일이십니까?"

루드비히가 냉랭할 정도로 건조하게 물었다.

"예, 법황 성하!"

소스라치게 놀란 메르트 사제가 반사적으로 크게 소리쳤다. 귀에 거슬릴 정도로 새된 목소리가 얼굴을 화끈 달아오르게 했다. 당황해 갈팡질팡하던 그는 겨우 정신을 차리고 서둘러 무릎을 꿇었다.

"소인 메르트 리안 뮐러, 성하께 급히 보고드릴 일이 있어 뵙기를 청하였습니다. 저기… 그러니까… 일을 맡아보시던 가디너 고위 사제께서 급한 일로 성전을 떠나시는 바람에 부족한 제가 그분을 대신하게 되었습니다. 나중에 문서로 올릴까 했지만 사안이 막중하고, 또 시급을 다퉈 처리해야 하는 일이라……."

"그만하면 됐으니 어서 본론이나 말씀하십시오."

장황한 말을 끊는 루드비히의 어조엔 엷은 짜증이 깃들어 있었다. 메르트 사제는 등줄기에 진땀이 배어드는 걸 느끼며 허겁지겁 입을 열었다.

"그 죄인이, 그러니까 아시리움을 능모(凌侮)한 중죄인이 잡혔다는 보고가 들어왔습니다, 성하. 잡힌 자가 입을 다물고 있어 자세한 조사와 확인 절차가 필요하지만 죄인이 틀림없다는 내용이었습니다."

메르트 사제는 루드비히가 아무 반응을 보이지 않자 슬그머니 고개를 들어 곁눈질로 그를 살폈다. 법황이 기쁨까지는 아니더라도 어느 정도의 안도감이나 놀라움을 나타내리라 예상하고 있던 메르트 사제는 곤혹스러울 수밖에 없었다. 어찌할 바를 모른 채 곧은 등줄기를 살피고 있던 그가 조심스럽게 말을 꺼내려고 할 때 루드비히가 딱딱한 어조로 물었다.

"어디입니까?"

"바르테즈 공국의 하마르칸에서 잡혔다 합니다, 성하."

"아니, 지금 어디 있느냐는 물음입니다."

루드비히가 조금 날카롭게 말하며 메르트 사제를 돌아봤다. 메르트 사제는 서늘한 은회색 눈동자와 마주친 순간 마른침을 꿀꺽 삼키며 재빨리 시선을 피했다.

"어제까진 바르테즈 공국에 있었으나 칼락 대사제께서 죄인의 안전한 관리를 위해 리아잔 제국의 바드리오로 이송토록 명하셨다 합니다. 또 대사제께선 한 치의 의혹도 없이 일을 명명백백히 밝히기 위해 죄인임을 확인할 수 있는 누군가를 보내달라 요구하셨습니다. 더불어 조속히 죄인의 처리 문제를 결정하여 그 편에 알려주길 바라신다는 말씀도 보내셨습니다. 이것이 들어온 보고의 전부입니다, 성하. 성견을 내려주십시오."

메르트 사제는 긴장한 채 루드비히가 입을 열길 기다렸다. 얼굴 전체에 땀이 송골송골 맺힐 때까지 그에게서 아무 말도 나오지 않자, 동료 사제들의 조심스런 충고를 무시하고 괜히 자신의 고집대로 행동했다는 후회가 시시각각 부풀어 올랐다. 대사제들 중 한 명을 찾아가 보고하라는 권고를 극구 뿌리친 이유는 법황을 가까이에서 볼 수 있는 이런 좋은 기회가 두 번 다시 오기 어려울 거라는 생각 때문이었다. 어차피 일은 벌어졌고 후회하기엔 너무 늦었으니 메르트 사제로선 그저 아무 일 없이 이곳을 벗어나기만을 바라는 수밖에 별 도리가 없었다.

"알았으니 나가보십시오."

"예, 성하."

메르트 사제는 허리를 깊숙이 숙여 보인 다음 서둘러 다리를 움직였다. 막 문을 열려던 그는 법황에게서 어떤 지시도 받지 못했다는 걸 깨닫고 엉거주춤 걸음을 멈췄다.

"저… 성하, 송구스런 말씀이지만 칼락 대사제껜 뭐라고 답해 드리면 되겠습니까?"

메르트 사제가 문을 열었을 때와 똑같은 모습으로 창밖을 향하고 있던 루드비히가 천천히 몸을 돌렸다.

"죄인에게 손대지 말라 하십시오. 어떤 식으로든 말입니다."

전혀 예상하지 못한 말에 놀라 메르트 사제는 멍하니 입술을 벌렸다. 그는 루드비히가 아무 일 없었다는 듯 매끄럽게 몸을 바로잡자 어눌한 목소리로 알았다는 말을 중얼거렸다. 그리고 혼란스런 꿈에서 깨어나듯 천천히 밖으로 나왔다. 메르트 사제는 문 앞에 서 있는 보르헤스 사제에게 무의식적으로 목례를 건넨 뒤 복도를 걷기 시작했다. 본관을 완전히 벗어난 후에야 그는 가슴을 들썩이며 안도의 한숨을 내쉴 수 있었다.

무엇보다 시급히 처리해야 할 건 법황의 명을 이행하는 일이었다. 그런 다음엔 이제나저제나 그가 오기만을 기다리고 있을 동료 사제들에게 그의 경험담을 털어놓을 수 있을 것이다. 두려울 만큼 아름다운 모습, 모든 것이 신비롭고 경외스럽기만 하던 법황이 떠올랐다.

걸음을 재촉하는 메르트 사제의 얼굴엔 어느새 자신에 대한 이유 모를 자랑스러움이 피어올라 있었다.

*   *   *

아시리움 신전 앞은 죄인을 보기 위해 몰려든 사람들로 이미 장사진을 이루고 있었다. 리오와 리반은 사소한 정보라도 들을 수 있을까 싶은 마음에 사람들을 비집고 들어갔다. 그들처럼 안으로 파고드는 사람들이 적지 않은 듯 흥분에 찬 갖가지 고함 소리와 섞여 험악한 욕설도 심심찮게 들려왔다.

누군가에게 떠밀려 중년 남자의 발을 밟은 리반이 사과의 말을 중얼거렸을 때였다. 신전의 문이 열리더니 젊은 사제 세 명이 밖으로 나왔다. 일시에 소란이 가라앉으며 사람들의 이목이 그들에게 집중됐다. 난감한 표정으로 주위를 둘러보던 사제들이 얼굴을 가까이 해 간단한 대화를 나눈 후 다시 정면을 향해 섰다. 그리고 세 사람 중 가운데 있는 사제가 목을 가다듬은 후 크게 소리치기 시작했다.

"다들 돌아가시오! 신전 앞에서 이렇게 소란을 피우면 안 된다는 거 잘 알지 않소!"

"사제님, 그 중죄인이 잡혔다는 말을 들었는데 사실입니까?"

"죄인은 지금 어디 있는 겁니까? 정말 신전 안에 놈이 있는 건가요?"

"잠깐만 죄인을 보여줄 수 없으신가요, 사제님?"

"저도요! 저도 꼭 죄인을 보고 싶습니다!"

"사제님, 만 큐어는 누가 갖는 겁니까?"

사람들이 저마다 경쟁하듯 목소리를 높였다.

"조용! 조용히들 하시오!"

미간을 찌푸리고 있던 사제 한 명이 목청껏 소리쳤다. 그래도 소란이 수그러지지 않자 다른 사제가 신경질적으로 으름장을 놓았다.

"모두 입 다무시오! 지금 이게 뭐 하는 짓들이오? 앞으로 허락 없이 한마디라도 떠드는 자는 병사들로 하여금 죄다 잡아들이게 하겠소! 괜히 해보는 말 아니니 명심하는 게 좋을 거요!"

사제의 말이 끝나자 웅성거림이 순식간에 잦아들었다.

"여기서 밤낮없이 기다려 봐야 소용없소! 죄인을 보기는커녕 그에 대한 말 한마디 듣지 못할 테니까! 그러니 공연한 헛수고 하지 말고 어서 돌아들가시오! 내 잠시 후에 다시 나와보겠소! 만약 그때까지 돌아가지 않는 자들이 보이면 그 누구를 막론하고 잡아들여 중죄로 다스리겠소!"

사제들이 신전 안으로 사라진 후 투덜거리는 사람들이 하나둘 발길을 돌리기 시작했다.

"가자, 리오!"

단호하게 말한 리반이 신전 앞의 큰길로 나섰다.

"어디로?"

막막함을 느끼며 굳게 닫힌 문을 응시하던 리오가 잔뜩 흐려진 얼굴을 돌렸다.

"바드리오로."

"바드리오? 왜 갑자기 바드리오로 간다는 거야? 엘은 바로 여기 있잖아. 너, 설마 이대로 모른 척하고 체르몬으로 돌아가자는 건 아니겠지?"

리오는 보폭을 넓게 해 이미 몇 걸음 앞서고 있는 리반을 따라잡았다.

"말 좀 해봐! 왜 바드리오로 간다는 거야?"

답답함을 참지 못한 리오가 버럭 소리치자 리반이 그를 흘긋 쳐다본 다음 진지한 어조로 말했다.

"알렉스는 아마 바드리오에 있을 거야."

"뭐? 그게 무슨 말이야? 엘이 바드리오에 있다고?"

리반이 입을 다물기 바쁘게 리오가 말을 받았다.

"그래, 아직까지는 뭐라 단정할 수 없지만 난 알렉스가 이미 하마르칸을 떠났다고 생각해. 하마르칸에 없다면 십중팔구 바드리오로 옮겨졌을 거야. 거리도 그리 멀지 않을 뿐만 아니라 아시리움 성전을 제외하면 가장 규모가 큰 신전이니까."

"어떤 이유로? 그런 생각이 든 무슨 근거가 있을 것 아냐."

"잘 생각해 봐, 리오. 세상을 떠들썩하게 만든 죄인이, 아시리움 종단에서 기를 쓰며 쫓던 죄인이 잡혔어. 그런데 하마르칸의 아시리움 신전엔 평상시와 다른 게 조금도 없어. 호기심에 찬 사람들이 몰려들었다는 것을 제외하면 말이야. 다시 말해 경비병을 늘리기는커녕 오히려 세 명으로 줄였을 뿐 아니라 그들도 그저 신전 앞에 형식적으로 서 있을 뿐이야. 새벽같이 이곳으로 달려왔을 아시리움 종단의 관계자들도 전혀 보이지 않고 그로 인해 바삐 드나들어야 할 마차도 눈에 띄지 않아. 사제들의 얼굴에서도 긴장감은커녕 귀찮다는 짜증이 나타나 있었고."

곰곰이 생각에 잠겨 있던 리오가 미간을 모으며 입을 열었다.

"사제들이나 경비병에 대해선 나도 이상하다는 생각이 들어. 하지만 마차나 아시리움 관계자들이 안 보이는 문제는 너무 이른 시간이라 그런 걸지도 모르잖아. 또, 아직 그 일 자체를 모를 수도 있고."

신전에서 웬만큼 멀어졌다는 판단이 들자 리반은 사람이 잘 다니지 않는 골목 어귀에 멈춰 섰다.

"리오, 넌 아시리움 종단을 너무 과소평가하는 경향이 있어. 알렉스가 잡힌 건 어제저녁 해 질 녘이라 했잖아. 그게 거짓말이 아니라면 오늘 날이 밝기 전에 아시리움 성전은 물론 웬만한 신전엔 이미 그 사실이 알려졌을 거야. 존재하는 모든 아시리움 신전에 얘기가 전해지는 것도 아마 오늘을 넘지 않을 테고."

"그래, 그럴 수도 있겠지."

무거운 한숨을 내쉰 리오가 기력이 다한 사람처럼 맥없이 벽에 몸을 기댔다. 초점없는 눈으로 바닥을 쳐다보던 그는 어떤 생각이 떠오른 듯 리반에게 얼굴을 돌렸다.

"그렇다 해도 엘이 이곳에 없다는 결론을 내릴 수는 없어. 그건 너무 경솔한 행동이야. 네 말대로 엘이 잡힌 건 어제저녁이야. 그런데 아시리움 종단에서, 아니, 이곳 하마르칸에 있는 아시리움 신전에서 그 늦은 시간에 엘을 다른 곳으로 옮기려 했을까? 소위 자신들을 능멸했다는 중죄인을 말이야. 너도 알겠지만 마차나 말로 밤길을 달린다는 건 상당히 위험한 일이야. 더군다나 아무리 하마르칸과 바드리오가 가깝다고 해도 전속력으로 달려 엿새는 소요되는 거리고. 여기서 리아잔 제국의 국경까지 도착하는 것만 해도 최소한 사나흘은 걸릴걸? 만약 내가 아시리움의 사제라면 죄인을 바드리오로 옮기려 하는 일은 감히 엄두도 내지 못할 거야. 일이 잘못되어 죄인을 놓치기라도 하면 모든 책임이 고스란히 내 머리 위로 떨어지게 될 테니까."

리반이 동의하듯 천천히 고개를 주억거렸다.

"그래, 네 말이 맞아. 하지만 내가 조금 전에도 말했다시피 넌 아시리움을 너무 과소평가하고 있어, 리오. 이번처럼 큰 일은 아니라 해도 지금까지 아시리움 종단에서 누군가를 잡아 처벌한 경우는 수를 셀 수 없을 정도로 많아. 그런데 그들 중 단 한 명도 먼 거리를 마차로 달려 수송되었다는 애긴 들어본 적 없어. 나뿐만 아니라 대부분의 사람들이 마찬가지일 거야. 사소한 죄를 지은 사람은 물론 예외겠지. 그런 자는 아시리움이 직접 관여하지 않고 죄인이 소속된 국가가 알아서 처리했으니까 말이야."

잠시 숨을 돌린 리반이 엄숙하기까지 한 얼굴로 리오를 쳐다봤다.

"내가 무슨 말을 하는지 이제 알겠지?"

두 사람의 시선이 맞닿았다.

"네 말은 그럼 아시리움에서 죄인을 옮길 때 다른 방법을 이용한다는 거야? 으음… 일종의 마법 같은 거 말이야. 그러니까 넌 엘도 그런 방법으로 바드리오로 이송되었을 거라고 생각하는 거지?"

"그래, 리오. 아닐 수도 있겠지만 난 그러리라 확신해. 각 신전마다 마법사를 두고 있든지 아니면 죄인을 옮길 수 있는 특별한 장치를 갖춘 곳이 따로 마련되어 있든지 할 것 같아. 사실 이번 일이 있기 오래전부터 그렇지 않을까 하고 나름대로 생각해 온 거야."

팔짱을 낀 채 심각한 표정을 짓고 있던 리오가 혼란스럽다는 듯 천천히 도리질을 했다.

"잘 모르겠어, 리반. 네 말이 맞을 것 같다는 생각이 들긴 하는데… 그 말을 믿고 무작정 바드리오로 간다는 건 썩 내키지 않아. 만약 그랬다가 하마르칸에 엘이 있으면 어떻게 하나 걱정이 돼. 그저 그럴 거라는 예상과 짐작뿐이잖아. 선뜻 네 말을 따르기엔 모든 게 불분명해. 물론 이곳에 죽치고 있다고 뾰족한 수가 생기는 건 아니지만……."

"그건 바드리오도 마찬가지야, 리오. 만약 내 생각이 맞아서 알렉스가 바드리오에 있다 해도, 또 우리가 그곳에 간다 하더라도 우린 아무것도 하지 못할 수도 있어. 솔직히 털어놓자면 알렉스에게 도움이 되기는커녕 얼굴도 보기 힘들 가능성이 높아. 그걸 예상하면서도 바드리오로 가자는 말을 꺼낸 이유는……."

말끝을 흐린 리반이 입술을 잘근잘근 씹었다. 그는 마지막으로 엘을 한번 보기 위해서라는 말을 차마 입에 담을 수 없었다.

"리반, 혹시 말이야!"

리오가 갑자기 리반의 팔을 움켜잡았다.

"혹시… 그걸로 엘을 구할 수 있지 않을까?"

리반이 무거운 한숨을 내쉬며 발끝으로 땅을 후벼 파기 시작했다.

"그거라는 건 반지를 말하는 거지? 나도 그 생각을 해보긴 했어. 하지만 아무리 궁리해 봐도 불가능하다는 결론밖에 나오지 않았어."

"왜 불가능하다는 거야?"

리오가 목소리를 높였다.

"신중하게 생각해 봐, 리오. 그걸 누가 믿어주기나 할 것 같아? 미친 사람으로 오인받아 몰매나 맞을걸? 또 알렉스가 처해 있는 현재의 상황에선 더 더욱 불가능한 일이야. 알렉스는 지금 아시리움 종단을 속인 중죄인으로 세상에 드러난 상태라고. 아마 코흘리개 어린애도 우릴 비웃을 거야."

"하지만 우리한텐 그 반지가 있잖아. 그걸 보여주면 믿어줄지도 모르잖아."

"그걸 누구에게 보여준다는 말이야? 말해 봐, 리오. 아시리움 신전의 사제한테? 아니면 고위 귀족이나 왕족한테? 우린 그들 앞에 반지를 내놓는 건 고사하고 그들의 손가락 하나 볼 수 없는 처지야."

"우리도 왕족이야! 잊었어? 우리도 그 잘난 왕족이라고!"

리오가 사납게 소리쳤다.

"조용히 해, 리오! 거짓 왕족 노릇을 했다는 죄인 얘기로 온 세상이 들썩이고 있어. 우리마저 같은 죄목으로 잡히고 싶어서 이래?"

반박하려는 리오를 리반이 재빨리 막았다.

"네가 무슨 말을 하고 싶은지 알아. 그래, 우린 거짓 왕족이 아니야. 하지만 그걸 어떻게 증명하려고? 너, 지금 인장이라도 있어?"

입술을 달싹이던 리오가 힘없이 고개를 숙였다. 엘을 놓칠까 봐 부랴부랴 짐을 싸서 떠나는 바람에 미처 챙기지 못한 인장은 아마 지금도 아시리움 성전에 남아 있을 것이다.

"사실을 말하자면 네 인장은 내가 챙겼어."

리반은 번쩍 고개를 치켜드는 리오를 외면하며 말을 계속했다.

"난 그걸 내 것과 같이 상자에 넣어 마차 보관함에 넣어놨어. 부피가 커서 몸에 지니는 게 오히려 더 위험하다는 판단 때문이었어, 멍청한 생각이었지만⋯⋯. 내가 무슨 말을 하는지 이제 알겠지? 여긴 우리 체르몬 국이 아니야, 리오. 데클란 평원 어딘가에 떨어져 있을 인장을 찾아오지 않는 이상 우리가 왕족이란 걸 믿어주는 사람은 단 한 명도 없을 거야. 그런 우리가 반지를 내밀었다고 가정해 봐. 운이 좋아 그 반지를 가짜라 생각해 주면 내쫓기는 걸로 끝나겠지만 만약 그 반지를 진짜로 여기게 된다면 우린 목숨도 부지할 수 없을 거야. 너도 알겠지만 그 반지는 대단한 보물이야, 리오. 그 값을 따질 수 없을 만큼. 목숨을 걸고서라도 차지하려 들 만큼."

리반은 이를 악물고 있는 리오를 바라봤다.

"문제는 또 있어, 리오. 네 목에 걸린 반지가 진짜라는 걸 우리조차 확신할 수 없다는 것."

주먹을 불끈 쥐고 있던 리오가 갑자기 발을 내디뎠다.

"어서 서둘러! 우선 말부터 구해야 바드리오로 가든지 체르몬 국으로 돌아가든지 할 거 아니야!"

리오의 입에서 체르몬이란 말이 튀어나오자 리반은 얼음물을 뒤집어쓴 듯 부르르 몸을 떨었다. 이런 상황에서 체르몬으로 돌아갈 리오가 아님을 누구보다 잘 아는 리반은 두려움에 가까운 불안을 느꼈다.

"안 따라오고 뭐 하는 거야?"

리오가 목소리를 높여 재촉했다.

"알았어, 지금 가!"

리반은 무거운 한숨을 내쉰 다음 크게 대답했다. 그는 괜히 바드리오로 가자는 얘길 꺼냈다는 후회를 곱씹으며 리오에게 뛰어갔다. 그리고 죽음의 문턱에 이른 엘보다 그와 리오를 더 걱정하고 우선시하는 자기 자신에게 환멸에 가까운 쓴웃음을 던졌다.

"마체라타!"

자일스는 문을 열어젖히고 안으로 바삐 걸어 들어오며 크게 소리쳤다. 주위를 둘러보던 그는 어디에서도 마체라타가 보이지 않자 더욱 목소리를 높여 연거푸 그녀를 불러댔다. 하지만 마체라타는 좀처럼 나타나지 않았다.

"대체 마체라타는 어디 있는 거냐?"

신경질적인 물음에 노소프가 서둘러 입을 열었다.

"저도 잘 모르겠습니다, 전하. 오늘은 한 번도 얼굴을 보지 못했습니다. 원체 말없이 사라지는 일이 많아서……."

"다들 물러가라! 아니, 노소프, 넌 남아라!"

자일스는 총총히 문을 나서는 시종과 시녀들에게서 시선을 떼며 다시 한 번 악을 쓰듯 마체라타를 소리쳐 불렀다.

"저 여기 있습니다, 전하."

그제야 아른거리는 붉은빛과 함께 마체라타가 자일스 앞에 모습을 보였다.

"소녀 여기 대령했습니다. 그런데 이토록 이른 시간에 절 찾으시다니, 무슨 일이십니까?"

"대체 지금까지 어디 있었느냐? 어디서 뭘 하고 있었기에 이제야 겨우 기어들어 온 거냔 말이다! 내가 널 얼마나 찾았는지 아느냐!"

자일스가 쩌렁쩌렁 울릴 정도로 격렬히 분통을 터뜨리며 마체라타를 노려봤다. 살짝 찌푸린 마체라타의 얼굴에 성가시다는 기색이 희미하게 스쳐 갔다.

"물론 알고 있습니다, 전하. 하지만 제가 전하를 제외한 다른 사람들 앞에 나서기 싫어한다는 사실은 전하께서도 이미 알고 계시지 않습니까? 그들이 설령 시종과 시녀들이라 해도 말입니다. 제 입으로 분명히 그렇게 말씀드렸고, 전하께서도 혼자 계실 때만 절 부르시겠다고 말씀하신 걸로 아는데요. 기억나십니까, 전하?"

자일스가 불쾌한 기색이 역력한 얼굴로 마지못해 인정했다.

"그래, 기억난다. 이번만큼은 내가 성급히 행동했으니 네 주제넘은 말투를 문제 삼진 않겠다. 하지만 다시 한 번 내 앞에서 이런 식으로 건방을 떨면 그 즉시 내 손으로 네 잘못을 톡톡히 뉘우치게 해주겠다. 알아들었느냐?"

"전하 말씀 명심하겠습니다. 전하께서 절 너무나 아껴주시는 바람에 제가 잠시 분수를 잊고 경솔히 행동했습니다. 앞으론 절대 경거망동하는 일 없을 테니 노여움을 푸시고 절 찾으신 이유에 대해 말씀해 주십시오."

화가 누그러지자 자일스의 초록빛 눈동자를 가득 채웠던 홍분이 빠르게 되살아났다.

"놈이 잡혔다, 마체라타. 드디어 아시리움에서 놈을 잡았단 말이다!"

"놈이라면⋯ 전하께서 자주 언급하시던 보라색 눈동자의 소년을 말씀하시는 겁니까?"

"그래, 바로 그놈이 잡혔단 말이다. 현재 이곳 바드리오에 있다 한다. 어서 준비해라, 마체라타. 지금 당장 아시리움 신전으로 가야겠다."

"홍분을 가라앉히십시오, 전하. 신전 방문은 나중으로 미루는 것이 좋을 것 같습니다. 자제를 당부하셨던 황제 폐하께서 전하의 아시리움 방문을 알게 된다면 크게 노여워하실 겁니다."

자일스가 윗입술을 올려 이를 드러내더니 가볍게 킬킬거리며 어깨를 떨었다.

"걱정할 필요 없다, 마체라타. 지금 아버님을 뵙고 나오는 길이다. 놈이 잡혔다는 사실을 알려주신 분이 바로 아버님이란 말이다. 아시리움 측에 황궁을 제공하기로 했다는 말을 들으셨는지 현명한 행동이었다고 칭찬하시더구나. 그리고 반드시 이번 일을 성사시켜야 한다고 단단히 주의를 주셨다. 아시리움 종단과의 관계를 조금이나마 회복시킬 수 있는 좋은 기회라 생각하시는 것 같더구나. 물론 난 당장 아시리움 신전으로 가겠다는 말씀을 드렸다. 무엇보다 다행인 점은 아버님께선 내가 아시리움 측에 대가로 요구한 것이 무엇인지 모르신다는 거다."

"그렇게 된 일이었군요."

마체라타가 안심했다는 듯 살짝 눈웃음을 쳤다.

"전하, 제가 한말씀 올리겠습니다."

꼼짝하지 않고 두 사람의 대화를 듣고 있던 노소프가 조심스럽게 끼어들었다.

"제 소견으로는 전하께서 아시리움 신전을 방문하시는 게 그리 현명한 일은 아닐 듯싶습니다. 황궁을 제공키로 한 일은 다른 사람을 시켜 추진하시는 것이 좋을 것 같습니다."

자일스가 눈살을 찌푸리며 노소프를 쳐다봤다.

"무슨 뜻이냐? 나와 아시리움 종단과의 사이가 껄끄럽게 되었으니 되도록이면 그들 앞에 나서지 않는 게 좋다는, 그런 말을 한 것이냐?"

"송구스러운 말씀이지만 그렇습니다, 전하. 거기에 더해 죄인을 바꿔치기 하신다는 계획도 어차피 틀어졌으니 놈을 만나시는 일이 오히려 전하의 심경을 상하게 할까 걱정이 되어 드리는 말씀입니다."

알겠다는 듯 고개를 끄덕이던 자일스가 다음 순간 슬머시 입귀를 들어 올렸다.

"노소프, 네 말은 알겠다만 난 놈을 내 손에 넣겠다는 마음을 바꾸지도 않았고, 또 계획이 틀어졌다 생각하지도 않는다. 그렇기 때문에 서둘러 아시리움으로 가겠다는 말을 한 것이다. 내 말이 무슨 뜻인지 알겠느냐, 노소프?"

노소프가 대답하기 전에 묘한 미소를 띠고 있던 마체라타가 먼저 입을 열었다.

"아시리움 성전에서 본격적으로 나서기 전에 한발 앞서 움직이시겠다는 말씀이군요. 전하와의 사이가 틀어졌다 해도 이미 아시리움 성전의 대사제들 사이에서 내려진 결정을 일개 신전에서 번복하기란 불가능할 테니까요. 또, 나중에 마음이 바뀌더라도 감히 황궁에 찾아와 전하게 죄인을 돌려달라 요구하진 못할 테고 말입니다. 죄인을 넘겼다는 사실이 세상에 알려지는 걸 누구보다 원하지 않을 아시리움에서 그런 어리석은 짓을 저지를 리 만무할 것입니다."

자일스가 만족스러운 표정을 지었다.

"그래, 마체라타. 네 말이 맞다. 언제나 그랬듯이 내 마음을 잘도 짚어내는구나."

감사를 표하듯 비스듬히 고개를 숙인 마체라타가 얼굴을 들며 유혹적인 미소를 던졌다.

"전 이미 전하의 뒤를 따를 준비가 되었습니다. 아시리움 신전은 물론, 그곳이 세상 끝이라도 말입니다."

마체라타에게 의미심장한 미소를 지어 보인 자일스가 노소프에게 시선을 옮겼다.

"난 마체라타와 먼저 출발하겠다. 노소프, 넌 준비해 둔 놈들 중에서 아무나 하나 골라 지체하지 말고 내 뒤를 따라라. 되도록 사람들의 시선을 끌면 안 되니 평범한 마차를 이용하고 수행 기사는 최소한의 인원으로 한정해라. 내 너를 믿고 내리는 명령이니 한 치의 실수도 있어선 안 될 것이다. 알아들었느냐?"

"알겠습니다, 전하. 충심을 다해 전하의 명을 받들겠습니다."

노소프가 내키지 않는 마음을 교묘하게 감추며 공손히 대답했다. 그가 걸음을 재촉해 밖으로 나가자 자일스가 마체라타를 돌아봤다.

"어서 서둘러라, 마체라타. 내 무슨 일이 있어도 오늘 안에 놈을 이 손아귀로 움켜쥐고 말 것이다."

"저 역시 그렇게 되길 진심으로 바라마지 않습니다, 전하."

성큼성큼 앞서가는 자일스의 뒤를 따르며 마체라타는 슬쩍 입속말을 중얼거렸다.

"어차피 벌어진 일, 그래야 더욱 재미있어질 테니까요. 정말 기대되는군요. 예… 정말 기대가 큽니다."

*   *   *

"들어가십시오."

사일러스는 시종에게 간단히 고개를 끄덕인 다음 절도있는 동작으로 걸음을 떼었다.

"신, 사일러스 하덴 제너시스, 전하의 부르심을 받고 대령했습니다!"

문가에 멈춰 선 사일러스가 강건하게 소리쳤다. 그에게 등을 보인 상태로 창밖을 보고 서 있던 리자드가 고개도 돌리지 않은 채 말했다.

"가까이 와라."

사일러스는 리자드에게서 서너 걸음 떨어진 곳까지 뚜벅뚜벅 걸어갔다. 그가 걸음을 멈추자 리자드가 그를 향해 몸을 돌렸다.

"네게 내릴 임무가 있어 불렀다."

리자드에게서 전해지는 예사롭지 않은 느낌에 사일러스의 탄탄한 근육이 바짝 조여들었다.

"목숨 걸고 전하의 명을 받들겠습니다."

사일러스가 엄숙한 결의를 드러냈다.

"잘 들어라, 사일러스. 이번 일엔 그 어떤 사소한 실수도 용납되지 않는다. 처음부터 끝까지 완벽하게 준비하고 실행해야 한다."

강렬한 청회색 눈동자가 그의 눈을 똑바로 파고들었다. 그의 시선을 놓지 않은 채 리자드가 곧장 본론으로 들어갔다.

"너도 그 아이가 아시리움에 잡혔다는 말을 들었을 것이다."

사일러스는 숨을 멈췄다. 팔에 소름이 번지며 곧추선 등줄기를 타고 전율이 치달았다. 그는 참고 있던 숨을 조금씩 흘리며 온 신경을 집중해 리자드의 말을 머리에 각인시켰다.

엷은 구름이 해를 가리며 두 사람에게 담청색 그림자를 드리웠다.

*   *   *

끊임없이 의자 손잡이를 두드리는 소리가 신경을 거슬리자 마체라타의 얼굴에 짜증이 스쳐 갔다. 못마땅한 눈으로 자일스를 노려보던 그녀는 자신에게 향하려 하는 시선을 감지하고 재빨리 표정을 감췄다.

"대체 시간이 얼마나 지난 거냐? 아직까지 코빼기도 보이지 않다니! 지난번 일에 앙심을 품고 일부러 이렇게 시간을 끄는 것이 틀림없어. 시건방진 아시리움, 감히 날 이따위로 대하고 무사할 줄 아느냐? 내 절대 이번 일을 그냥 넘어가지 않을 것이다!"

"고정하십시오, 전하. 신경이 조금 날카로워져 민감하게 받아들이시는 것 같은데 사실 시간은 많이 지나지 않았습니다. 이곳이 바로 아시리움 신전인데 시간이 지체되면 얼마나 지체되겠습니까? 더군다나 아시리움에서 일부러 전하께 무례를 범하려 하는 것도 아닐 테고요. 아시리움이 바보가 아닌 이상 그렇게 속이 빤히 들여다보이는 어리석은 짓을 하겠습니까? 사실 이제나저제나 고대하던 죄인이 잡혔으니 아시리움도……."

"아시리움, 아시리움! 제발 좀 그만 해라! 네 입에서 나오는 그 아시리움이란 소리, 단 한 마디도 더는 못 들어주겠으니까!"

성질을 못 참은 자일스가 끝내 분통을 터뜨렸다.

마체라타는 벌겋게 상기된 채 씨근덕거리는 자일스에게 알겠다는 듯 고개를 숙여 보였다.

"죄송합니다, 전하. 전하의 심경이 제 예상을 초과해 이토록이나 불편하셨음을 미처 눈치 채지 못했습니다. 무신경하고 둔하기 짝이 없는 소녀를 참을성 많으신 전하께서 어여삐 봐주십시오."

"이런 건방진!"

살짝 비꼬는 말이 끝나자 자일스가 이를 갈았다. 마체라타는 자신을 노려보는 그에게 빙긋 미소 지어 보였다.

"제가 조금 건방진 건 사실이지만 전하께선 그걸 더 좋아하시는 줄 알았는데… 그게 아니신 겁니까? 제가 지금껏 착각하고 있었던 것입니까, 전하?"

"그래, 네 착각이다, 오만불손한 것 같으니!"

으르듯이 말하긴 했지만 자일스의 화는 많이 가라앉아 있었다.

"오만불손이라… 기분 나쁘진 않군요, 전하. 전하께서 오랜만에 내리시는 칭찬으로 받아들이겠습니다."

마체라타는 요염한 미소를 흘리며 일어나 자일스가 앉아 있는 의자 팔걸이에 살짝 몸을 기댔다. 부드러운 여체가 밀착해 오자 자일스가 불편한 듯 엉덩이를 들썩이며 자세를 고쳤다.

"그만 해라, 마체라타. 네 자리로 돌아가라."

"싫은데요, 전하. 전 지금 바로 이 자리가 그 어디보다 아늑하고 마음에 듭니다."

마체라타가 자일스의 귓가에 대고 달콤하게 속삭였다. 그녀는 자일스가 험악하게 눈을 부라리자 재미있다는 듯 양쪽 입꼬리를 들어 올렸다.

"전하께서 얼굴을 찌푸리실 때마다, 또 절 매섭게 노려보실 때마다 왜 이렇게 기분이 좋아지는지 모르겠습니다. 제 속엔 장난꾸러기 요정이라도 살고 있나봅니다, 전하."

"장난꾸러기 요정이 아니라 심술궂은 마녀가 살고 있겠지."

"으음… 듣고 보니 전하의 말씀이 맞을 것 같군요. 요정이라면 벌벌 떨며 눈물을 질질 짜느라 전하 옆에 오래 붙어 있지도 못했을 테니까요. 또 요정 따위보다야 마녀가 훨씬 매력적이기도 하고 말입니다."

자일스가 마체라타를 와락 끌어당겨 미소가 머금어진 입술에 입을 맞췄다. 마체라타는 입술을 벌려 거친 입맞춤을 거리낌없이 받아들였다.

정신없이 입맞춤에 몰두해 있던 자일스는 문 두드리는 소리에 흠칫하며 재빨리 마체라타를 밀어냈다. 몸을 일으킨 마체라타가 선홍색 혀를 내밀어 부풀어 오른 입술을 육감적으로 핥았다.

자일스의 눈동자가 짙게 물들었을 때 문이 열리며 고위 사제 두 명과 아시리움 신전의 대사제가 들어섰다.

"황태자 전하, 인사드리겠습니다. 전 이곳을 책임지고 있는 페르디낭 알폰 드 칼락이라 합니다. 기다리시게 해 죄송합니다. 급한 전갈이 오는 바람에 본의 아니게 무례를 범하게 되었습니다."

"인사치레는 그만하면 됐으니 어서 앉으시오, 대사제. 시간이 많이 지체됐소."

자일스는 수긋이 고개를 기울이는 칼락 대사제를 향해 질책하듯 말했다. 그는 의례적인 미소도 띠지 않았고, 심지어 자리에서 일어나지도 않은 상태였다.

아시리움 성전의 대사제와 보통 신전의 대사제는 불리는 호칭만 같을 뿐 현실적인 직위나 힘에 있어 어마어마한 차이를 갖고 있었다. 신전의 대사제 역시 누구도 무시 못할 권력자였으나 리아잔 제국의 황태자에게 있어 그 정도는 무시해도 좋을 하찮은 명패에 불과했다.

"알겠습니다, 전하."

칼락은 불쾌하다는 감정을 전혀 드러내지 않고 자일스의 맞은편에 자리 잡았다.

"죄송한 말씀이지만 처리해야 될 일이 산재해 있습니다, 전하. 그러니 신전을 찾으신 이유가 무엇인지 어서 말씀해 주시면 감사하겠습니다."

"알았소. 하지만 그전에 저 사제들부터 물러가게 하시오. 철저히 비밀을 지켜야 할 매우 중대한 얘기니까."

"그렇게 하겠습니다. 두 사제 모두 함부로 행동할 사람들이 아니라는 건 제가 책임지고 보장할 수 있지만 전하의 뜻이 정 그러하시다면 그 말씀을 따르겠습니다."

점잖은 목소리에서 왠지 모를 뾰족한 날이 느껴지자 자일스의 미간이 슬쩍 찌푸려졌다.

"자리를 비켜주면 고맙겠네."

대사제의 말에 고위 사제 두 사람이 알겠다는 대답을 남기고 밖으로 나갔다.

"이제 방문하신 이유를 말씀해 주십시오, 전하."

"짧게 말하겠소, 대사제. 난 이곳에 있는 죄인을 넘겨받으러 왔소."

자일스에게 못 박힌 칼락의 동공이 순간적으로 팽창했다. 그는 재빨리 놀라움을 감추며 평정을 찾기 위해 헛기침을 했다. 하지만 칼락을 유심히 살피고 있던 자일스는 그의 반응을 놓치지 않았다. 만족스러움을 은근히 드러낸 자일스가 입술을 비틀며 마체라타를 흘긋 쳐다봤다. 그러자 마체라타가 알겠다는 듯 살며시 미소 지었다.

"죄인을 넘겨받으러 오셨다니… 무슨 말씀을 하시는 건지 모르겠습니다, 전하."

대사제가 엄숙한 태도로 말했다. 그의 말을 받는 자일스의 얼굴엔 여유가 가득했다.

"갑작스런 말에 당황하고 곤혹스러워하는 마음은 나도 충분히 이해할 수 있소. 하지만 굳이 모르는 척 시치미를 뗄 이유는 없지 않소? 이미 모든 걸 알고 온 것이니 그렇게 숨기려고 무리할 필요 없다는 말이오."

천천히 숨을 들이쉰 칼락이 조금도 흐트러짐없는 자세를 더욱 바르게 정돈했다.

"솔직히 말씀드리겠습니다, 전하. 얼마 전, 그러니까 삼십 일쯤 전에 아시리움 성전에서 극비 문서를 받았습니다. 전하께서도 짐작하시겠지만 그 문서엔 죄인을 잡으면 즉시 황태자 전하께 연락을 취하라는 것과 철저한 비밀 유지 속에서 죄인을 전하께 넘기라는 글이 적혀 있었습니다. 아마 저를 제외한 다른 신전의 대사제들은 죄인이 잡히면 최대한 빨리 이곳 바드리오로 이송하라는 내용의 문서가 전해졌을 것입니다."

"그 정도로 사전 준비가 된 상태라면 얘기가 잘 풀리겠군."

흡족함을 그대로 드러내며 자일스의 입술이 헤벌쭉 벌어졌다.

"잘 들으시오, 대사제. 지금 신전 밖엔 죄인과 맞바꿀 놈이 대기하고 있소. 미리 준비한 장식장에 들어가 있을 테니 비밀이 새어 나갈 걱정은 할 필요 없을 거요. 눈을 부릅뜨고 살핀다 해도 안에 들어갔던 장식장이 잠시 후 다시 나오는 걸로밖에 보이지 않을 테니까."

"전하, 진정하시고 잠시만 제 말씀을 들어주십시오."

"이러쿵저러쿵 말이 무슨 필요가 있소? 쓸모없는 말로 더 이상 시간 끌지 말고 빨리 서두르시오, 대사제."

자일스가 짜증스럽게 말하며 벌떡 일어섰다. 그러자 칼락이 한층 더 몸을 꼿꼿이 세우고 강경하게 입을 열었다.

"제 말부터 들으셔야 합니다, 전하."

"이런 젠장!"

거친 욕설이 튀어나오자 칼락의 엄숙한 얼굴에 노기가 스쳐 갔다.

"그렇다면 빨리 말하시오! 그리고 어서 그 굼뜬 몸뚱이를 움직이란 말이오!"

"우선 자리에 앉으십시오."

자일스가 이를 갈며 털썩 의자에 주저앉았다.

"이젠 만족하시오, 대사제?"

"예, 전하."

자일스의 빈정거림에 칼락이 지나칠 정도로 정중하게 응수했다. 그를 노려보는 자일스의 초록빛 눈동자에 적의가 이글거렸다.

"이름이 뭐라 했소?"

"페르디낭 알폰 드 칼락이라 합니다, 전하."

"페르디낭 알폰 드 칼락, 내 오늘 일은 두고두고 잊지 않겠소. 충고하는데, 날 더 이상 불쾌하게 만들지 않는 것이 현명할 거요. 계속 이런 식으로 내 성질을 건드리면 대사제의 앞날이 그리 순탄하진 않을 테니까. 그러니 스스로를 조금이라도 아낀다면 생각하고, 또 생각해서 최대한 신중히 행동하는 게 좋을 거요."

노골적인 협박을 뱉어낸 자일스가 팔짱을 낀 채 비스듬히 의자에 기댔다.

"알겠습니다, 전하. 전하의 말씀대로 신중하게 행동하겠습니다."

예의 바른 대답이었을 뿐 칼락의 얼굴이나 말투에서 비굴함은 전혀 찾을 수 없었다.

"그럼 본론으로 들어가겠습니다, 전하. 죄송하지만 죄인을 넘겨달라시는 전하의 요청을 거절할 수밖에 없을 것 같습니다."

자일스의 눈이 커다랗게 벌어지며 경악이 서렸다.

"뭐, 뭐라 그랬소?"

귀를 의심하는 듯한 표정을 짓고 있던 자일스가 불분명한 어조로 물었다.

"죄송하지만 죄인을 넘기라는 전하의 요청을 거절할 수밖에 없을 것 같다 말씀드렸습니다, 황태자 전하."

"감히… 감히 내 요청을 거절하겠다고? 네놈이 뭔데… 감히 너 따위가 내 말을 거역하겠다고?!"

의자를 박차고 일어난 자일스가 광분한 듯 사납게 탁자를 걷어찼다. 그리고 주먹을 불끈 쥔 채 칼락에게 위협적으로 접근했다. 강 건너 불구경하듯 두 사람을 바라보고 있던 마체라타는 자일스의 분노가 정도를 넘어섰다는 판단이 들자 재빨리 그의 팔을 잡았다.

"전하, 이러시면 안 됩니다."

"이거 놔라!"

자일스가 거칠게 마체라타의 손을 뿌리쳤다. 그녀는 자일스를 막아서며 다소 날카롭게 소리쳤다.

"진정하십시오, 전하! 먼저 이유부터 알아내는 것이 순서입니다!"

마체라타를 밀치려던 자일스가 멈칫하더니 천천히 팔을 내렸다.

"대사제께서 전하의 요청을 거절하신 데는 분명히 타당한 이유가 있을 것입니다."

마체라타는 한결 침착해진 목소리로 말하며 하얗게 뼈마디가 돌출된 자일스의 주먹을 부드럽게 어루만졌다. 경직됐던 그의 몸이 서서히 이완되기 시작하자 그에 따라 단단하게 뭉쳐진 주먹이 스르르 풀려 나갔다.

놀란 눈으로 그들을 지켜보고 있던 칼락과 마체라타의 눈길이 마주쳤다. 칼락은 재빨리 시선을 피한 다음 마른침을 삼켰다.

"어서 전하의 오해를 풀어드리는 게 좋겠습니다, 대사제님."

"예, 알겠습니다."

순순히 마체라타의 권유를 받아들인 칼락은 몇 번 헛기침을 하며 꺼낼 말을 정리했다.

"저 여인의 말대로 전하께선 오해를 하신 겁니다. 죄인에 관한 결정은 제가 손댈 수 있는 영역의 일이 아닙니다. 솔직히 말씀드리겠습니다. 그 문서를 받고 놀라긴 했지만 아시리움 성전에 내려온 명을 거역할 생각은 한순간도 하지 않았습니다. 그런 생각을 떠올린다는 건 제 본분과 위치를 망각했다는 것과 다를 바 없으니까요, 전하."

"그런데? 그런데 왜 갑자기 마음이 바뀐 거요?"

"전하를 기다리시게 한 이유가 급한 전갈 때문이란 건 이미 말씀드렸을 겁니다. 정확히 말해 아시리움 성전에서 내려온 명을 받느라 시간이 지체된 것입니다."

심상치 않은 예감에 자일스의 낯빛이 흐려졌다.

"아시리움 성전에서 무슨 명이 내려온 거요? 지난번 협상은 없었던 일로 하기로 했으니 무시하라는 내용이었소?"

"아닙니다, 전하. 제가 받은 그대로 말씀드리자면 어떤 식으로든 죄인에게 손대지 말라는 명이었습니다."

"어떤 식으로든 죄인에게 손을 대지 말라는 명이라고?"

거친 숨을 몰아쉬던 자일스가 악문 이 사이로 짧은 질문을 내뱉었다.

"누구요?"

"무슨 말씀이십니까, 전하?"

"그런 말 같지도 않은 명을 내린 자, 이미 결정된 사안을 이제 와서 뒤집은 이가 누구냔 말이오? 어서 말하시오! 대사제들 중 한 명이오? 그들 중 한 명이 그런 돼먹지 못한……."

"말을 삼가십시오!"

칼락이 자일스의 외침을 강경하게 잘랐다.

"모르고 하신 말씀이니 이번만큼은 문제 삼지 않겠습니다. 하지만 다시 한 번 그런 불경한 말씀을 입에 담으신다면 제아무리 황태자 전하라 하셔도 그냥 묵과하고 넘어갈 수 없게 될 것입니다."

"서, 설마……."

자일스가 말을 잇지 못하자 마체라타가 끼어들었다.

"성하시군요. 법황 성하께서 직접 그런 명을 내리신 거로군요. 이제야 알겠습니다."

"예, 그렇습니다. 성하께서 내리신 성견입니다."

칼락이 거북스러움을 드러내며 마지못해 수긍했다. 비밀로 하라는 명령을 받진 않았지만 한순간 이성을 잃고 자일스 앞에 법황을 드러냈다는 사실이 완고할 정도로 고지식한 그를 불편하게 만들었다.

"알겠소, 대사제. 법황 성하께서 내리신 명이라면 당연히 거역할 수 없지. 내 충분히 이해할 수 있소."

자일스가 예상외로 고분고분 받아들이자 마체라타의 얼굴에 놀라움이 나타났다. 반면 그의 반응을 당연하다고 여긴 칼락은 의례적인 말을 꺼냈다.

"이해해 주셔서 감사합니다, 전하. 부족한 저지만 아시리움을 대신하여 전하의 사려 깊으심에 진심으로 사의(謝儀)를 표합니다."

"기꺼이 대사제의 진심을 받아들이겠소."

짐짓 점잔을 빼며 말한 자일스가 마체라타에게 시선을 옮겼다.

"일어나라, 마체라타. 안타깝지만 내 요구가 불가능한 것임을 알게 됐으니 이만 돌아가야 되지 않겠느냐?"

"알겠습니다, 전하."

이미 자일스의 속셈을 눈치 챈 마체라타는 웃음을 감추고 문으로 향하는 그를 뒤따랐다.

"아아, 그렇지!"

무슨 생각이 난 듯 자일스가 갑자기 걸음을 멈추더니 배웅하는 칼락을 돌아봤다.

"궁금해서 묻는 건데, 잡혔다는 자가 죄인이 맞긴 맞는 거요, 대사제? 당연히 명확한 확인 절차를 거쳤겠고, 또 무고한 자를 잡아들일 아시리움 종단이 아니란 건 잘 알고 있소. 다만 그동안 나 역시 죄인이라며 잡혀온 검은 머리 소년을 수없이 봐온 처지라 걱정이 돼서 하는 말이오."

잠시 망설이던 칼락이 입을 열었다.

"죄인임을 확인해 줄 수 있는 사람을 아시리움 성전에 청해놓은 상태입니다. 머지않아 그가 도착하게 될 테니 전하께선 심려치 마십시오."

"구태여 기다릴 필요 없소, 대사제. 마침 죄인의 얼굴을 누구보다 잘 아는 내가 이곳에 와 있지 않소? 놈과 내가 함께 아시리움 성전에 있었다는 사실은 대사제도 알고 있을 거요. 그래서 하는 말인데, 내가 직접 죄인을 확인해 주겠소. 시간도 많이 소요되지 않을 테고, 적지 않은 호기심도 생기고… 또, 아시리움에게 미약하게나마 도움을 줄 수 있는 기회를 놓치고 싶지도 않고… 어떻소, 대사제? 썩 좋은 생각 아니오?"

"전하의 말씀이 옳습니다만 군이 그러실 필요까진 없습니다."

"이런 식으로 맥없이 발을 돌리고 싶지 않아서 하는 말이오, 대사제. 이왕 아시리움 신전에 발걸음한 거, 나가는 길에 잠깐 들러서 얼굴만 확인하고 가겠소."

이렇게까지 나오는 황태자의 청을 거절할 수 없는 칼락은 슬그머니 한숨을 내쉰 다음 수락의 말을 꺼냈다.

"전하께서 수고를 해주신다니 저로선 황공할 따름입니다."

"그렇게 말해 줘서 고맙소, 대사제. 공연히 시간을 지체할 필요는 없을 테니 어서 앞장서시오."

"알겠습니다, 전하. 제가 안내해 드리겠습니다. 이쪽으로 오십시오."

칼락의 뒤를 따라 문을 나서려던 자일스가 마체라타에게 의미심장한 눈길을 보냈다. 그는 마체라타가 알겠다는 듯 눈웃음을 치자 만족스러운 얼굴로 몸을 바로잡았다.

"대체 어디까지 가야 하는 거요?"

대사제의 느릿느릿한 움직임이 멈출 기미를 보이지 않자 초조감을 이기지 못한 자일스가 신경질적으로 물었다.

"다 왔습니다, 전하. 이제 조금만 더 가시면 됩니다."

칼락이 걸음을 재촉하며 대답했다. 그의 말대로 눈앞에 보이는 가각(街角)을 돌아서자 육중한 벽처럼 앞을 가로막고 있는 기사들의 모습이 보였다. 느닷없이 나타난 십여 명의 기사들에게 놀란 자일스가 흠칫하며 멈춰 섰다.

철통같이 문 앞을 지키고 있던 성기사들이 부동 자세를 취하더니 다음 순간 양편으로 나눠 길을 내주었다. 그들 사이로 나타난 갈색 문을 향해 발을 떼며 칼락이 입을 열었다.

"바로 저기입니다, 전하."

자일스가 재빨리 칼락의 앞을 막았다.

"나 혼자, 아니, 마체라타와 나, 둘만 들어가겠소. 처리해야 할 일이 산재해 있다는 말을 들은 것 같은데 바쁜 대사제의 시간을 더는 빼앗을 수 없소."

"죄송하지만 그건 좀 곤란합니다, 전하. 전하께서도 아시리움 성전에서 내려온 명을 알고 계시지 않습니까? 물론 전하를 못 미더워하는 것도, 감히 의심하는 것도 아닙니다. 단지 맡은 바 본분을 충실히 이행하려는 것이니 제 입장을 헤아려 주십시오."

"좋소, 대사제. 미처 생각지 못했는데 듣고 보니 대사제 말이 온당하다는 걸 알겠소. 내 충분히 이해하고도 남소."

자일스는 흔쾌히 수긍하며 빙그레 미소까지 그렸다. 의심받을 만한 행동은 되도록 피하는 게 현명하다는 건 깊이 생각해 볼 필요도 없었다.

"감사합니다, 전하."

고개를 숙여 보인 칼락이 자물쇠를 열고 문고리를 휘감고 있는 쇠사슬을 풀기 시작했다. 신중한 손놀림에 좀이 쑤신 자일스가 주먹을 쥐었다 폈다 하며 칼락의 손을 노려봤다. 마침내 칼락이 쇠사슬을 성기사에게 넘기며 옆으로 한 발 비켜섰다.

"먼저 들어가십시오, 전하."

말이 떨어지기가 무섭게 자일스가 문고리로 손을 뻗었다. 귀에 거슬리는 소음을 내며 문이 열리고 자일스가 옅은 불빛 속으로 발을 내디뎠다. 그의 뒤를 따르는 마체라타의 모습에 칼락은 슬그머니 이맛살을 찌푸렸다. 하지만 그녀를 막으려 하지는 않았다. 외부인과 죄인의 접촉을 금지해야 한다는 규정을 어기는 것이 마음에 걸리지 않는 건 아니었다. 그러나 되도록 빨리, 또 아무 말썽 없이 이 골치 아픈 황태자를 돌려보내고 싶은 칼락으로서는 그저 못 본 체 눈을 감는 것이 최선의 방법이었다.

한 발 들어서던 마체라타가 숨을 훅 들이쉬며 비틀거렸다. 자일스가 벽에 손을 짚은 채 몸을 기대고 있는 그녀를 돌아봤다.

"무슨 일이냐?"

"아무것도 아닙니다, 전하. 그저 발을 헛디딘 것뿐입니다."

자일스는 무언가 더 있을 것 같다는 미심쩍은 느낌에 눈을 가늘게 떴다.

"그게 정말이냐?"

"예, 전하."

마체라타가 별일 아니라는 듯 싱긋 웃었다. 자일스는 몸을 바로잡고 고개를 빙 돌려 주위를 살폈다. 딱딱해 보이는 나무 침상, 그 앞에 놓인 작은 탁자와 의자 두 개. 눈에 들어온 건 평범하고 깔끔해 보이는 중간 크기의 방이었다. 중후하고 고급스러운 분위기를 풍기는 아시리움 신전의 다른 곳과는 비교 불가능할 만큼 달랐다. 하지만 그가 예상하고 있었던 것처럼 쥐와 벌레들이 바글거리는 습하고 지저분한 지하 감옥과도 거리가 멀었다.

짐작이 완전히 빗나갔음을 직접 눈으로 확인한 자일스는 눈썹을 치켜세우며 불만스럽게 볼을 실룩였다. 하지만 엘의 모습이 눈에 띄지 않자 이곳은 죄인을 가둬둔 감옥이 아니라 조사를 위해 만들어진 장소일 거란 생각에 조금은 기분을 풀 수 있었다.

"불편할 정도는 아니지만 약간 어둡고 서늘합니다, 전하."

"그렇지 않아도 그 생각을 하고 있던 참이었소."

"이미 아시겠지만 창문도 나 있지 않을 뿐만 아니라 작은 램프 하나 마련돼 있지 않습니다. 더군다나 난로도 없고 말입니다. 혹시 있을지 모르는 불미스러운 사건을 예방하기 위해 특별히 준비된 장소라 그러니 거북하더라고 잠시만 참아주십시오."

"불미스러운 사건을 예방하기 위해서라니, 무슨 뜻이오?"

"간단히 말씀드리자면 탈출 시도나 자해를 미리 막기 위해서입니다, 전하."

고개를 끄덕이던 자일스는 작은 불씨 하나 없는 곳이 그다지 어둡지도, 또 춥지도 않다는 사실을 깨닫고 내리비치고 있는 불빛을 따라 천장을 올려다봤다. 그의 예상대로 주위를 밝히고 있는 옅은 불빛은 팔각형을 이루고 있는 높은 천장에서 시작된 거였다. 뾰족하게 솟아 있는 가운데 부분 정중앙에서 달빛을 빌려온 것 같은 은색의 물결이 흘러내리고 있었다.

"저 불빛에서 온기가 느껴지는 것 같군."

"맞습니다, 전하. 빛과 열을 발산하는 간단한 마법 기구입니다."

자일스의 눈에 탄복의 기색이 나타났다. 자신을 이런 장소로 안내한 대사제에게 은근히 노기를 느끼고 있던 그는 과연 아시리움이라는 감탄을 하며 한결 마음을 누그러뜨렸다.

"전하, 이곳에서 언제까지 허송세월하실 생각이십니까?"

더 이상 참기 힘들다는 듯 마체라타가 뾰족한 어투로 말했다. 마체라타를 노려보던 자일스는 그녀의 안색이 창백하다는 걸 눈치 채고 날이 서 있던 눈에 의아함을 담았다.

"저 여인의 말대로 서두르시는 것이 좋을 듯싶습니다."

"빨리 죄인을 데려와야 일을 서두르든지 말든지 할 것 아니오? 나라고 이렇게 멍청하게 서 있는 걸 좋아할 것 같소?"

짜증이 치밀어 오르자 자일스는 소리를 높였다.

"오해를 하고 계셨군요, 전하. 죄인은 바로 이곳에 있습니다. 어두워 미처 보지 못하신 것 같은데 바로 저기 있지 않습니까?"

자일스는 칼락의 눈길이 쏠려 있는 곳으로 재빨리 시선을 돌렸다. 가느다랗게 좁혀 있던 눈이 한순간 부릅떠졌다. 그는 봉곳하게 솟아 있는 침상을 향해 다가갔다. 그저 여러 겹의 모포가 겹쳐 있는 줄 알고 무심코 지나쳤던 침상, 그 미동없는 얇은 천 속에 누군가가 있는 게 틀림없었다.

침상 옆에 멈춰 선 자일스는 모포를 단번에 걷어 올렸다. 다리를 가슴 부근까지 치켜 올린 자세로 잔뜩 웅크린 채 잠들어 있는 엘의 모습이 드러났다. 자일스는 손을 뻗어 얼굴을 가리고 있는 흐트러진 검은 머리채를 치웠다. 그의 초록빛 눈동자가 강렬하게 번득였다.

"알아보시겠습니까, 전하?"

칼락이 자일스 옆으로 다가왔다.

"지금 시간까지 자고 있는 이유가 뭐요? 어디가 아픈 거요, 아니면 일부러 잠을 재운 거요?"

"그게 아니라 이곳에 도착한 이후부터 계속 이렇게 잠을 자고 있습니다. 물 한 모금 입에 대지 않고 말입니다."

"그러니까 잠을 잔다고 마냥 내버려 두었다는 말이로군. 고문은커녕 심문도 안 한 채… 이렇게 하려고 상금까지 걸며 놈을 뒤쫓은 거요, 대사제? 아시리움은 마음씨 고운 자선 단체인가?"

칼락의 엄격한 얼굴이 딱딱하게 경직됐다.

"말씀이 지나치시군요, 전하. 아시리움은 죄인임이 확실하지도 않은 사람을 고문하는 일은 하지 않습니다. 형벌은 모든 것이 명확히 밝혀졌을 때 시작될 것입니다."

"그렇다면 지금 당장 시작해도 되겠군."

두 사람의 시선이 맞닿았다.

"이자가 틀림없다는 말씀이십니까?"

"그렇소, 칼락 대사제. 제대로 맞혔소. 이놈이 바로 그 죄인이오. 아시리움의 이름에 먹칠을 한 극악무도한 중죄인."

자일스는 칼락을 향해 음습하게 느껴지는 미소를 지어 보인 다음 몸을 굽혀 입술을 엘의 귓가로 가져갔다.

"일어나라. 일어나서 널 애타게 그리워한 얼굴을 봐라."

낮게 속삭인 자일스가 그녀의 귀에 입김을 불어 넣었다. 그 순간 엘이 흠칫하며 눈꺼풀을 번쩍 들어 올렸다. 보라색 눈동자와 초록빛 눈동자가 정면에서 맞부딪쳤다.

"그래, 이제야 드디어 네 눈을 보게 되는구나. 정말 이루 말할 수 없을 만큼 기쁘고 감격스럽다."

자일스가 몸을 세우며 히죽거렸다. 엘은 그의 눈에서 시선을 떼지 않은 채 천천히 일어나 앉았다.

"내가 누군지 알겠느냐?"

그녀는 꼭 다문 입술을 열지 않았다.

"귀가 먹었나? 내가 누군지 알겠느냐고 물었다!"

자일스가 얼굴을 들이밀며 사납게 을러댔다. 이대로 두었다간 골치 아픈 일이 발생할지 모른다는 판단이 선 칼락이 한 발 앞으로 나섰다.

"죄인임을 확인해 주셨으니 이제 그만 나가시는 것이 좋겠습니다, 전하."

고개를 휙 돌려 매섭게 칼락을 노려보던 자일스가 경고하듯 말했다.

"물러서시오, 대사제."

"황태자 전하, 제 말씀은……."

"내 분명히 물러서라고 했소! 내 말이 그렇게 우습게 들리는가? 한 번만 더 날 방해하면 오늘 일을 평생 후회하도록 만들어주겠소, 페르디낭 알폰 드 칼락!"

험악한 기세에 눌린 칼락이 흠칫하며 본능적으로 몸을 움츠렸다. 그러자 자일스가 한결 누그러진 어조로 말을 붙였다.

"궁금한 게 있어서 그렇소, 대사제. 몇 가지 질문만 한 다음 궁금증이 풀리면 그 즉시 이곳을 나갈 생각이오."

"알겠습니다, 전하."

신중하게 걸음을 옮긴 칼락이 문가에 자리 잡았다. 자일스의 시선이 다시 엘에게 되돌려졌다.

"다시 한 번 묻겠다. 내가 누군지 알겠느냐?"

짧은 침묵이 흐른 뒤 엘이 대답했다.

"물론."

"어디 자세히 말해 봐라."

"리아잔 제국의 위대한 황태자 전하."

책을 읽어 내려가는 것처럼 억양없는 목소리였다. 킥킥거리던 자일스가 즐거워 못 견디겠다는 듯 급기야 큰 소리로 웃어대기 시작했다.

"여전히 건방지구나. 그래, 정말 변한 게 조금도 없어. 너와 있으면 마음에 드는 게 무엇인 줄 아느냐? 무료하지 않다는 것. 넌 날 무척이나 화나게 했지만 지루하게 만든 적은 단 한 순간도 없었다."

입술을 벌쭉거리며 엘을 내려다보던 자일스가 옆에 놓인 의자에 내려앉았다.

"네게 물어볼 게 있다는 말은 들었을 테지. 이리 와서 앉아라."

엘은 묵묵히 자일스의 명령을 따랐다.

"꽤 고분고분하구나. 아시리움에게 잡혔다는 사실이 하늘 높은 줄 모르고 등등하던 네 대단한 기세마저 꺾어놓은 모양이지? 뭐, 아무튼 좋다."

말을 멈추고 엘의 얼굴을 샅샅이 훑어보던 자일스가 천천히 등을 기댔다.

"널 마지막으로 봤던 때가 떠오르는군. 유난히 아름답게 느껴지던 밤, 아시리움 성전의 어느 한적한 숲 속이었던 것 같은 데… 내 기억이 맞는 거냐?"

"그래."

"예상대로 기억하고 있었구나. 하긴 하늘이 두 쪽 난다 해도 그 숲 속을 잊을 수는 없었겠지. 그토록 재미있고 짜릿한 시간을 보낸 곳이 니 당연할 거다. 나도 네 마음 충분히 이해할 수 있다."

무표정하던 엘의 보라색 눈동자에 분노의 빛이 스쳐 갔다. 그걸 눈치 챈 자일스가 놀리듯 히죽 웃었다.

"하고 싶은 말이 있는 것 같은데 그렇게 망설일 필요 없다. 어서 털어놔 봐라."

"궁금한 거나 묻고 빨리 꺼져 주시면 고맙겠습니다, 황태자 전하."

엘의 말이 끝나는 순간 자일스의 얼굴이 험악하게 일그러졌다.

"가, 감히 네 까짓 게……."

자일스가 당장이라도 폭력을 휘두를 듯 부들거리는 주먹을 치켜 올렸다. 놀란 칼락이 앞으로 뛰어나오려 하는 순간 흥미로운 눈으로 두 사람을 주시하고 있던 마체라타가 매끄럽게 끼어들었다.

"과연 아시리움을 속인 죄인답군요, 전하. 설마 전하께서 이성을 잃으시고 저런 놈의 도발에 걸러드시는 불상사는 일어나지 않겠지요?"

거친 숨을 몰아쉬던 자일스가 딱딱한 동작으로 팔을 내렸다. 버릇을 고쳐 줄 시간은 앞으로 얼마든지 있었다. 지금 가장 중점을 두어야 할 선결 문제는 떠오른 그 순간부터 잠시도 쉬지 않고 그를 괴롭혀 온 의문을 푸는 것이었다.

"묻고 싶은 게 있으니 이번만큼은 네 주제넘은 짓거리를 너그럽게 봐주마. 잘 들어라, 그 숲 속에서의 일이 있었던 다음날 밤 난 괴한의 습격을 받았다. 내가 너한테 물을 건 바로 그 범인에 대해서이다."

"습격이니 괴한이니 따위는 모른다."

"대답은 내 말을 끝까지 들어본 다음에 해라. 나도 얼마 전까진 너와 그날 밤 사건을 연관 지어 생각지 못했다. 완전히 다른 장소에서 발생한 두 개의 사건… 난 당연히 별개의 일일 거라 치부하고 있었다. 그런데 며칠 전 불현듯 그게 아닐지 모른다는 생각이 들더군. 그 후 다시는 떠올리고 싶지 않았던 그날 밤 일을 차근차근 되짚어보자 너와 어떤 식으로든 관련되어 있을 거라는 확신이 들었다. 그 이유가 무언지 아느냐? 먼저 날 공격한 그 단도, 네 옆에 떨어져 있었을 게 분명한 단도가 그 마법사 놈의 손에 의해 내게 다시 돌아왔다. 또한 마치 개인적인 원한이 있는 듯 석연치 않았던 마법사의 태도. 그 마법사 놈의 말과 행동을 보면 단순한 지시나 사주에 의해 움직였다고는 보기 힘들다. 그리고 마지막……."

자일스가 엘의 눈을 들여다보며 말을 이었다.

"이렇게 온전한 모습으로 내 앞에 앉아 있는 너의 존재… 암베르에 중독된 자가 살아남았다는 말은 단 한 번도 들어본 적이 없다. 암베르를 해독할 수 있는 치료사나 약은 이 세상에 존재하지 않으니까. 그런데 넌 이렇게 멀쩡하게 숨을 쉬고 있다. 어떻게 된 일일 것 같으냐? 아마 넌 무언가 알 수 없는 힘에 의해 독이 해독되어 목숨을 연명할 수 있게 되었을 것이다. 알 수 없는 힘, 그게 과연 무엇일까? 죽음의 문턱에 이른 목숨을 되돌린, 있을 수 없는 일을 가능하게 한 그 힘, 그게 무엇일 것 같으냐? 그건 아마 마법일 것이다."

보라색 눈동자가 짙게 물들었다. 지금껏 구엔자가 자신의 목숨을 살려주었다고 믿고 있던 엘은 놀라움을 감출 수 없었다.

"그래서 난 너와 그 마법사가 어떤 식으로든 연결되어 있으리라는 결론을 내리게 되었다. 믿기지 않을 만큼 강하고 오싹한 기운을 풍겼던 그 마법사…… 그놈이 누구냐?"

"난 아는 게 없어."

"아니, 분명히 네놈은 알고 있어!"

자일스가 탁자를 내려치며 사납게 반박했다.

"어서 말해라! 그 마법사 놈이 누구냐? 그놈만 떠올리면 피가 거꾸로 솟는단 말이다! 얼음 조각처럼 눈을 자극하던 놈의 실버블론드만 떠올리면……."

일순 엘의 얼굴에서 핏기가 빠져나가며 등줄기가 꼿꼿하게 세워졌다. 그녀를 주시하던 자일스의 초록빛 눈동자에 섬광이 스쳐 갔다.

"그래, 내 생각이 맞았어! 넌 알고 있어! 그놈이 누군지 넌 알고 있어! 빨리 말해라! 그놈이 누군지 어서 말해라!"

자일스가 거칠게 의자를 밀치고 일어서며 악을 써댔다.

"내가 아는 건 네가 완전히 미쳤다는 것 하나야."

엘은 이를 악물고 내뱉듯 중얼거렸다. 그녀의 말이 끝나는 순간 자일스가 두 손으로 덥석 목을 움켜잡았다. 억센 힘이 목을 조여오자 순식간에 엘의 얼굴이 검푸른색으로 물들었다.

"전하!"

경악한 칼락이 허겁지겁 자일스에게 달려왔다.

"죽이진 않을 테니 끼어들지 마시오, 대사제!"

기세등등하게 소리친 자일스가 손아귀의 힘을 풀며 그녀만 들을 수 있을 정도로 낮게 속삭였다.

"그놈이 누군지 말해 주면 그런대로 편안한 죽음을 맞게 해주겠다. 마음이 내키면 널 곱게 살려줄 수도 있다. 자비를 내려줄 수도 있단 말이다. 그러니 어서 말해라."

목을 감싼 채 가쁜 숨을 몰아쉬던 엘이 천천히 얼굴을 들었다. 그녀의 입술에 걸려 있는 짙은 비웃음을 본 자일스가 험상궂게 입술을 뒤틀었다. 그 순간 엘은 그의 얼굴에 침을 뱉었다.

"네 자비를 구걸하느니 차라리 살이 뜯겨 나가고 뼈가 바스러지는 고통을 기꺼이 감수하겠다."

자신이 당한 일을 믿을 수 없어 멍하던 자일스의 얼굴이 격노로 일그러졌다. 엘이 피할 새도 없이 자일스가 주먹을 휘둘렀다. 볼을 세차게 가격당한 엘이 탁자 위로 거칠게 넘어졌다. 충격을 이기지 못한 나무 탁자가 갈라지며 요란한 소리와 함께 내려앉았다.

"전하! 그만 하십시오!"

"죽이진 않겠다고 했다!"

버럭 소리친 자일스가 오른손으로 두툼한 탁자 조각을 들어 올려 힘껏 움켜쥐자 나무 파편이 흙덩어리처럼 부서져 내렸다.

"만약 죽일 마음이 있었다면 왼손이 아닌 오른손으로 갈겼을 거다. 그럼 그 자리에서 숨통이 끊어졌을 테니까."

"그만 하십시오, 전하. 이제 더는 전하의 행동을 방관할 수 없습니다."

칼락이 강경하게 말했다. 하지만 자일스는 그를 흘긋 쳐다보기만 했을 뿐 눈 하나 깜박하지 않았다. 그는 칼락을 철저히 무시한 채 쓰러져 있는 엘의 머리채를 우악스럽게 틀어잡아 얼굴을 치켜세웠다. 엘은 짧은 신음을 토했다. 뭉개진 입술에서 흘러나온 피가 턱을 타고 바닥으로 떨어졌다.

"건방진 놈, 맛이 어떠냐?"

자일스가 머리채를 힘껏 잡아당겼다. 엘은 머릿가죽이 벗겨져 나가는 듯한 고통에 이를 악물었다.

"전하!"

얼굴이 하얗게 질린 채 어쩔 줄 몰라 하던 칼락이 허겁지겁 뛰어가 문을 열어젖혔다.

"어서 황태자 전하를 막아라!"

안에서 들리는 심상치 않은 소리에 잔뜩 긴장하고 있던 성기사들이 쏟아져 들어왔다.

"내 몸에 손가락 하나라도 대는 놈은 살아서 내일을 맞지 못하게 될 것이다!"

서슬 퍼런 위협에 성기사들이 주춤거리며 곤혹스러운 얼굴로 서로의 눈치를 살폈다. 어차피 죽음을 맞게 될 죄인 때문에 리아잔 제국의 황태자를 거역할 수는 없었다.

"빨리 움직이지 않고 뭣들 하는 거냐?"

평소 점잖기만 하던 칼락이 목에 핏발을 곤두세우고 소리쳤지만 기사들을 움직일 수는 없었다. 사실 법황이 내린 명령을 알지 못하는 기사들로선 황태자가 죄인을 죽이려 하거나 밖으로 끌고 나가지 않는 이상 그를 막아설 명분이 없었다.

"어서 죄인을 보호해라! 이건 바로……."

칼락이 법황의 뜻임을 밝히려는 찰나 엘이 자일스의 다리를 걸어 그를 넘어뜨렸다. 칼락은 날카로운 비명 소리에 놀라 말을 삼키고 말았다. 몸이 자유로워진 순간 엘은 벌떡 일어나 발로 의자 다리를 힘껏 내리찍었다. 부러진 의자 다리를 움켜잡은 엘이 일어나기 위해 몸을 버둥거리는 자일스에게 달려들었다. 그녀는 무릎을 세워 자일스의 가슴을 짓누르며 뾰족한 나무 끝을 목에 위협적으로 밀착시켰다. 자일스의 온몸이 뻣뻣하게 경직됐다.

"어때, 자일스? 목에 커다란 구멍이 뚫려도 네가 그렇게 거들먹거릴 수 있을까?"

"건방 떨지 마. 넌 날 못 죽여."

자일스가 참았던 숨을 토해내며 말했다.

"왜? 네가 그 잘난 황태자라서?"

"그래, 네까짓 것한테 죽을 내가 아니니까. 또 너같이 마음 약한 못난 놈은 절대 사람을 죽일 수 없어."

엘이 쇠가 긁히는 것 같은 거친 웃음을 터뜨렸다.

"장담하지 마, 자일스. 난 어차피 죽게 될 몸이야. 그게 뭘 뜻하는 줄 알아? 잘 들어. 썩 마음에 들진 않지만 널 길동무 삼아 죽음의 길을 나란히 걸을 수도 있단 말이다. 더군다나 난 널 오물 속에서 꿈틀거리는 더러운 벌레로 보지 사람으로 여기지 않거든."

자일스가 사납게 이를 갈았다. 칼락과 성기사들은 믿기 힘든 광경에 넋이 나간 듯 숨소리조차 죽인 채 두 사람을 주시하고 있었다.

"하지만 넌 네 말대로 살아서 이곳을 나가게 될 거다. 더러운 피를 묻힌 채 마지막 길을 가고 싶진 않으니까."

엘은 자일스에게서 천천히 몸을 떼며 일어섰다. 그리고 오만한 표정을 지은 채 자일스의 다리를 툭 건어찼다.

"어서 일어나 여기서 썩 꺼져!"

거친 숨을 몰아쉬며 몸을 움직이는 자일스의 얼굴이 시시각각 검붉게 변해갔다.

"두고 봐라. 내 기필코 오늘 일을 후회하게 해주겠다. 네놈 영혼 깊숙이 철저하게 각인시켜 영원히 잊지 못하게 해주마."

자일스가 악다문 이 사이로 씹어뱉듯이 말했다. 반면 응수하는 엘의 목소리는 정해진 사실을 나열하듯 초연함까지 풍기고 있었다.

"그러려면 서둘러야 할 거다. 내가 죽기 전에 네 바람을 이루고 싶으면 말이다."

"그래, 그 말 마음에 새겨두지."

자일스가 휘적휘적 걸음을 옮기자 얼어붙어 있던 기사들이 길을 비켜주었다. 분노를 이기지 못한 그의 팔다리가 가늘게 경련을 일으켰다. 자일스를 따라 나가려던 마체라타가 흘깃 엘을 뒤돌아봤다. 그녀의 붉은 입술엔 이상 야릇한 미소가 그려져 있었다. 기진맥진한 엘은 낯선 여인의 뜻 모를 미소에서 시선을 떼고 비틀거리며 침상으로 걸어갔다. 그녀의 뒷모습을 보고 있던 칼락이 기사들에게 시선을 돌렸다.

"부서진 탁자와 의자를 처리해라! 이곳에서 나무로 만들어진 물건들을 모조리 치워라! 아니, 무기가 될 만한 모든 걸 없애라! 단, 절대 죄인의 몸에 손을 대선 안 된다!"

"알겠습니다."

칼락은 기사들의 대답을 뒤로하고 자일스를 배웅하기 위해 허둥지둥 밖으로 뛰어나갔다.

"너희 넷은 바닥을 치우고, 그 옆의 넷은 이곳에 위험한 물건이 있는지 빈틈없이 조사해 나에게 보고해라. 그리고 나머지는 죄인을 감시해라."

대장이 명령을 내리자 기사들이 신속하게 움직이기 시작했다. 그들 중 조사를 명령받은 네 명의 기사들은 바닥부터 천장까지 구석구석 주의 깊게 살펴보다 서로 난감한 시선을 교환했다. 대장이 머뭇거리는 그들에게 날카로운 눈길을 던졌다.

"알아낸 게 있으면 보고해라!"

"위험한 건 단 하나도 보이지 않습니다, 대장님. 이곳에 남은 물건이라곤 오직 침상밖에 없습니다."

"치워라!"

말뜻을 못 알아들은 기사들이 미간을 좁혔다.

"그게 무슨 말씀……."

"침상을 치우라고 했다! 어서 움직여라!"

"예, 알겠습니다!"

엘은 다가오는 기사들을 바라보며 침상에서 일어나 구석으로 물러섰다. 동정 어린 눈으로 그녀를 곁눈질하던 기사들이 모포를 바닥에 내려놓은 후 나무 침상을 번쩍 들어 올렸다.

기사들이 모든 걸 마무리 짓고 밖으로 나가자 대장이 빈틈없는 눈으로 텅 빈 방을 둘러본 다음 문을 잠갔다.

엘은 벽을 타고 미끄러져 내렸다. 서러움이 냉기와 뒤섞여 밀려들었다. 천천히 모포를 집어 들어 몸을 감쌌다. 거친 모포 속에서 그녀는 작게 웅크렸다. 울부짖고 싶었지만 눈물이 나오지 않았다. 쓰디쓴 절망이 가슴속을, 영혼의 속살을 헤집고 파고들었다. 차라리 무감각한 체념이 찾아오길 바라며 엘은 눈을 꼭 감았다.

헐레벌떡 검술 수련장에 들어선 카셀은 저만치 모여 있는 낯익은 얼굴들을 발견하고 곧장 그쪽으로 뛰어갔다. 요란한 발소리에 제러드와 세르피언, 에지몬트는 물론 명상에라도 잠긴 듯 눈을 감고 정좌를 하고 있던 이케르까지 카셀을 바라봤다. 카셀이 숨을 몰아쉬며 입을 열려는 찰나 제러드가 한발 앞서 말을 꺼냈다.

"들었구나?"

카셀이 시무룩한 얼굴을 끄덕이며 세르피언 옆에 주저앉았다.

"너희들은 언제 알았어?"

"방금 전에, 식당에서."

세르피언이 한숨을 섞어 대답했다.

"나도 식당에서 들었어, 지금 막 게일 녀석한테. 얼마나 놀랐는지 몰라. 그거 듣자마자 너희들한테 알려주려고 바로 뛰어온 거야."

묻지도 않은 말을 중얼거린 카셀이 금세 다시 입을 열었다.

"왠지 좀… 뭐라고 말해야 될까… 커다란 가시가 목에 걸린 것 같기도 하고, 식사를 방금 했는데도 아랫배가 텅 빈 것 같기도 하고… 아무튼 좀 그래. 그런데 왜 이런 기분이 들까? 솔직히 말해 잘 알지도 못하는 소녀잖아. 얼굴 본 시간도 얼마 안 되고, 말도 몇 마디 나눠보지 못했고."

"글쎄… 내 생각엔 만나기 전부터 우리 자신도 모르는 새 정이 들었던 것 같아. 얼굴도 모르는 상태에서 말이야. 워낙 필사적으로 찾아다녀서 그런가?"

제러드의 말이 끝나자 네 사람의 얼굴에 수긍하는 기색이 어렸다.

"그런데 말이에요, 그 꼬마… 무슨 일을 당하게 될까요?"

누가 들을까 염려스러운 듯 에지몬트가 몸을 기울이며 작은 소리로 물었다.

"글쎄……."

"나도 잘 모르겠어."

"별로 생각하고 싶지 않아."

제러드, 세르피언, 카셀이 차례로 대답했다. 그 뒤를 이어 입술을 꾹 다물고 있던 이케르가 퉁명스럽게 말했다.

"처형당하겠지."

못마땅한 시선들이 이케르에게 몰려들었다.

"그런 식으로 말하면 속이 시원하십니까?"

얼굴을 구긴 에지몬트가 대들듯 소리쳤다. 그 뒤를 이어 세르피언이 침을 튀기며 말했다.

"넌 무슨 말을 그렇게 하나?"

"정말 저럴 때는 얼마 남지도 않은 정까지 모조리 떨어진다니까."

"글쎄 말이야, 야박한 녀석 같으니."

카셀이 제러드의 말에 맞장구를 쳤다.

"그럼 너희는 그렇게 생각하지 않아? 난 뭐 기분 좋게 그런 말 한 줄 알아? 애써 외면한다고 바뀌는 게 있을 것 같아?"

"그래, 이케르 말이 맞아. 우리가 아무리 보지 않으려 해도 달라지는 건 없어. 무슨 일이 있어도 아시리움에서 살려두지 않을 테니까."

무거운 한숨을 내쉬며 제러드가 하늘을 올려다봤다. 그를 좇아 다른 기사들도 고개를 치켜들었다. 끝없이 펼쳐져 있는 청명한 하늘에 싱그러워 보이는 레몬 빛 태양이 걸려 있었다.

"젠장! 날씨는 왜 이리 화창한 거야? 폭우라도 쫙쫙 퍼부었으면 좋겠다!"

카셀이 푸념조로 투덜거렸다.

"그러게 말입니다! 젠장!"

싸움이라도 거는 것처럼 험악하게 동의한 에지몬트가 뒤로 벌렁 드러누웠다.

다섯 사람은 한숨을 연거푸 토해내며 말없이 하늘만 바라보았다.

"사이좋게 나란히들 앉아 뭐 해? 진한 연애라도 하는 거야? 재미있을 것 같은데 우리도 좀 끼워주면 안 되겠어?"

이기죽거리는 목소리가 침울하게 내려앉던 공기를 흔들었다. 어슬렁어슬렁 다가오는 여덟 명의 남자들을 보며 그들은 인상을 찌푸렸다. 몰려다니며 시비 걸고 말썽 일으키는 걸로 유명한 패거리들이 반가울 리 없었다.

"다른 곳으로 조용히 떠나는 게 나을 거야. 너희들하고 어울릴 만큼 좋은 기분 아니니까."

제러드의 조용한 경고에 이어 카셀이 입술을 실룩이며 말했다.

"나도 마찬가지야. 지금 굉장히 기분이 언짢아."

"우리는 기분 좋은 줄 알아? 만 큐어가 걸린 놈이 잡혔다는 말을 지금 막 들었단 말이야. 젠장! 바로 눈앞에 있는 놈을 못 알아보고 만 큐어를 날렸다니! 이렇게 분통 터지는 일이 또 어디 있겠어?"

"누가 아니래? 재수없는 놈은 물만 썹어도 이빨이 빠진다더니 내가 바로 그 짝이라니까."

"그게 이런 상황에서 어울리는 말이냐, 임마?"

"아무튼 그 정도로 기분이 나쁘다는 말이야! 그 자식이 온몸에 금칠을 한 채 주위를 알짱댔는데도 눈치 채지 못했잖아! 내 그 생각만 하면 속에서 집채만한 울화통이 치밀어 오른다고! 제기랄!"

욕설을 내뱉은 남자가 성질을 못 참겠는지 허공에 대고 크게 주먹을 휘둘렀다.

"마법사 때문이었지 뭐. 마법사가 기를 쓰고 싸고도는 놈을 누가 그런 중죄인으로 의심하겠어?"

"그 마법사도 아시리움 신전에 불려갔다는 말을 들었는데 이왕이면 두 놈 다 저세상으로 갔으면 좋겠다. 그럼 조금은 분이 풀릴 것 같아."

"그런데 말이야. 둘이 그렇고 그런 사이라는 소문, 그거 진짜일까?"

"진짜니까 목숨까지 걸고 그런 놈을 숨겨준 거지. 내 장담하는데, 처음부터 그놈이 죄인이란 걸 알았던 게 틀림없어. 무언가를 숨기는 듯한 그 갈색 눈동자만 봐도 딱 알겠더라. 그런데 아무리 애인 사이라고 해도 자신의 목숨까지 걸다니… 그 비리비리한 놈 말이야, 맛이 좋긴 좋았나 봐. 그렇게 생각하지 않아?"

남자들이 낄낄거리며 맞장구를 쳐댔다. 에지몬트가 사납게 눈을 부라리며 일어나 앉았다.

"그래, 네 말이 정답이다!"

"그런 쪽으론 머리가 잘 돌아간단 말이야."

"맛이 좋은 것 정도가 아니라 뒤집어질 만큼 황홀했겠지."

"어느 정도일지 정말 궁금하다. 이럴 줄 알았으면 나도 한 번 접근해 보는 건데."

남자들의 대화를 들으며 콧바람을 세차게 내뿜던 카셀이 몸을 세웠다.

"아무튼 어디서 뒈질진 모르지만 꼭 가서 시원하게 몇 대 갈겨주고 와야겠어. 그러면 기분이 조금은 나아지겠지."

"차라리 돌이나 몇 개 던지는 게 낫지 않겠어? 피 범벅이 된 채 눈물을 질질 흘리는 꼴이 눈에 선한데 말이야. 그 곱살한 얼굴에 침이나 뱉고 오는 것도 괜찮고."

주먹을 불끈 쥔 에지몬트가 벌떡 일어났다. 얼굴이 벌게진 세르피언과 제러드도 거의 동시에 그 뒤를 따랐다.

"난 가능하기만 하다면 그런 것보다 화끈하게 놀아보고 싶어. 그 야들야들 나긋나긋하게 보이던 허리에 한번 타보면 꽤 짜릿할 것 같지 않아?"

"난 네놈 허리에 타보고 싶은데."

이케르의 말이 끝나자 요란한 웃음소리가 단번에 사라졌다. 먹이를 노리는 맹수처럼 천천히 몸을 일으킨 이케르가 험상궂은 얼굴로 입을 열었다.

"내가 정 마음에 안 들면 잘생긴 에지몬트는 어때?"

"사양합니다, 선배님. 상황 판단 못하고 시끄럽게 꽥꽥거리는 돼지는 목을 따야지 걸터앉는 게 아니니까 말입니다."

남자들의 얼굴이 험악하게 구겨졌다.

"너희들, 지금 우리한테 시비 거는 거냐?"

"글쎄… 우리가 지금 시비 거는 거 맞냐?"

제러드가 헷갈린다는 얼굴로 주위를 둘러봤다.

"시비라면 시비일 수도 있겠지."

"틀린 말은 아니군."

"전 시비보다는 응징이라 하고 싶습니다, 선배님."

카셀, 세르피언, 에지몬트가 차례로 대답했다.

"시비든 응징이든 아무래도 상관없어. 난 그저 주먹이 근질근질한 것뿐이니까."

이케르가 꼬리표처럼 말을 붙였다.

"다들 들었겠지?"

제러드의 빈정거림이 끝나자 남자들이 겉옷을 벗어 던지고 간단한 동작으로 몸을 풀기 시작했다.

"그 잘난 켈름 기사단이라고 기고만장한 모양인데, 너희들 오늘 톡톡히 잘못 걸렸어."

"그래, 다시는 얼굴도 못 들고 다닐 만큼 우리가 친히 자근자근 밟아주마."

"검 좀 다룰 줄 안다고 겁도 없이 우리한테 덤비는 모양이지? 검술과 격투는 다르다는 걸 뼛속 깊이 새겨주겠다."

"우리한테 뭉개진 다음 켈름 기사단의 명예를 실추시켰다고 쫓겨나게 되면 날 찾아와라. 내 시중이라도 들게 해줄 테니까."

이를 드러나며 히죽거리던 남자들이 거리를 좁혀왔다. 어차피 여덟 명 대 다섯 명의 싸움이었다. 그들의 얼굴엔 여유가 가득했다.

"결과가 어떨지는 두고 보면 알게 되겠지."

제러드는 여유있는 태도로 맞받은 다음 카셀, 이케르, 세르피언, 에지몬트를 바라봤다. 그들의 얼굴엔 비장한 결의가 감돌고 있었다. 다섯 사람은 서로 간단한 시선을 주고받았다. 그리고 앞을 노려보며 일제히 주먹을 틀어쥐었다.

*   *   *

아몬은 사제의 어깨 부근에 생긴 작은 얼룩에서 눈을 떼지 않았다. 그는 기계적으로 입술을 움직이면서 검은 얼룩이 점점 커져 자신을 한입에 삼킬지 모른다는 망상에 빠졌다. 자신에게 못 박힌 그의 시선에 불편함을 느낀 사제가 어깨를 들썩이며 자세를 고쳤다.

"그게 전부요?"

"예."

사제의 질문을 놓치고만 아몬은 의도적으로 단호하게 대답했다. 사제의 갸름한 얼굴에 미심쩍은 기색이 노골적으로 나타났다. 부자연스러울 만큼 조그만 입술이 야무지게 다물어졌고 눈꼬리가 처진 가느스름한 눈은 골난 사람처럼 반 정도 찡그려져 있었다. 생각에 잠길 때의 버릇인 듯 사제가 코밑에 달린 사마귀를 만지작거리며 아몬을 주시했다. 쭈글쭈글한 가죽에 싸인 바싹 야윈 손이 해골처럼 앙상해 보였다. 딱딱하게 생긴 넓적한 콧마루를 서너 번 꿈틀거리던 사제가 그들 뒤쪽에 앉아 있는 기록관에게 고개를 돌렸다.

"빠뜨리지 않고 적었는가?"

"그렇습니다, 사제님!"

밤색 머리카락을 짧게 깎은 앳된 얼굴의 기록관이 대장에게 보고하는 병사처럼 씩씩하게 소리쳤다. 움찔한 사제가 못마땅한 눈으로 기록관을 노려보자 그의 얼굴이 벌겋게 상기됐다.

"죄, 죄송합니다, 사제님."

사제의 눈치를 살피던 기록관이 기어들어 가는 어조로 말했다. 사제가 눈살을 찌푸리며 아몬에게 시선을 되돌렸다. 몇 번 헛기침을 하던 그가 입을 열려고 했을 때 문 두드리는 소리가 들렸다. 사제의 얼굴에 금세 짜증이 번졌다.

"누구냐?"

"카포틴 사제, 나 안드레빌이오."

대사제의 목소리에 질겁한 카포틴이 의자를 밀치고 일어나 허둥지둥 문으로 향했다. 그는 문을 열고 창백한 대사제의 얼굴을 마주한 순간 바짝 긴장해 다급히 물었다.

"무슨 일이십니까, 대사제님?"

아침에 그를 따로 불러 무슨 일이 있어도 진실을 밝혀야 한다고 신신당부했던 대사제의 입에서 믿기 힘든 말이 튀어나왔다.

"조사를 중지하시오, 카포틴 사제."

"예? 그게 무슨 말씀이십니까? 조사를 중지하라니요?"

"시간이 없으니 이유는 나중에 말해 주겠소."

안드레빌 대사제가 어리둥절해진 카포틴을 지나쳐 안으로 들어섰다. 벌떡 일어서는 기록관에게 다가간 그가 앞에 놓인 문서를 집어 들었다.

"이게 이번 사건의 개요인가?"

"예, 대사제님!"

잔뜩 긴장한 기록관이 크게 소리쳤다. 그 즉시 대사제의 시선이 아몬에게 날아갔다.

"날 따라오시오, 젊은이."

아몬은 묵묵히 자리에서 일어나 문을 나서는 안드레빌 대사제의 뒤를 따랐다.

"서두르시오."

서너 발자국 앞서 있던 대사제가 아몬을 돌아보며 재촉했다. 그는 무엇인가에 쫓기듯 부랴부랴 걸음을 옮겨 복도 가장 안쪽에 있는 문 앞에서 멈춰 섰다.

"여기요, 기다리시오."

안드레빌 대사제는 이마에 맺힌 땀방울 닦고 옷매무새를 정돈한 뒤에야 문을 두드렸다.

"들어오십시오."

문 안쪽에서 조용한 목소리가 들렸다. 지나칠 정도로 조심스럽게 문을 연 대사제가 깊숙이 허리를 숙였다.

"데리고 왔습니다, 성하."

아몬은 급히 숨을 들이켰다. 수축된 목줄기가 경련을 일으킨 듯 가늘게 떨렸다. 잰걸음을 옮긴 대사제가 루드비히 앞에 들고 있던 문서를 공손히 내려놨다.

"전 이만 물러가겠습니다, 성하."

아몬을 스치며 문을 나서던 대사제가 단단히 굳어 있는 그에게 다급한 눈짓을 보냈다.

"뭐 하고 있는 건가? 어서 들어가게."

아몬은 의자에 앉아 그를 직시하고 있는 루드비히를 보며 불안정한 걸음을 옮겼다. 어지러웠다. 이번 일에 법황까지 나섰다는 사실이 짧은 길을 아득하게 만들었다. 울퉁불퉁한 황무지를 걷는 듯 발바닥에 닿는 감촉이 고르게 느껴지지 않았다. 아몬은 마음속으로 정신 똑바로 차려야 한다는 말을 반복해서 중얼거렸다. 그가 후들거리는 무릎을 꿇으려 했을 때 루드비히가 차갑게 말했다.

"예 같은 건 필요없습니다."

두 사람의 시선이 부딪쳤다.

"앉으십시오."

아몬은 아무 말 없이 거대한 탁자를 사이에 두고 루드비히와 마주 앉았다.

길고 잔인한 침묵이 흘렀다. 아몬은 어금니를 악물었다. 망자의 손처럼 싸늘한 긴장이 그의 몸을 기어다니는 것 같았다.

"이름이 무엇입니까?"

입을 열려던 아몬은 말로 설명할 수 없는 이상한 느낌에 숨을 죽였다. 오래전 꾸었던 흐릿한 꿈속에서 지금과 비슷한 상황을 겪은 것 같다는 생각이 스쳐 갔다. 어지럽게 반사되는 빛을 보고 있는 듯 뇌리 깊숙이 작은 아픔이 느껴졌다. 그 미세한 통증과 맞물려 어떤 기묘한 것이 잘게 부서진 기포처럼 떠오르려 하고 있었다.

"이름이 무엇이냐고 물었습니다."

다소 날카로운 물음이 혼란스런 머리를 파고들었다. 퍼뜩 정신을 차린 아몬은 서둘러 마음을 진정시키고 공손히 대답했다.

"아몬이라 합니다, 법황 성하."

바르르 떨리는 어조에서 그를 괴롭히는 동요가 드러났다.

"왜 이런 자리가 마련되었는지 이유를 아십니까?"

그의 이름이 무엇이든 관심없다는 듯 루드비히가 곧바로 다른 질문을 꺼냈다.

"아시리움에서 쫓는 죄인을 비호했다는 혐의 때문입니다."

"그 혐의를 인정하십니까?"

"일부는 인정합니다, 성하."

루드비히의 은회색 눈동자에 순간적으로 조소가 지나갔다.

"루벤스타인 대공과는 다른 견해를 갖고 계시는군요. 대공께선 이번 일에 대한 관련설을 전면 부인하신다 들었습니다."

"전하께선 이번 일과 무관하십니다. 모든 건 저로 인해 발생했습니다."

아몬이 강하게 주장했다.

"좋습니다. 절 설득시켜 보십시오."

루드비히가 깊숙이 등을 기댔다. 아몬은 심호흡을 한 다음 입을 열었다.

"제가 죄인을 만난 건 약 30일 전입니다. 상점에 진열된 여러 가지 물건을 구경하며 길을 걷는데 시장 안쪽에서 험한 욕설이 들려왔습니다. 호기심에 소리를 따라가 보니 건장한 중년 남자가 초라해 보이는 소년을 닥치는 대로 때리고 있었습니다. 전 구경꾼들에게 물어 매를 맞는 소년이 중년 남자의 돈을 훔치려 하다 그 자리에서 잡혔다는 걸 알게 되었습니다. 소년이 애처롭게 울부짖으며 잘못을 빌었지만 남자의 구타는 오히려 잔인해졌습니다. 소년은 점점 피투성이가 되어가는데 누구 한 사람 남자를 말리려 하지 않았습니다. 사람들에게 그건 단순한 구경거리에 지나지 않았던 것입니다. 심지어 어떤 이들은 웃어대며 큰 소리로 남자를 응원하기까지 했습니다."

아몬은 잠시 말을 멈추고 숨을 골랐다.

"매우 흥미진진하군요."

루드비히가 혼잣말처럼 나직하게 말했다. 하지만 말과는 달리 그의 얼굴엔 어떤 감정도 나타나 있지 않았다.

"계속 말씀 올리겠습니다, 성하. 시간이 흐르자 흥미를 잃은 사람들이 하나둘 돌아가기 시작했습니다. 그리고 급기야 소년과 저만 남겨졌습니다. 다른 구경꾼들과 다를 바 없이 남자의 폭력을 보고만 있었던 전 부끄러운 마음 때문에 선뜻 발을 떼지 못하고 있었습니다. 전 망설이다 바닥에 쓰러져 있는 소년을 일으켜 세웠습니다. 절 그 중년 남자로 착각한 소년은 격렬히 몸부림을 치더니 더 이상 견디지 못하고 정신을 잃어버렸습니다. 전 소년이 죽을지 모른다는 생각에 혼절한 소년을 업고 부랴부랴 치료사의 집으로 달려갔습니다. 어찌나 가혹한 폭력에 시달렸는지 소년은 그 다음날 저녁에야 정신을 차렸습니다. 소년이 의지할 피붙이 하나 없음을 알게 되자 전 그를 거두어들일 수밖에 없었습니다. 썩 마음이 내키진 않았으나 소년에 대한 측은한 마음이 그런 결정을 내리게 만들었습니다. 만약 그 소년이 아시리움을 속인 극악한 죄인임을 알았다면 한 줌의 연민조차 생기지 않았겠지만, 전 눈앞에 있는 상처투성이 소년이 죄인일지 모른다는 의심은 한 순간도 해보지 못했습니다. 그러니까 이 모든 일은 처음부터 끝까지 저의 어리석음이 빚은 불행한 사건일 뿐입니다. 대공 전하께선 죄인이 잡히기 전까지 제가 그 소년을 거두었다는 것도, 또 그 소년이 지금껏 성에 살고 있었다는 것도 알지 못하셨습니다."

루드비히가 앞에 놓인 문서에서 시선을 떼며 말했다.

"대단하군요. 토씨 하나 틀리지 않고 모든 게 정확히 일치합니다."

"그 문서에 적힌 모든 게 진실이기 때문입니다, 법황 성하."

"진실이라……."

루드비히의 입술에 서늘한 미소가 그려졌다.

"진실을 따라가 보면 무엇이 나오는 줄 아십니까?"

"모르겠습니다, 성하."

"진실의 끝엔 기만이 있습니다."

아몬의 갈색 눈동자가 미세하게 흔들렸다. 그는 입술 안쪽을 지그시 깨물며 간신히 동요를 감췄다. 루드비히의 마음을 읽는 것도, 그의 의도를 짐작하는 것도 불가능한 아몬은 자신의 감정을 드러내지 않으려는 노력 이외엔 아무것도 할 수 있는 게 없었다.

"인간은 자신의 행동을 어떤 식으로든 정당화시키려는 본능을 갖고 있습니다. 그 본능이 기만을 서서히 변형시켜 어느 순간 진실로 바꿔 버리는 것입니다. 끝내는 그 자신조차 기만인지 진실인지 판단할 수 없게 되어버립니다."

"성하께서 왜 제게 그런 말씀을 하시는지 모르겠습니다."

아무 말 없이 아몬의 눈을 들여다보던 루드비히가 다시 본론으로 돌아왔다.

"좋습니다. 어찌 된 일인지 대강 알게 되었으니 마지막으로 하나만 더 묻겠습니다. 대공이 소년의 존재 자체를 모르고 계셨다고 했는데… 그렇다면 그가 죄인이 아님을 증명해 줄 수 있는 사람으로 어떻게 대공의 성함을 입에 올린 것입니까?"

"그것 또한 제 어리석음 때문에 벌어진 일입니다. 아시리움 신전의 사제님을 위시한 성기사들과 맞닥뜨리게 된 일로 전 그 당시 제대로 생각하고 판단할 수 없을 만큼 긴장한 상태였습니다. 그런 상황이 빚어낸 강한 중압감 위에 소년에 대한 책임감과 걱정이 더해져 저도 모르게 터무니없는 말을 입 밖으로 꺼내게 된 것 같습니다."

"루벤스타인 대공께 바치는 충성심이 대단하시군요. 거기에 비한다면 소년에게 느꼈던 감정은 보잘것없는 허상에 불과할지 모른다는 생각이 듭니다. 그 감정이 허울 좋은 연민이든… 아니면 다른 것이든 말입니다."

루드비히가 아몬의 시선을 붙잡았다. 아몬는 내면 깊숙이 파고들어 영혼을 잡아채는 듯한 은회색 눈동자를 재빨리 외면했다.

"돌아가십시오. 추가 소환 여부는 일의 진행에 따라 결정될 것입니다. 그것과는 별개로 이번 일의 결론이 어떻게 내려지든 가장 먼저 루벤스타인 대공께 알려 드리겠습니다."

아몬은 천천히 일어나 루드비히에게 예를 갖춰 허리를 숙였다. 그가 문을 향해 반 정도 접근했을 때였다. 뒤에서 들려온 루드비히의 목소리가 그의 전신을 단단히 결박 지었다.

"엘을 만나고 싶지 않으십니까?"

잔인한 물음들이 연이어 싸늘하게 굳어버린 아몬을 몰아붙였다.

"그녀에 대한 걱정은 조금도 없는 것입니까? 이제 이용 가치가 떨어진 것입니까? 그래서 그녀가 어떤 고통을 겪든 아무 상관 없는 것입니까? 그녀를…… 버리려는 것입니까?"

루드비히가 짧고 거친 웃음을 터뜨렸다. 그리고 차가운 조소가 느껴지는 어조로 다시 입을 열었다.

"루벤스타인 대공께 드리는 질문입니다. 돌아가서 제 대신 여쭤보십시오. 대답이 어떻게 나오든 군이 제게 알려주실 필요는 없습니다."

아몬은 등을 떠밀린 것처럼 휘청대며 걸음을 떼었다. 얼어붙은 손가락 끝에 문고리가 닿는 순간 그는 주먹을 불끈 쥐며 루드비히를 돌아봤다.

"한 가지만, 한 가지만 말씀해 주십시오, 성하. 엘은… 그녀는 괜찮은 겁니까?"

루드비히의 은회색 눈동자에 섬뜩할 정도로 냉혹한 그림자가 스쳐갔다. 짧은 시간이 천천히 흐른 뒤 굳게 닫혀 있던 단아한 입술이 움직였다.

"나가십시오."

아몬은 힘없이 고개를 숙인 채 밖으로 나왔다. 그리고 술에 취한 사람처럼 비틀거리며 복도를 걷기 시작했다.

*　　　*　　　*

"지금껏 뭐 하다가 이제 나타나는 거냐?!"

자일스의 고함에 움찔한 마체라타는 머리채를 뒤로 넘기며 낮은 한숨을 흘렸다. 그리고 외투를 벗어 안락의자 팔걸이에 아무렇게나 걸쳐놓았다. 그녀가 의자에 앉자마자 자일스가 퍽퍽 발을 구르며 다가와 그녀의 정면에 멈춰 섰다.

"내 말을 무시하는 거냐? 왜 이제야 나타난 거냐고 묻지 않느냐?"

"신전에서 나와보니 어디에서도 마차가 보이지 않았습니다. 전하께서 황궁으로 먼저 돌아가신 줄 모르고 여기저기 마차를 찾아다니느라 늦었습니다."

마체라타가 심드렁하게 대답했다.

"그걸 핑계라고 대는 거냐? 네가 마차를 찾아다녔다는 말을 믿으라고? 그 따위 헛소리를 늘어놓다니, 지금 네가 날 기만하려는 것이냐?"

"아닙니다, 전하. 전 그저 사실을 말씀드린 것뿐입니다."

살짝 미소를 지어 보인 마체라타가 나긋나긋한 어조로 달래듯 말했다.

"힘드시겠지만 노여움을 푸시고 마음을 가라앉히십시오, 전하. 전하의 심기가 얼마나 불편하실지 저도 이해할 수 있습니다만 이러시면 전하의 옥체만 상하시게 될 것입니다."

"네 까짓 게 내 마음을 이해한다고?"

"예, 전하. 주제넘은 말일지 모르겠지만 조금은 말입니다."

"그래서? 대체 네가 하고 싶은 말이 뭐냐?"

자일스가 바짝 다가서며 따지듯이 물었다.

"우선 편히 앉으십시오, 전하. 얘기가 꽤 길어질 것 같으니까요."

순순히 그녀의 말을 따른다는 것이 마음 내킬 리 없는 자일스는 잠깐 망설이다 먼지를 피워 올리며 주저앉았다.

"네 말대로 했으니 어서 그 얘기라는 걸 꺼내봐라."

"좋은 소식과 나쁜 소식이 있습니다, 전하. 먼저 무엇부터 말씀드릴까요?"

"좋은 소식."

자일스가 이맛살을 찌푸리며 즉흥적으로 선택했다.

"전하를 기쁘게 해드리기 위해 작은 선물을 마련해 두었습니다. 지금에서야 말씀드리지만 사실 시간이 늦은 건 그 일 때문입니다."

"선물이라고?"

의외의 말에 자일스가 눈을 크게 뜨며 되물었다.

"예, 전하. 정성껏 준비하긴 했지만 매우 보잘것없는 선물입니다."

"그게 무언지 어서 말해 봐라."

"선물은 검은색 머리카락과 보라색 눈을 가진 소년입니다, 전하. 제가 그 누구도 알아보지 못할 만큼 전하께서 손에 넣고 싶어하시는 죄인과 똑같이 보이게 손을 써놨습니다. 그러니 꽤 즐거운 시간을 보내실 수 있으실 겁니다. 비록 덧없는 눈의 착각이라 해도 겉모습만큼은 구분이 안 되니 불쾌했던 기분도 푸시고 마음껏 즐기다 오십시오, 전하."

"놈과 똑같아 보이게 만들었단 말이냐?"

자일스가 바짝 몸을 기울였다.

"그렇습니다. 전엔 전하께서 놈을 떠올리실 때마다 찰나적으로 스쳐가는 모습을 잡는 데 급급했으나 오늘은 제 눈으로 직접 보고 오지 않았습니까? 때문에 어렵지 않게 환영을 만들 수 있었습니다."

"놈과 똑같이 만든 가짜가 있다니, 기분을 풀라느니 하는 말은 집어치워라. 놈과 바꿔치는 데 사용해야지, 그런 소소한 데 낭비할 수는 없다. 난 그놈 자체를 원한다, 마체라타. 수백, 수천 명의 가짜보다 그놈 하나를 더 갖고 싶단 말이다. 그리고 무슨 수를 써서라도 내 갈망을 채울 것이다."

마체라타가 한숨을 내쉬며 팔걸이에 놓여진 자일스의 팔을 어루만졌다.

"나쁜 소식을 말씀드릴 때가 된 것 같군요."

"입을 닫아라, 마체라타. 나쁜 소식 따위는 듣고 싶지 않으니까. 난 지금 다른 곳에 신경 쓰고 싶은 마음이 없다."

"죄송하지만 들으셔야 합니다, 전하. 진짜와 가짜를 바꿔치기 하는 건 불가능하다는 게 바로 제가 말씀드릴 나쁜 소식이니까요."

자일스가 마체라타의 손을 와락 움켜잡았다.

"그게 무슨 말이냐?"

손가락이 죄어들자 마체라타가 얼굴을 찌푸리며 손을 비틀어 빼냈다.

"말씀드린 그대로입니다. 오늘 죄인이 갇혀 있는 방에 들어섰을 때 제가 쓰러질 듯 비틀거리는 모습을 전하께서도 보셨을 겁니다. 그 안에 발을 들여놓는 순간 사방에서 밀려드는 압박에 한동안은 숨을 쉴 수조차 없었습니다. 시간이 지나면서 조금씩 상태가 나아지긴 했지만 그 정도가 심했으면 혼절까지 할 뻔……."

"그만 해라!"

마체라타의 말을 사납게 끊은 자일스가 분노를 폭발시켰다.

"그 따위 쓸데없는 말 집어치워라! 괜한 헛소리 지껄이지 말고 왜 놈을 바꿔치기 할 수 없는지, 그 이유나 말해라!"

성질이 불끈 솟은 마체라타도 소리를 높였다.

"그 방에선 어떤 마법도 통하지 않습니다! 마법 그 자체를 무용지물로 만드는 방이란 말입니다!"

작은 숨소리에도 끊어질 듯한 아슬아슬한 침묵이 흘렀다.

"마법이 통하지 않는다고?"

자일스가 한껏 치켜뜨고 있던 눈을 깜박이며 마체라타와 시선을 맞췄다.

"인정하긴 싫지만 제 힘으론 그 방을 둘러싼 차단막을 뚫을 수 없습니다."

"불가능한 거냐? 정말 불가능하단 말이냐?"

도저히 믿을 수 없다는 듯 자일스가 재차 확인했다.

"예, 전하. 놈이 그 안에 있는 한 바꿔치기는 불가능합니다."

자일스의 양미간에 깊은 주름이 패였다. 울음이라도 터뜨릴 것처럼 그의 입꼬리가 아래로 축 늘어졌다.

"아니야, 이럴 순 없어… 불가능하다니… 놈에게 치욕스런 수모를 당하면서도 참고 또 참았는데… 오직 그날만을… 놈이 완전히 내 손에 들어올 날, 놈을 내 마음대로 처리할 수 있는 날만을 생각하며 그 모든 걸 참았는데… 그런데… 안 된다니… 불가능하다니……."

어깨를 늘어뜨린 자일스가 힘없이 넋두리를 중얼거리자 마체라타의 눈에 희미한 연민이 피어올랐다.

"어차피 놈은 죽게 될 것입니다, 전하. 단언하건대, 아시리움에서 그에게 편한 죽음을 내리진 않을 겁니다. 미약하지만 그걸 위안으로 삼으십시오, 전하."

자일스가 고개를 번쩍 치켜들었다. 그는 놀라 흠칫한 마체라타에게 위협적으로 얼굴을 들이밀었다.

"방법을 찾아내라! 놈을 빼내올 수 있는 방법을 찾아내라, 마체라타! 무슨 일이 있어도 그놈을 나에게 데려와라! 불가능하다면 어떻게 해서든 가능하게 만들어라! 포기란 있을 수 없다! 절대 포기할 수 없다!"

"알겠습니다, 전하. 있는 힘껏 노력해 보겠습니다."

건성으로 그럴듯하게 대답한 마체라타를 향해 자일스가 강한 어조로 말했다.

"이번 일만 성공한다면 네가 원하는 걸 들어주겠다. 그게 무엇이든 지 간에."

"그 말씀 진심이십니까? 제가 원하는 게 무엇이든 들어주실 수 있다는 말씀… 맹세하실 수 있습니까?"

"그래, 감히 내게 맹세를 요구하는 네 불손한 태도가 마음에 들진 않지만 진심으로 한 말이다. 리아잔 제국의 황태자란 내 자리를 걸고 맹세하마. 내가 지금껏 네게 빈말을 한 적이 없다는 건 네가 더 잘 알고 있을 것이다. 자, 원하는 걸 말해 봐라."

"사실 원하는 게 한 가지 있습니다, 전하. 하지만 그게 무엇인지는 그 아이를 빼내올 수 있는 방안을 찾은 연후에 말씀 올리겠습니다."

마체라타의 입술에 달콤한 미소가 그려졌다.

"전하를 기쁘게 해드리기 위해 제 모든 것을 걸고 최선을 다하겠습니다."

* * *

"너희들이 정말 생각이 있는 놈들이냐?"

매서운 눈초리가 날아와 박혔다. 반사적으로 움찔한 에지몬트는 조금도 부끄러울 게 없다는 생각을 하며 어깨를 펴고 등을 곧추세웠다. 그를 떠난 시선이 옆으로 옮겨지자 이번엔 카셀이 숨기라도 하려는 듯 목을 잔뜩 움츠렸다.

"너희들이 코흘리개 어린애들인 줄 아느냐? 아니, 코흘리개 어린애들도 네 녀석들보다는 철이 들었을 것이다. 대체 지금이 어느 땐데 이렇게 정신을 못 차리는 거냐?"

사일러스가 다시 한 번 험악하게 소리쳤다.

"죄송합니다, 단장님. 저희가 생각이 짧았습니다."

눈두덩에 시퍼런 멍이 든 채로 정면을 응시하고 있던 제러드가 엄숙하게 말했다. 뚜벅뚜벅 다가간 사일러스가 그 앞에 멈춰 섰다.

"내 너까지 이토록 어리석은 짓을 저지를 줄은 몰랐다. 내가 널 과대평가하고 있었던 것이냐? 너라면 이렇게 후회할 일은 애초부터 만들지 않으리라 믿고 있었단 말이다."

"전 후회할 일을 저지르지 않았습니다, 단장님."

제러드가 사일러스와 시선을 맞대며 단호하게 주장했다. 사일러스의 눈가에 경련을 일었다.

"이번 일을 후회하지 않는다고?"

"그렇습니다, 단장님. 다소 경솔하긴 했지만 후회하지도 않고, 잘못했다 생각하지도 않습니다."

"뭐라… 후회하지도 않고 잘못했다 생각하지도 않는다? 기가 차군, 기가 차. 다른 녀석들도 모두 같은 생각이냐?"

"예, 그렇습니다!"

네 명의 기사들이 입을 모아 소리쳤다.

"시비도 너희가 먼저 걸고 주먹도 너희가 먼저 휘둘렀다 하던데, 대체 뭘 잘했다고 그런 소릴 지껄이는 거냐? 네 녀석들 때문에 어떤 일이 벌어졌는지 알기나 하느냐? 그렇잖아도 성내 분위기가 어수선한데 그 위에 어의관이 다섯이나 동원됐단 말이다! 하나도 아니고, 둘도 아니고, 다섯이나! 생각없고 대책없는 녀석들 같으니! 해산하라! 꼴도 보기 싫으니 다들 집으로 돌아가라!"

"지, 집으로 돌아가라고요, 단장님?"

카셀이 귀를 의심하는 표정으로 피가 말라붙은 턱을 실룩였다.

"그래, 집에서 꼼짝하지 말고 있으란 말이다! 너희들이 저지른 잘못을 가슴속 깊이 뉘우쳤다는 판단이 서면 그때 부르겠다! 알아들었으면 어서 내 눈앞에서 사라져라! 굼뜬 놈들은 호되게 엉덩이를 걷어차 줄 테니 빨리 움직여라!"

사일러스의 사나운 기세에 눌린 기사들이 서둘러 밖으로 나왔다.

"젠장! 단장님도 정말 너무하시지, 우리가 뭘 그렇게 잘못했다고!"

터덜터덜 복도를 걷던 카셀이 불만을 토해냈다. 한 걸음 뒤에 있던 세르피언이 한숨을 내쉬며 입을 열었다.

"특별히 잘한 것도 없지 뭐. 가뜩이나 분위기도 안 좋은데 그런 소란을 피웠으니… 속은 후련하지만 말이야."

"후련하긴 후련하죠. 벌렁 나자빠져 낑낑거리던 놈들만 생각하면 지금도 웃음이 나오려 하니까요."

에지몬트가 터진 입술을 혀로 핥으며 불분명한 어조로 말했다.

"그나저나 턱이 쑤셔 제대로 음식을 씹을 수 있을지 모르겠어."

이리저리 턱을 움직여 보던 카셀이 이맛살을 찌푸렸다.

"우리가 때려눕힌 놈들을 떠올리면 돌덩어리도 씹어 먹을 수 있을 걸?"

제러드가 픽 웃으며 맞받았다.

"그건 그래. 그놈들은 끙끙 신음 소릴 내며 떠 넣어주는 멀건 국물을 날름날름 받아먹을 수밖에 없을 테니까."

낄낄거리던 카셀이 금세 얼굴을 구기고 턱을 살살 문질렀다.

"근데 대체 집에 틀어박혀서 뭐 하며 시간을 죽이지? 멍하니 벽 보고 앉아 가려운 발바닥이나 긁고 있어야 하나?"

제러드의 탄식에 세르피언이 이해할 수 있다는 듯 고개를 끄덕였다.

"그래, 넌 정말 심심하겠다. 말상대할 사람 하나 없을 테니까. 나야 이것저것 챙겨주시는 어머니라도 있지."

"그게 좋은 거야, 임마. 손톱이 닳도록 발바닥을 긁어도 씻으라고 잔소리하는 부인이 있나, 잠만 자려고 하면 빽빽 울어대는 조막만한 아들 녀석이 있나? 난 집에 들어가는 순간부터 그 둘한테 내내 들볶인단 말이다. 머리에 찌르르 찌르르 쥐가 날 때까지."

불만스런 투덜거림과는 어울리지 않게 카셀의 얼굴엔 자랑스러움이 나타나 있었다. 씁쓸한 눈으로 그를 바라보던 제러드가 보기 싫다는 듯 고개를 벽 쪽으로 돌렸다.

"이번 기회에 가족들 데리고 가까운 곳으로 여행이나 갔다 올까? 펄펄 뛰시던 단장님이 그리 쉽게 불러주실 것 같진 않은데… 어떻게 생각해?"

카셀이 기사들을 둘러보며 물었다.

"안 돼, 단장님이 집에 얌전히 있으라 하셨잖아."

이케르가 걸걸한 어투로 반대하고 나섰다.

"꽉 막힌 녀석 같으니! 그래서 그 말을 곧이곧대로 따라야 한다는 거냐?"

이마에 깊은 주름을 만든 채 카셀을 쳐다보던 이케르가 너한테 맡긴다는 식으로 제러드를 툭 치더니 걸음을 빨리해 앞서 나갔다.

"하나만 알고 둘은커녕 하나반도 모르는 녀석! 저 녀석은 단장님이 손바닥만한 말구유 속에 들어가 있으라고 하면 머리를 휘날리며 가장 먼저 마구간으로 달려갈 게 분명해. 이케르만큼 답답한 녀석도 없을 거야, 그렇지?"

카셀은 동조해 주길 기대하며 팔꿈치로 제러드를 툭 건드렸다.

"너보다 이케르가 백 배는 낫다!"

제러드가 퉁명스럽게 면박을 주자 카셀이 눈을 부라렸다.

"뭐야, 임마? 내가 왜 앞뒤 꽉 막힌 이케르 녀석보다 백 배 아래로 취급받아야 하는 거냐?"

"괜히 아픈 턱 실룩거리며 열 내지 말고 집에 가 잠이나 자, 카셀. 여행 같은 건 깨끗이 잊어버리고 집에서 얌전히 쉬고 있으란 말이다. 그렇다고 너무 퍼져 있진 말고."

"젠장! 내 무슨 일이 있어도 하늘과 땅이 뒤바뀌고, 마른하늘에 날벼락이 내려친다 해도 기필코 여행 가고 말 거다!"

"카셀, 내 말 잘 듣고 곰곰이 생각해 봐."

"뭘?"

카셀이 덤벼들듯 물었다.

"사일러스 단장님이 왜 그렇게 필요 이상으로 노기를 드러내셨는지. 칭찬이든 벌이든 언제나 그 자리에서 내려주시던 단장님이 왜 우리에게 집에서의 근신을 명하셨는지… 그 속뜻을 잘 생각해 보란 말이다."

눈을 깜박이던 카셀이 일순 걸음을 멈췄다.

"그렇다면… 그러니까 그 일이… 그런 뜻을 갖고 있었단 말이야?"

"그래, 우리 중에 그걸 못 알아챈 녀석은 아마 너밖에 없을 거다."

카셀이 에지몬트와 세르피언에게 휙 고개를 돌렸다.

"너희들도 정말 알고 있었던 거냐?"

카셀과 마찬가지로 의외의 깨달음에 놀라고 있던 두 사람이 재빨리 표정을 정돈했다.

"당연하죠, 제가 제 형님을 그렇게 모르겠습니까?"

"물론이지. 난 단장님이 문을 박차고 들어오실 때부터 혹시 그런 속마음을 갖고 계신 건 아닌가 하는 생각이 들더라고."

한숨을 푹 내쉰 카셀이 풀 죽은 얼굴로 중얼거렸다.

"나만 모르고 있었다니… 난 대체 왜 이럴까?"

"그 말을 믿는 거냐? 정말 안 어울리게 귀여운 녀석이라니까."

제러드가 피식 웃으며 걸음을 떼었다.

"글쎄 말이다."

"동감입니다."

짓궂게 말한 세르피언과 에지몬트가 나란히 발을 맞춰 제러드를 뒤따랐다.

"뭐, 뭐라고? 내 저것들을! 너희들 거기 안 서?"

카셀이 쿵쾅거리며 돌진하자 세 사람은 전속력으로 복도를 달리기 시작했다. 그들의 웃음소리가 음울하던 공기를 깨우며 복도 가득 울려 퍼졌다.

*　　　　*　　　　*

신전을 발칵 뒤집은 청천벽력 같은 사건이 벌어진 건 칼락이 곤한 잠에 빠져 있을 때였다. 그는 갑작스레 늘어난 막중한 업무로 인해 기진맥진할 정도로 지친 상태였다. 한참 달콤한 낮잠을 즐기고 있던 칼락은 부서져라 두드려 대는 요란한 문소리에 눈꺼풀을 들어 올렸다. 그는 괴로운 신음을 흘리며 반쯤 잠에 취한 채 문으로 향했다. 그가 문을 열자마자 이름도 가물가물한 젊은 사제가 핏기 가신 얼굴로 소리쳤다.

"대, 대사제님, 큰일 났습니다! 오셨습니다! 바로 이곳에, 이곳 바드리오에 오셨습니다! 어떻게 이런 일이 생겼는지!"

"무슨 일인데 신전 안에서 이렇게 호들갑을 떠는 건가?"

하품을 참으며 엄한 꾸지람을 내린 칼락은 사제의 대답이 나온 순간 격한 숨을 들이켰다.

"성하께서, 법황 성하께서 오셨습니다!"

"서, 성하께서… 성하께서 바로 이 신전 안에 계시다는 말인가?"

"예, 대사제님!"

사제가 답답하다는 듯 소리를 높였다. 벌렁거리는 가슴을 진정시키기 위해 깊은 숨을 몰아쉰 칼락이 입을 열었다.

"어디로 모셨는가?"

"중앙 접빈실로 모셨습니다."

"알았네."

칼락은 지체하지 않고 그 즉시 걸음을 떼었다.

"대사제님, 잠시만! 아직 의복을 갖추지 않으셨습니다!"

사제가 그를 따라오며 다급히 말했다. 그제야 자신의 잠옷 차림을 깨달은 칼락이 거친 탄성을 터뜨리며 발길을 되돌렸다.

"어서 이리 오게. 자네가 의복 정제를 도와줘야겠네."

"알겠습니다, 대사제님."

방으로 들어선 칼락은 젊은 사제의 도움을 받아 재빠르게 옷을 갈아입었다. 어찌나 마음이 급한지 그는 베개에 눌린 자국과 헝클어진 머리카락은 미처 살피지 못한 채 헐레벌떡 복도를 달리기 시작했다.

중앙 접빈실 앞엔 생소한 얼굴의 고위 사제 두 명과 다섯 명의 성기사들이 문을 가로막고 서 있었다.

"칼락 대사제님이시군요. 많이 늦으셨습니다."

그보다 이십 년은 젊어 보이는 고위 사제가 책망하듯 말하며 못마땅한 눈으로 칼락 대사제를 바라봤다.

"내 불찰이오, 너무 갑작스런 일이라 미처 준비하고 있지 못했소."

칼락은 정중히 말했다. 그보다 아랫사람이긴 하지만 법황이 대동한 고위 사제를 함부로 대할 수는 없었다.

"서두르십시오. 성하께서 기다리고 계십니다."

고위 사제의 고갯짓에 성기사들이 옆으로 비켜났다. 칼락은 숨을 가다듬으며 마음의 준비를 했다.

"어서 안으로 들어가십시오."

고위 사제가 초조감을 드러내며 재촉했다.

칼락은 침을 꿀꺽 삼키고 나서 걸음을 내디뎠다. 알카나라는 지방의 작은 신전에서 이곳 바드리오로 옮겨온 지 겨우 200일 남짓한 그로서는 생전 처음 법황을 대면하는 순간이었다.

안으로 한 발 들어선 칼락은 그 자리에 멈춰 선 채 눈을 의심할 만큼 아름다운 남자를 주시했다. 천상을 비추는 달빛 같은 영묘(靈妙)한 실버블론드가 시선을 사로잡았다. 막연하게 상상하던 모습과는 전혀 다른, 예상치 못한 법황의 모습에 그는 잠시 정신을 차릴 수 없었다.

"로알드 칼 마테슈츠로군요."

"예에?"

루드비히의 목소리에 정신이 번쩍 든 칼락이 얼떨결에 되물었다.

"이 벽화를 그린 화가 말입니다."

그때서야 비로소 칼락은 법황의 시선이 한쪽 면을 가득 채운 벽화에 고정되어 있음을 깨달을 수 있었다. 당황한 그에게서 어눌한 대답이 새어 나왔다.

"아아… 예."

"제가 왜 이곳에 왔는지 짐작할 수 있으실 겁니다."

루드비히가 일순 화제를 바꿨다.

"예, 성하. 죄인에 대한 처리 문제 때문이시겠지요."

칼락은 입을 다물며 마음속으로 꼬리를 달았다.

다만 성하께서 직접 오실 줄은 상상도 하지 못했습니다.

"죄인을 확인해 줄 사람과 죄인의 처리 방안을 알려달라 요청하셨다는 말을 들었습니다."

"성하의 말씀이 옳습니다. 제가 성전에 그런 청을 올렸습니다. 하지만 오늘 정오 경에 죄인이 틀림없음을 확인했으니 그 처리 방안만 알려주면 되겠다는 서한을 다시 보냈습니다."

루드비히가 칼락에게 날카로운 시선을 던졌다.

"그가 누구입니까? 누가 죄인을 확인한 것입니까?"

"그, 그게 그러니까… 리아잔 제국의 황태자 전하께서… 몸소 확인해 주셨습니다."

칼락은 어쩔 줄 몰라 하며 루드비히의 눈치를 살폈다. 껄끄럽게 변한 아시리움 종단과 리아잔 제국의 관계를 익히 알고 있는 그로서는 낭패가 아닐 수 없었다.

"리아잔의 황태자… 그가 왜 신전에 있었던 것입니까?"

담담하면서도 어딘가 모르게 날이 선 듯한 어조였다.

"그게… 말씀드리기 송구스러우나 황태자 전하께선 죄인을 넘겨달라는 요구를 하러 오셨습니다, 성하."

루드비히의 입 언저리가 미세하게 굳어졌다. 그가 냉랭할 정도로 딱딱하게 물었다.

"어찌 처리하셨습니까?"

"황태자 전하의 요구를 거절할 수밖에 없음을 간곡히 말씀드렸습니다. 다행스럽게도 제 말을 이해해 주신 전하께서 황궁으로 돌아가시는 길에 죄인을 확인해 주셨습니다."

"제 생각으론 단순히 확인만으로 끝났을 것 같진 않군요. 자세히 말씀해 보십시오."

의표를 찌르는 말에 칼락은 마른침을 삼켰다. 그리고 이런 상황을 야기시킨 황태자를 원망하며 건조한 혀를 움직였다.

"저… 그게 그러니까……."

말을 끌던 칼락이 마음을 굳힌 듯 고개를 세웠다.

"숨김없이 소상히 말씀드리겠습니다, 성하. 죄인의 얼굴만 확인하고 돌아가겠다 하셨던 황태자 전하께선 그 말씀을 어기셨습니다. 제가 보기에 전하께선 죄인에게 개인적인 원한이 있으신 것 같았습니다. 구체적으로 말씀드리자면… 처음엔 죄인에게 궁금한 것이 있다 하시며 그에게 몇 가지 질문을 하셨습니다. 질문은 어떤 마법사의 정체에 대한 것이었는데, 자세히 알 수는 없었지만 아시리움 성전과 무슨 관련이 있는 마법사인 것 같았습니다. 황태자 전하께선 죄인에게 그 마법사에 대한 걸 반복해 물으셨습니다. 그리고 죄인이 모른다고 하자 분노를 참지 못하시고 그에게 폭력을 가하셨습니다."

루드비히의 턱 선이 움찔하더니 이내 단단히 죄어들었다.

"구체적으로 말씀해 보십시오."

"처음엔 목을 조르시더니 죄인이… 그러니까… 전하의 얼굴에 침을 뱉자 주먹으로 죄인을 때리셨습니다. 그리고 입술에 피를 흘리며 쓰러진 죄인의 머리채를 잡아 올리셨습니다. 하지만 놀랍게도 죄인 역시 만만히 당하고 있진 않았습니다. 눈 깜짝할 사이 황태자 전하의 다리를 걸더니 부러뜨린 의자 다리를 전하의 목에 대고 위협하더군요. 그 모습이 어찌나 의연하면서도 매서운지 한순간도 눈을 뗄 수 없었습니다."

애기에 도취한 칼락이 감탄을 숨김없이 드러냈다.

"그런 일이 벌어지는 걸 꽤나 재미있게 구경하신 모양이로군요."

루드비히가 싸늘한 냉기를 풍기며 말했다. 삽시간에 칼락의 얼굴이 창백하게 질렸다.

"성하, 오해십니다! 죄인에게 손대지 말라 하셨던 성하의 명을 어기려고 한 게 아닙니다! 절대 그런 것이 아닙니다! 제 불찰로 발생한 사건입니다만, 리아잔 제국의 황태자 전하께 무례를 범한다는 건 현실적으로 불가능에 가까운 일입니다! 그 점을 너그러이 헤아려 주십시오, 성하!"

숨 막히는 침묵이 내려왔다.

루드비히가 낮은 한숨을 내쉬며 칼락에게 꽂혀 있던 시선을 떼냈다. 그제야 칼락은 목까지 차 올랐던 숨을 내쉴 수 있었다.

"안내하십시오."

루드비히가 짤막하게 명령했다.

느닷없는 말에 놀란 칼락이 눈을 휘둥그렇게 떴다.

"서, 성하, 그게 무슨 말씀이신지……."

"그 죄인에게 안내해 달라는 말을 한 것입니다."

"어찌 성하께서 직접! 그러실 필요 없습니다. 제가 죄인을 이곳으로 데려오라는 명을 내리겠습니다. 잠시만 기다려 주십시오."

"필요없습니다."

황황히 걸음을 떼는 칼락을 루드비히가 단호하게 막았다. 칼락은 어쩔 줄 몰라 하며 머뭇머뭇 몸을 돌렸다.

"하, 하지만……."

루드비히가 냉기가 느껴지는 어조로 말을 잘랐다.

"두 번 말하게 하지 마십시오."

"죄송합니다, 성하. 지금 안내해 드리겠습니다."

숨찬 어조로 말한 칼락이 다급히 문을 열고 밖으로 나섰다. 대기하고 있던 고위 사제들과 성기사들이 일제히 머리를 조아렸다.

"따라오지 마십시오."

두 명의 고위 사제들이 걸음을 옮기려 하자 루드비히가 조용히 명령했다.

"알겠습니다, 성하."

공손히 허리를 굽힌 사제들이 뒤로 물러났다.

칼락은 루드비히의 두어 발 앞에서 바삐 다리를 움직였다. 그는 뒷골이 쭈뼛할 정도로 법황을 의식하고 있었다. 관자놀이에 솟아난 혈관이 팔딱팔딱 뛰는 게 느껴졌다. 목덜미와 겨드랑이가 축축해지더니 이내 땀방울이 등줄기를 타고 흐르기 시작했다.

길고 긴 여정이 끝났을 때 칼락은 지금껏 꿈꾸던 인생의 목표 5년 이내에 아시리움 성전으로 들어가는 것을 깨끗이 포기한 채 자신이 지금 바드리오에 있음을 깊이 감사했다.

눈꺼풀을 건드리는 연한 빛이 아슬아슬하게 잠겨 있던 선잠을 깨웠다. 엘은 자신에게 닿아 있는 시선을 느낄 수 있었다. 길게 드리워진 속눈썹이 파르르 떨렸다. 눈을 뜨자 혼란스런 꿈의 연속인 듯 친숙한 얼굴이 보였다.

"루드비히……."

엘은 낮게 중얼거리며 기대고 있던 등을 세웠다. 루드비히가 천천히 다가왔다. 걸음을 멈추고 그녀를 내려다보는 그를 향해 엘은 다시 입술을 움직였다.

"루드비히……."

조심스런 속삭임 뒤로 침묵이 찾아들었다.

"여긴 의자도 없는데……."

엘은 두르고 있던 모포를 벗어 바닥에 깔았다.

"루드비히, 이 위에라도 앉아요."

입술을 꾹 다물고 있던 루드비히가 잠시 후 말했다.

"필요없습니다."

"앉기가 좀 그렇죠? 하지만 여긴 다행히도 벌레 한 마리 없어요. 내가 벌레 무서워하는 거 루드비히도 알죠?"

엘은 어색하게 입술을 움직여 애써 미소 지었다.

"난 루드비히가 날 만나러 올 줄 몰랐어요. 아니… 루드비히 입장에서는 날 확인하고 조사하러 온 거겠지만요. 사실 아무것도 묻지 않고 내버려 두는 게 이상하다 싶었어요. 그래서 '아, 조만간 아시리움 성전에서 누군가가 오겠구나', 그런 생각이 들던 참이에요. 다행이에요, 다른 사람이 아닌 루드비히가 와서. 정말 다행이에요. 왜 다행인 줄 알아요? 루드비히한테 고맙다는 말을 하고 싶었거든요."

말을 멈춘 엘은 씩씩하게 몸을 일으켰다.

"루드비히가 그렇게 서 있으니까 목이 아프잖아요. 그래도 올려다보는 건 마찬가지겠지만 말이에요."

짐짓 밝게 말한 엘은 뒷걸음질쳐 벽에 몸을 기댔다.

"몸에 퍼진 암베르를 해독해 준 사람이 바로 루드비히죠?"

두 사람의 눈길이 깊숙이 얽혀들었다.

"맞았군요. 왜 말해 주지 않았어요? 진작 알았다면… 하긴… 진작 알았다 해도 내 힘으로 루드비히에게 해줄 수 있는 건 아무것도 없었을 거예요. 단 한 가지도요."

엘은 루드비히에게 구슬퍼 보이는 미소를 지었다.

"살려줘서 고마워요, 루드비히. 이런 말이 목숨을 구해준 은혜에 대한 보답이 될 수는 없겠지만… 진심이에요. 정말 고마워요."

루드비히가 그녀를 외면하듯 시선을 돌렸다.

"그런 말 듣기 싫은가 보군요. 왜 아무 말 안 해요? 나하고 말하기 싫어요? 빨리 일이나 끝내고 이 우중충한 곳에서 나가고 싶은 거예요? 아시리움에서… 나 때문에 많이 힘들었어요? 그래서 이젠 날 쳐다보기도… 싫어진 거예요?"

목이 조여들며 눈언저리가 달아오르자 엘은 서둘러 고개를 숙였다. 눈물 한 방울이 힘겹게 버텨온 그녀를 한꺼번에 무너뜨릴 수 있었다. 그녀는 간신히 마음을 다잡고 다시 턱을 들어 올렸다.

"궁금한 거 있으면 물어봐요, 루드비히. 아무거나요. 조사할 사람으로 루드비히를 보내다니, 아시리움은 정말 모르는 게 없나봐요. 루드비히 앞이라면 뭐든 걸 다 털어놓으리란 것까지 알고 있으니까요."

엘은 루드비히를 응시한 채 그가 입을 열기만을 기다렸다. 하지만 그는 말없이 그녀를 지켜볼 뿐 단 한 마디도 입 밖으로 꺼내지 않았다.

"묻고 싶은 거 없어요? 내가 아시리움 성전에서 거짓 왕자 노릇한 거 루드비히도 잘 알잖아요. 그런데도… 궁금한 거 없어요?"

"많이 아프십니까?"

루드비히가 조용히 물었다. 엘은 그가 볼에 생긴 멍과 입술 상처를 바라보고 있다는 걸 깨닫고 얼굴로 손을 올렸다.

"많이는 아니고 조금 아파요. 그런데 이상한 게 뭔지 알아요, 루드비히? 말을 할 때가 입술을 꼭 다물고 있을 때보다 덜 아프다는 거예요. 보통은 반대일 것 같은데… 그래서 내가 이렇게 말이 많아진 것 같아요. 시끄럽죠?"

쑥스러운 미소를 짓는 엘에게 루드비히가 다가갔다.

"치료해 드리겠습니다."

"아니오!"

엘은 팔을 들어 그를 막으며 단호하게 거절했다.

"그럴 필요 없어요. 말했다시피 조금 아플 뿐이니까요. 난 괜찮아요, 루드비히. 그러니까 이제 나한테 마음 쓰지 말아요. 난 아시리움을 더럽힌 극악무도한 죄인이잖아요. 나한테 그렇게 잘해주면 루드비히가 곤란해질 거예요."

엘은 고개를 꺾으며 쉰 목소리로 말을 끝냈다.

"그건… 싫어요."

엘을 물끄러미 바라보던 루드비히가 낮은 한숨을 내쉬며 그녀의 턱을 들어 올렸다. 그리고 손을 그녀의 파리한 얼굴로 가져갔다. 검붉은 멍을 부드럽게 어루만지던 손길이 입술로 미끄러졌다. 서늘한 손가락 끝이 부어오른 입술을 쓸고, 또 쓸었다.

쓰라린 아픔이 가라앉았다. 그 대신 가슴이 조금씩 아려오기 시작했다. 그 알알한 통증이 감당할 수 없이 커지기 전에 엘은 고개를 돌렸다.

"그거 알아요? 루드비히도 나만큼이나 바보라는 거요. 아니, 어쩌면 나보다 더한 바보일지도 몰라요."

"그럴지도 모르겠습니다."

루드비히가 들릴 듯 말듯 낮게 속삭였다.

약해진 마음을 추스르듯 휙 몸을 돌린 그가 엘에게서 서너 걸음 떨어진 후 다시 그녀를 바라봤다. 그리고 지극히 사무적인 어조로 질문을 던졌다.

"아시리움 성전에 들어간 이유가 무엇입니까?"

"호기심에서요."

미리 준비하고 있었던 것처럼 엘이 망설임없이 답했다.

"호기심 때문에 아시리움에 들어가셨단 말입니까?"

미묘한 표정을 짓고 있던 루드비히가 반문했다.

"예… 이름은 기억나지 않지만 그루지아 국 국경 지대에 있는 여관에 머문 적이 있어요. 거기서… 그러니까 정원을 걷다가 우연히 땅에 떨어져 있던 나뭇조각을 발견했어요. 처음엔 그게 무엇인지도 몰랐어요. 나중에야 내가 주운 게 세렌 국 왕자의 인장이란 걸 알게 되었어요. 그래서… 그것 때문에 모든 일이 시작된 거예요. 이렇게 작은 게 왕족임을 증명해 주는 인장이라니… 이런 걸 갖고 다니는 왕족들은 어떤 생활을 할까? 그들은 얼마나 화려하고 근사하게 살아갈까? 내 비위를 맞추며 굽실거리는 사람들을 보면 얼마나 기분이 좋을까? 얼마나 신나고 재미있을까? 그렇게 살 수만 있다면, 단 한 순간이라도 그런 삶을 맛볼 수 있다면 못할 것이 없을 텐데! 그런 기회만 온다면 죽을힘을 다해 물고 늘어질 텐데! 무슨 일이 있어도 놓치지 않을 텐데!"

엘은 격앙된 말을 멈추고 잠깐 동안 숨을 골랐다.

"내가 인장을 주운 그 다음날 여관으로 사제님 한 분과 작은 소녀가 찾아왔어요. 그들은 세렌 국의 왕자 전하를 마중 나온 거였어요. 난 그들 앞으로 나섰어요. 그리고 내가 바로 세렌 국 왕자라고 말했어요. 증거를 요구하는 사제님 앞에 인장을 내밀었어요. 너무나 두려워 심장이 멎을 것 같았지만 나에게 찾아온, 일생에 다시 오지 않을 기회라는 생각에 꾹 참았어요. 그것으로… 난 내가 꿈꾸던 왕족이 될 수 있었어요. 꿈에서나 그릴 수 있었던 화려한 삶을 누리게 된 거예요. 그 이후로 두려움을 더 이상 견디지 못하고 아시리움 성전에서 도망쳐 나올 때까지 난 그토록 원했던 왕족 노릇을 실컷 해볼 수 있었어요… 그게 다예요."

"그 말을 아시리움에서 믿어줄 것 같습니까?"

엘의 보라색 눈동자에 작은 반짝임이 스쳐 갔다. 그녀는 대답하지 않고 되려 질문을 던졌다.

"루드비히는 어때요? 내 말을 믿어요?"

루드비히가 서늘한 미소를 지었다.

"아니오. 믿지 않습니다, 단 한 마디도."

"그럴 줄 알았어요. 하지만 아무리 궁리해도 다른 말은 생각나지 않더라고요. 정말 바보 같죠? 내가 그랬잖아요, 바보라고……."

고른 이를 드러내며 살풋 미소 짓던 엘이 수줍은 듯 루드비히의 눈길을 피했다.

"살고 싶으십니까?"

루드비히가 생각지 못한 질문을 꺼냈다. 은회색 눈동자가 보라색 눈동자를 단단히 붙잡았다.

"무슨 말이 하고 싶은 거예요?"

살짝 떨리는 입술에서 다소 경직된 목소리가 울려 나왔다.

"이번 일의 배후가 누구인지 밝히십시오. 그럼… 살려 드리겠습니다."

엘은 불규칙한 숨결을 토해냈다. 그 짧은 시간 동안 수많은 얼굴들이 뇌리를 스쳐 갔다. 아몬과 칼 베리만, 사일러스를 비롯한 다섯 명의 기사들… 그리고 떠올리고 싶지 않은 청회색 눈동자까지…….

"배후 같은 거 없어요. 나 혼자 한 일이에요."

엘은 강경하게 부인했다.

"그가 누군지 말씀하십시오. 드러나지 않은 이면 속의 그가 누구인지 밝히십시오. 그것만이 죽음을 모면할 수 있는 유일한 길입니다."

매서운 명령을 담은 은회색 눈동자가 찌를 듯 파고들었다. 하지만 엘은 시선을 피하지 않았다.

"말했다시피 배후는 없어요."

루드비히가 짧게 웃었다.

"죽음이 두렵지 않으십니까?"

"그래요, 두렵지 않아요! 죽음 따위는 두렵지 않아요! 난 겁쟁이가 아니에요! 난… 두, 두렵지 않아요!"

엘은 주먹을 불끈 쥐며 소리쳤다.

한동안 가만히 그녀를 응시하던 루드비히가 아무 말 없이 등을 돌렸다. 엘은 걸음을 옮기는 그를 보며 떨리는 입술을 깨물었다.

"루드비히……."

엘은 매달리듯 루드비히를 불렀다. 문고리를 향하던 그의 손이 허공에서 멈췄다.

"두려워요… 사실은 너무 두려워서… 죽음을 떠올리는 것조차 너무 무서워서… 계속 잠을 청하게 돼요. 잠을 자는 동안엔… 꿈을 꾸는 그 순간만큼은… 두려움에서 벗어날 수 있으니까요. 나… 정말 겁쟁이 죠?"

엘은 그녀를 움켜잡은 채 놓아주지 않는 암울한 절망을 가까스로 견 뎌내며 미소를 지어 보였다.

"전에 루드비히가 이런 말을 한 적이 있어요. 두려움은 죽음이 무엇인지 모르면서 그걸 느끼는 거라고요. 루드비히… 그게 정말인가요? 죽음이 무엇인지 알면 더 이상 두려워하지 않을 수 있는 건가요? 하지만 말이에요… 죽음은 경험해 볼 수 없는 거잖아요. 죽으면 그걸로 끝이잖아요."

엘은 말을 멈췄다. 흐려진 보라색 눈동자에 시린 아픔이 젖어들었다.

"루드비히……."

조용히 루드비히를 부른 엘이 거의 들리지 않는 어조로 말을 이었다.

"그것 말고… 다른 방법은 없어요?"

그렁그렁 고여 있던 눈물이 흘러내렸다. 엘은 흐르는 눈물을 막지 않았다. 그녀는 그저 뿌옇게 흐려진 시야 속의 루드비히, 그녀를 외면하고 있는 그의 등을 바라보기만 했다. 그가 조금 뻣뻣한 동작으로 몸을 돌렸다.

"죽음이 두려우면 그걸 회피하고 거부하면 되는 겁니다."

"어떻게요? 난 이미 잡혔는데… 이곳에서 한 발자국도 나갈 수 없는데… 어떻게 죽음을 피한단 말이에요?"

이를 악문 듯 루드비히의 턱이 팽팽히 당겨졌다. 그가 잔뜩 억누른 목소리로 말했다.

"배후가 누군지 말씀하십시오."

"말했다시피 그런 사람 없어요."

엘의 부인을 무시하고 루드비히가 다시 입을 열었다.

"처음부터 끝까지 이번 일을 계획하고 조종한 그가 누군지 밝히십시오."

"루드비히, 이 천하에 둘도 없는 바보 같으니! 그런 사람 없다고 했잖아요! 모든 건 내가 알아서 한 거라고 분명히 말했잖아요! 바보! 멍청이! 잘난 체만 하는 거만덩어리!"

엘이 악을 쓰듯 부르짖었다. 성큼성큼 다가온 루드비히가 그녀의 어깨를 와락 움켜잡았다.

"못하겠다면 내가 대신 말해 주지!"

매섭게 소리친 루드비히가 바싹 얼굴을 들이밀었다. 그의 손가락이 갈퀴처럼 살을 파고들었다.

"리자드 카라우크 켈름 폰 루벤스타인."

엘의 온몸이 싸늘하게 얼어붙었다. 감춰진 비밀의 반영(反影)이 심연처럼 벌어진 보라색 눈동자 위로 떠올랐다.

"매우 친숙한 이름이지 않습니까?"

루드비히가 비웃음을 드러냈다.

숨 막히게 조여드는 침묵을 깨며 엘이 숨죽여 물었다.

"어떻게… 할 거예요?"

"글쎄요… 제가 어떻게 할 것 같습니까? 이대로 덮어둘 것 같습니까, 아니면 대공의 목을 잘라 돼지에게 던져 줄 것 같습니까?"

엘은 비명이 터지려 하는 입술을 막았다. 그녀의 어깨를 옥죄던 손이 서서히 떨어져 나갔다. 그녀는 루드비히의 손을 움켜잡았다.

"루드비히, 부탁이에요. 제발… 제발 아시리움에 밝히지 말아줘요. 너무 뻔뻔스럽다는 건 알아요. 하지만 사실이 세상에 알려지면 너무 많은 사람들이, 너무 좋은 사람들이 고통을 받게 돼요. 제발 부탁이에요, 루드비히. 다시는, 맹세코 다시는 이런 부탁 하지 않을게요. 마지막이에요… 마지막 소원이에요."

엘은 간절한 바람을 담아 루드비히의 눈을 들여다봤다. 루드비히가 그녀의 손을 맞잡았다. 그는 단단히 결박한 손을 들어 올려 입술로 가져갔다. 뜨거운 입술이 화인처럼 그녀의 손등을 내리눌렀다. 천천히 입술을 뗀 루드비히가 손을 놓아주고 단호하게 몸을 돌렸다.

엘은 다시 그를 잡기 위해 손을 내밀었다. 손끝이 그의 옷자락을 스쳤다. 얼음처럼 싸늘한 감촉이 느껴졌다. 그녀는 바르르 떨리는 손가락을 작게 오므렸다.

"루드비히… 제발……!"

목메인 애원이 힘겹게 흘러나왔다. 하지만 루드비히는 뒤돌아보지 않았다. 엘은 완강한 등을 바라보며 허물어지듯 무릎을 꿇었다.

시린 바람을 일으키며 문이 닫혔다. 가느다란 울음소리만이 텅 비어버린 사위(四圍)를 감싸안았다.

초조하게 복도를 서성이던 칼락은 법황의 모습이 보이는 순간 재빨리 다가갔다.

"끝내셨습니까? 변변하진 않지만 정성껏 음식을 마련해 놓았습니다, 성하. 시장하실 텐데… 이쪽으로 오십시오. 제가 안내해 드리겠습니다."

"아닙니다, 성전으로 돌아가겠습니다."

"예에? 벌써 돌아가신다는 말씀이십니까?"

칼락은 이미 그를 지나 복도를 걷고 있는 루드비히를 허겁지겁 따라갔다.

"성하, 앞으로의 일에 대한 성견을 내려주십시오. 죄인은 어떻게 처리해야 되는지… 그러니까 죄인을 계속 이곳에 두어야 하는지… 아니면, 지난번 내려온 명을 따라 리아잔 제국의 황태자 전하께 넘겨야 하는지… 또……."

루드비히가 별안간 걸음을 멈췄다. 그에게 몸을 부딪친 칼락이 시뻘게진 얼굴로 펄쩍 뛰어올랐다.

"죄송합니다, 성하! 정말 죄송합니다!"

식은땀까지 흘리며 어쩔 줄 몰라 하는 칼락을 무시하고 루드비히가 건조한 어투로 말했다.

"죄인은 아시리움의 이름으로 처형당하게 될 것입니다. 그에 따른 구체적인 사항은 차후에 알려 드리겠습니다. 내가 직접 허락하기 전엔 그 누구도 죄인을 만나지 못하게 하십시오. 그리고 경비와 보안을 철저히 재정비하십시오. 거기엔 죄인에 대한 완벽한 보호도 포함되어야 합니다. 만약 죄인을 놓치거나 다치게 하는 일이 발생하면 그 모든 책임을 대사제께 묻겠습니다."

"아, 알겠습니다, 성하! 목숨 바쳐 성하의 뜻을 받들겠습니다!"

칼락이 머리를 조아리며 숨 가쁘게 외쳤다.

"또 한 가지… 죄인이 불편함을 겪지 않게 보살펴 주십시오."

예상치 못한 말에 칼락이 부스스 얼굴을 들었다.

"성하, 그게 무슨 말씀이십니까?"

"편안하게 생활할 수 있도록 필요한 모든 걸 갖춰주란 말입니다."

가슴이 철렁 내려앉도록 날카롭게 말한 루드비히가 걸음을 옮기기 시작했다. 칼락은 혼란스런 머릴 흔들며 서둘러 그의 뒤를 좇았다.

*   *   *

앞에 놓인 문서를 훑어보던 남자가 한순간 번쩍 고개를 들었다. 그는 자신 앞에 서 있는 마체라타를 발견하고 얼굴을 찌푸렸다.

"무슨 일이냐? 널 부른 기억이 없는데 말이다. 내가 부르기 전엔 이곳에 오지 말라고 했지 않느냐?"

무뚝뚝한 꾸짖음에 마체라타의 얼굴이 굳어졌다.

"긴히 의논드릴 중요한 일이 있어 찾아뵈었습니다."

"중요한 일이라… 좋다, 이번 일을 문제 삼을지 삼지 않을지의 여부는 그 중요한 일이란 걸 들어본 후에 결정하겠다. 그러니 어서 말해 봐라."

"그 아이를 손에 넣을 수 있는 방법을 알려주십시오."

남자가 관심없다는 듯 문서를 내려다봤다.

"그 아이라니, 누굴 말하는 거냐?"

남자가 이미 모든 걸 간파했음을 눈치 챈 마체라타가 뾰족한 어투로 말했다.

"페르가몬의 피붙이일지 모르는 보라색 눈동자의 소녀 말입니다, 아버지."

"이해할 수 없구나. 전엔 그냥 묻어두겠다고 하지 않았느냐? 왜 갑자기 그 아이를 탐내는 것이냐?"

"말씀드리지 않아도 이미 알고 계시겠지만 탐을 내는 건 제가 아니라 자일스 황태자입니다. 전 자일스 황태자의 갈증을 풀어주고 얻게 되는 반대급부를 원할 뿐입니다. 이제 만족하셨습니까?"

"그래, 만족한다. 네 건방진 말투까지 날 매우 만족스럽게 하는구나."

남자가 노기를 드러냈다. 무거운 한숨을 내쉰 마체라타가 다소곳이 고개를 숙였다.

"죄송합니다, 아버지. 흥분 때문에 잠시 못난 성질을 주체하지 못했습니다. 부디 용서해 주십시오."

남자는 한동안 못마땅한 눈초리를 풀지 않았다.

"진심으로 잘못을 뉘우치고 있습니다, 아버지. 노여움을 푸십시오."

마체라타가 다시 한 번 사죄의 말을 꺼냈다. 이윽고 웬만큼 마음을 누그러뜨린 남자가 입을 열었다.

"좋다, 마체라타. 무슨 일이 있었는지 소상히 말해 봐라."

"오늘 아시리움 신전에 가서 그 아이를 만나고 왔습니다. 물론 자일스 황태자도 함께였습니다."

남자가 흥미롭다는 듯 느긋하게 등을 기댔다.

"그 아이를 얻기 위해 꽤나 발 빠르게 움직였구나. 하지만 네 말을 들어보건대 황태자의 요구가 받아들여지진 않은 것 같고… 무슨 일이 있었던 거냐?"

"아버지 말씀대로 자일스 황태자는 그 아이를 손에 넣지 못했습니다. 신전을 책임지고 있는 칼락이란 자가 정중하게 거절하더군요. 말과 행동이 짜증날 정도로 답답했지만 황태자를 상대하면서도 비굴한 모습을 보이지 않았다는 것에 그럭저럭 점수를 주고 싶습니다. 그런데 그자가 내세운 거절 이유가 무엇보다 재미있습니다."

"그게 무엇이냐?"

마체라타는 궁금증을 부추기려는 듯 대답하기 전 안락의자에 몸을 묻었다.

"아시리움 성전에서 그 아이에게 어떤 식으로든 손을 대지 말라는 명이 내려졌다 하더군요."

"어떤 식으로든 손을 대지 말라… 자신들을 능모(侮凌)했다는 죄인을 상대로 그런 명을 내리다니 참으로 괴이하다는 생각이 드는구나."

"저 역시 그 말을 들었을 때 아버지와 같은 생각을 했습니다. 그런데 말입니다, 재미있는 건 그것뿐만이 아닙니다. 그 명을 내린 이가 누구일 것 같습니까?"

마체라타가 야릇한 미소를 짓자 남자의 눈에 예리한 빛이 스쳐 갔다.

"법황이로구나! 법황이 그런 명을 내린 거로구나!"

"예, 아버지. 그렇다고 하더군요. 상당히 흥미롭지 않습니까? 왜 법황이 직접 나서서 그런 명을 내린 걸까요?"

생각에 잠긴 남자의 미간에 점점 깊은 골이 패어졌다.

"무언가 있는 것 같다는 느낌이 들긴 하지만 섣불리 판단할 일은 아니다. 원래 법황은 가늠할 수 없는 행동으로 유명하니까 말이다. 그렇다고 그냥 넘기는 건 어리석은 일이고… 좀 더 파고들어 갈 가치는 충분히 있을 것 같구나. 운이 좋다면 그 과정에서 유용하게 써먹을 만한 그럴듯한 대어가 낚일 수도 있을 테고."

"흥미진진한 소일거리가 될 것 같은데 제가 할 수 있게 허락해 주십시오."

"아니다, 마체라타. 상대는 법황이다. 그건 털끝만큼의 실수도 용납되지 않는다는 걸 말한다. 이번 일은 내가 알아서 하겠다. 넌 네가 맡은 일에나 전심전력을 다해라."

"그렇게 하겠습니다."

고분고분 받아들이는 마체라타에게 남자가 의심쩍은 시선을 던졌다.

"내 말 명심해라, 마체라타. 넌 네 임무를 수행하는 과정에서 자연스럽게 들어오는 정보를 내게 보고하는 정도로만 관여해라. 내 말을 어기고 네 단독으로 나서려 하지 마라, 절대!"

"예에, 마음에 깊이 새겨두겠습니다."

마체라타가 과장되게 머리를 조아렸다.

"알아들었으면 네가 하던 말이나 계속해 봐라."

"그렇게 하겠습니다. 꼬장꼬장한 대사제가 자일스 황태자의 요구를 거절했다는 말씀은 이미 드렸고… 그 후에 일어난 일을 말씀드리겠습니다. 일이 틀어지자 황태자는 재빨리 계획을 바꿨습니다. 거절할지 모른다는 걸 이미 염두에 두고 그걸 대비해 다른 방안을 준비해 둔 것 같더군요. 그러니까 저를 시켜 마법으로 그 아이를 빼돌리게 하는 것 말입니다. 하긴, 다섯 살짜리 코흘리개 아이도 그 정도는 생각할 수 있었을 겁니다."

"아시리움에서 마법을 써서 그 아이를 빼내는 건 불가능하다."

마체라타가 천천히 고개를 주억거렸다.

"예, 그렇더군요. 전 오늘에서야 그 사실을 알 수 있었습니다. 아무튼 황태자는 그 아이가 갇혀 있는 정확한 장소를 알아내기 위해 자신이 직접 죄인을 확인해 주겠다는 그럴듯한 핑계를 댔습니다. 그리고 그 아이를 만나는 데 성공했습니다. 그런데 말입니다, 그 다음에 무슨 일이 있었는지 아십니까?"

산발적으로 웃음을 흘리던 마체라타가 이윽고 크게 웃기 시작했다. 그 소리가 귀에 거슬린 듯 남자가 인상을 찌푸렸다.

"그만 하면 됐다, 마체라타. 아시리움 신전에서의 일은 충분히 들었으니, 그 아이를 손에 넣으려 하는 이유에 대해서나 말해라."

마체라타는 싱긋 웃어 보인 후 남자가 앉아 있는 책상으로 걸어갔다. 그리고 책상에 두 손을 짚은 자세로 상체를 기울였다.

"자일스 황태자에게 그 아이를 넘겨주면 제가 원하는 것을 가질 수 있습니다."

"황태자가 그런 조건을 달았단 말이냐?"

"예, 아버지. 전폭적으로 신뢰할 수 없는 말이긴 하지만 절 속이기 위해 드리운 허망한 미끼는 아닐 겁니다. 제 성격을 모르는 황태자가 아니니까요. 그러니 말씀해 주십시오. 어떻게 하면 그 아이를 손에 넣을 수 있습니까?"

기대감에 찬 마체라타를 향해 남자가 엄한 표정을 지었다.

"내 주의를 벌써 잊은 거냐? 아시리움과 관련된 일엔 되도록 몸을 사리라고 네게 분명히 말했다. 그런데 그 정도 이유로 아시리움을 건드리겠단 말이냐?"

"아시리움에선 제 정체를 전혀 눈치 채지 못할 것입니다. 제 머리카락 한 올이라도 본 자가 있으면 그 즉시 입을 막아버리겠습니다. 그러니 이번 일만큼은 절 믿고 그 방법을 말씀해 주십시오. 설마 불가능한 건 아니겠지요?"

손가락으로 책상을 톡톡 치던 남자가 이윽고 답을 내놨다.

"결론부터 말하자면 가능하다, 마체라타."

마체라타의 눈동자에 불꽃이 번쩍였다.

"그 방법이 무엇입니까?"

"아시리움 종단과 리아잔 제국의 사이가 틀어지긴 했지만 처형식은 황궁에서 열리게 될 거다. 아마 아시리움보다는 리아잔이 그걸 더 강하게 희망하겠지. 또, 아시리움 측도 리아잔의 제안을 거절하진 않을 테고. 세상의 모든 눈이 이번 일에 쏠려 있으니 속마음은 아닐지라도 표면적으론 리아잔의 체면을 해치려 하지 않을 것이다."

"전 처형식이 열리는 장소엔 관심없습니다. 그 아이를 손에 넣을 수 있는 방법, 오직 그걸 알고 싶은 것뿐입니다."

"성급하게 굴지 마라, 차근차근 말해 줄 테니까."

마체라타가 몸을 세우며 초조한 손길로 머리채를 쓸어 넘겼다.

"아시리움 신전에서 그 아이를 빼낸다는 건 현실적으로 불가능하다. 물론 아시리움 측은 처형이 이루어질 황궁에도 사전 준비를 완벽하게 해놓을 것이다. 그렇다면 방법은 단 한 가지다. 그 아이가 아시리움 신전에도, 또 리아잔의 황궁에도 얽매이지 않는 시간. 그 짧은 순간을 놓치지 않고 움켜잡는 것… 그게 목표를 성취할 수 있는 유일한 길이다."

"과연 그렇겠군요. 하지만 제 생각엔 아시리움 측에서 그런 구멍을 방치해 둘 것 같지 않습니다."

"물론 네 말이 맞다. 하지만 작은 결점도 없이 완벽하게 강한 것은 존재하지 않는다는 게 내 지론이다. 그 어떤 것이든 약한 부분을 골라 뚫으면 구멍은 얼마든지 만들 수 있다는 뜻이다."

"좀 더 자세히 말씀해 주십시오."

입가에 느긋한 미소를 띤 남자가 편안히 몸을 묻었다. 삐걱거리는 의자 소리가 은밀한 공기를 흔들었다.

"아시리움 측은 불미스러운 일을 사전에 예방하기 위해 매우 신중하게 움직일 것이다. 그에 따라 죄인의 수송도 사람이 거의 다니지 않는 깊은 밤에 이루어질 확률이 높다. 잘 들어라, 마체라타. 아시리움 신전과 황궁 사이의 중간 지점엔 숲이 하나 놓여 있다. 변변한 이름도 붙여지지 않은 매우 작고 보잘것없는 숲이다. 사실 나무 몇 그루만 서 있는 공터라고 해도 그리 터무니없는 말은 아닐 것이다."

"그 숲에서 일을 벌이라는 말씀이시군요."

마체라타가 목소리를 낮췄다.

"그래, 마체라타. 그 아이를 손에 넣고 싶으면 그 숲에 미리 완벽한 준비를 해놓고 있거라. 잊지 말아야 할 건 인내심을 가지고 기다리다 완벽한 때가 왔을 때 움켜잡아야 한다는 거다. 다시 말해 아시리움 측이 이동 경로의 안전에 대한 조사를 끝내면 넌 지체없이 움직여야 한다는 뜻이다. 조사단이 돌아가 이상이 없음을 보고하자마자 그 즉시 죄인에 대한 수송이 시작될 테니까 말이다."

"이송 날짜는 언제가 될 거라 생각하십니까?"

"십중팔구는 처형식이 열리는 그 전날이 되기 쉽다. 어쩌면 이틀 전쯤이 될 수도 있겠고… 정확한 날짜는 내가 알아내 주마. 그리 어려운 일은 아니니까."

마체라타가 만족스런 미소를 지었다.

"고맙습니다, 아버지. 말씀 잘 들었습니다. 전 그럼 이만 돌아가 그에 필요한 세부 계획을 세우겠습니다."

간단히 목례를 해 보인 마체라타가 고개를 들었을 때 남자가 넌지시 질문을 꺼냈다.

"황태자에게 무엇을 요구할 생각인데 네가 이번 일에 이토록 신경을 쓰는 거냐?"

별거 아니라는 듯 빙긋 웃어 보인 마체라타가 대답했다.

"그리 대단한 건 아닙니다. 전 황태자에게 쥬네비아 황후의 죽음을 요구할 생각입니다."

남자의 눈이 휘둥그레졌다.

"황후의 죽음? 쥬네비아 황후의 죽음을 요구한다고? 자일스 황태자에게 말이냐?"

"왜 그리 놀라시는지 모르겠군요. 제가 절 죽이려 한 쥬네비아 황후를 가만두지 않으리란 건 아버지께서도 이미 짐작하고 계셨을 게 아닙니까? 사실 제 손으로 직접 처리할까 하는 생각도 있었습니다. 하지만 그것보다는 이 방법이 더 완벽한 복수가 될 거란 생각에 마음을 바꿨습니다. 편안한 죽음을 맞게 해주긴 싫고… 또, 당한 건 몇십 배, 몇백 배로 되갚아주는 제 입맛에도 맞고 말입니다."

"아들에게 죽임을 당하는 어머니라… 그래, 그보다 더한 복수는 없을 거다. 하지만 황태자가 그런 일을 하려고 들진 않을 것이다. 잔인하고 포악한 면은 있으나 자신의 어머니를 죽일 만큼 패륜아는 아니니까."

마체라타의 붉은 눈동자에 잔인한 미소가 스쳐 갔다.

"그거야 두고 보면 알겠지요. 전 그 아이가 제 손에 들어와도 황후가 숨을 쉬고 있는 동안엔 손가락 하나 보여주지 않을 생각이니까요. 그 아이를 갖고 싶은 욕망과 어머니에 대한 사랑… 과연 자일스 황태자의 마음은 어느 쪽으로 기울게 될까요? 상상만 해도 재미있지 않습니까? 아들이 자신을 죽이려 한다는 사실을 알게 되었을 때, 과연 황후는 어떤 얼굴이……."

"이번 일은 내가 허락하지 않겠다!"

어느새 엄격한 표정으로 변한 남자가 마체라타의 말을 끊었다.

"허락하지 않으시겠다고요? 그 이유를 말씀해 주십시오."

"넌 자일스 황태자가 기꺼이 목숨을 맡길 수 있을 정도로 그의 믿음을 얻어야 한다. 그런데 자신의 어머니가 죽길 바라는, 더군다나 자신에게 어머니를 죽여달라고 요구하는 이를 어느 누가 신뢰할 수 있겠느냐?"

"그 문제는 제가 알아서 할 수 있습니다! 그 정도 능력은 된단 말입니다!"

마체라타가 강하게 반발했다.

"철없는 소리 그만 하고 이번 일은 깨끗이 잊어버려라. 그 아이를 손에 넣어 황태자에게 넘겨주는 선에서 끝내란 말이다. 그럼 황태자와 너의 관계도 좀 더 친밀해질 테니까. 명심해라, 마체라타. 만약 내 말을 어기고 더 이상 나가려 한다면……"

말을 늘인 남자가 마체라타의 시선을 낚아챘다.

"나가려 한다면요?"

"황후의 죽음을 보기 전에 네가 먼저 땅에 묻히게 될 것이다."

마체라타의 눈동자가 검붉게 변했다.

"절… 죽이시겠다는… 말씀이십니까?"

"난 내 명을 거스르는 자식 따윈 필요없다. 어차피 나로 인해 얻은 목숨, 내가 거두어들이면 그만이다. 내 뜻을 관철시키기 위해 괜히 해 보는 말이 아님은 잘 알 것이다. 말해 봐라, 마체라타. 이래도 내 말을 거역하겠느냐?"

상처 입은 눈으로 남자의 매서운 시선을 마주 보고 있던 마체라타가 느릿하게 입술을 움직였다.

"지금껏 그래 왔듯이 아버지께 복종하겠습니다."

하지만 제가 언제까지 아버지의 애정을 구걸하는 착한 딸로 남아 있을지는 저 자신도 알 수 없습니다… 사랑하지만 그만큼 증오하는 아버지.

그녀는 흡족해하는 아버지에게 쓸쓸한 미소를 지어 보였다.

*　　　*　　　*

"다들 오신 것 같으니 회의를 시작하겠습니다."

에르난드 대사제는 마지막으로 들어온 휴이츠 대사제가 자리에 앉자마자 개회를 선언했다. 그리고 회의에 참석한 여섯 명의 대사제들을 둘러봤다. 군데군데 눈에 띄는 빈자리가 마음을 무겁게 하자 그는 시선을 정면에 고정했다.

"의제를 말씀해 주십시오. 이렇게 갑자기 회의가 소집된 걸로 보아 급히 해결해야 할 문제가 발생한 것 같군요."

"맞습니다, 니제르 대사제. 많이들 짐작하시겠지만 얼마 전에 잡힌 죄인의 처리 문제 때문에 여러분께 급서(急書)를 띄우게 되었습니다."

마그넬 대사제가 영문을 모르겠다는 듯 눈썹을 치켜세웠다.

"처리 문제는 이미 결정이 나지 않았습니까? 전 리아잔 제국의 황궁에서 처형식을 갖는 걸로 알고 있습니다만… 그에 따른 소소한 문제까지 우리 대사제들이 나설 필요는 없는 거고 말입니다."

"성하께서 내리신 명입니다, 마그넬 대사제. 오늘 아침 성하께서 좀 더 상세한 계획을 세워 바드리오에 전하고, 대사제들이 직접 관여해 일을 빈틈없이 진행시키라는 성문을 내리셨습니다."

일의 중대성을 깨달은 대사제들이 자세를 가다듬었다.

"우선 처형식을 거행할 정확한 날짜를 정해 공표해야 하는데… 제 생각으로는 되도록 빠른 시일이 나을 것 같습니다. 그리 좋은 일도 아니고, 아니, 그것보다는 불쾌한 쪽에 더 가까운 일의 처리를 굳이 늦출 필요는 없지 않습니까?"

"저도 에르난드 대사제의 의견에 찬성입니다. 하지만 아시리움의 이름에 걸맞을 수준으로 처형식을 준비해야 한다는 사실도 잊지 말아야 합니다. 물론 그만큼의 시간도 충분히 고려해야 하겠지요. 제 생각으로는 그 소요 기간을 최소한으로 잡는다 해도… 으음… 칠 일은 여유가 있어야 되지 않을까 싶습니다."

에르난드 대사제가 고개를 끄덕였다.

"예, 그렇겠군요. 그렇다면 니제르 대사제의 말씀을 받아들여 팔 일후로 결정하는 것이 적당할 것 같은데… 다른 분들께서는 어찌 생각하십니까?"

대사제들 대부분이 동의하고 나섰다.

"그럼 장소와 날짜는 정해졌으니 다음으로 내려야 할 결정은 처형의 방법이겠군요. 좋은 의견 있으신 분들 말씀해 주십시오."

얼마 전 새로 대사제 직에 오른 보르헤스가 스스럼없이 견해를 밝혔다.

"교수형이 좋을 것 같습니다."

"전 생각이 좀 다릅니다. 처형식엔 신분과 지위 고하를 막론한 수많은 사람들이 몰려들 것입니다. 그런 자리에서 기껏 교수형이라니… 괜히 불만에 찬 사람들로 인해 아시리움에 대한 뒷소리만 무성해질 겁니다."

반대하고 나선 마그넬 대사제를 향해 보르헤스가 은근히 불쾌감을 내보였다.

"기껏 교수형이라고요? 그런 말씀을 하시다니 저로선 이해할 수가 없군요. 처형식은 구경거리가 아닙니다, 마그넬 대사제."

"꼭 그렇게 단정 지을 수는 없습니다. 사람들에게 보일 생각이 없다면 리아잔의 황궁을 빌려 공개 처형을 할 필요도 없을 테니까요."

테르제 대사제가 끼어들었다. 그녀의 말이 끝나자 휴이츠 대사제가 수염을 쓰다듬으며 입을 열었다.

"저도 그 의견에 동의합니다. 어느 정도의 구경거리도 되어야 하고 또 적절한 충격도 주어야 한다고 생각합니다. 그래야 말만 번지르르하다는 뒷말도 나오지 않을 테고, 또 처형식이 갖는 의미도 백성들에게 잘 전달될 테니까요."

"그렇다면 가장 좋은 처형 방법은 화형입니다. 사실 눈요깃거리가 될 만한 건 그 이외도 무수히 많습니다. 간단하게 예를 들어보면 배에 구멍을 내서 창자를 뽑아낸다거나, 눈을 도려낸 다음 꼬챙이로 찔러 끓는 기름에 밀어 넣거나 하는 것 말입니다. 그런데 그런 건 좀 지저분해서 그리 마음에 들지 않더군요. 가장 깔끔하고 확실한 방법은 화형입니다. 그럭저럭 볼 만도 하고 말입니다."

말을 끝낸 마그넬 대사제가 에르난드 대사제에게 시선을 옮겼다.

"어찌 생각하십니까, 에르난드 대사제?"

"화형이라… 제아무리 큰 죄를 지었다고는 하나 아직 앳된 소년에게 내리기엔 너무 모진 형벌이라는 생각이 드는군요. 전 되도록 잔인한 방법은 피해야 한다고 생각합니다. 그건 오히려 역효과가 날 것입니다. 즉, 죄인에 대한 동정심을 불러일으킬 위험이 높다는 말입니다. 제가 극악한 죄인을 두고 왜 이런 말을 하는지 의아해하시는 것 같군요."

에르난드 대사제는 숨을 고르며 다음에 꺼낼 말을 정리했다.

"여러분들은 죄인을 잡기 위해 만들어진 조잡한 그림만 알고 계실 뿐 한 번도 그 죄인을 직접 보지 못하셨을 겁니다. 여러분들과 달리 지금 이곳에 계시진 않지만 클레르몽 대사제와 전 가까이에서 죄인을 본 적이 있습니다. 그렇기 때문에 너무 잔혹한 인상을 풍기는 형벌은 바람직하지 않다는 말씀을 드리는 것입니다."

대사제들의 호기심 어린 시선이 에르난드에게 집중됐다.

"죄인이 어떻게 생겼는데 그런 걱정을 하십니까, 에르난드 대사제?"

"글쎄요, 말주변도 없는 제가 어찌 설명해야 좋을지… 참으로 안타깝습니다. 그라우스 사제의 그림이 사라지지만 않았더라도 제가 이런 말을 할 필요는 없었을 텐데 말입니다. 간단히 말씀드리자면 여러분의 생각과는 완전히 다른 모습이라 할 수 있을 겁니다. 외모와 성품은 별개의 것이지만 눈에 보이는 사람의 인상은 무시하고 넘어가기엔 그 영향이 상당히 큰 법입니다. 제가 본 죄인은 해맑은 미소를 지을 줄 아는 아름다운 소년이었습니다. 그 소년을 직접 본다면 대부분의 사람들은 그가 극악한 죄인이라는 생각을 하지 못할 것입니다. 솔직히 말해 저 역시 어느 정도는 그런 마음을 갖고 있으니까요."

동요한 대사제들이 웅성거리기 시작했다.

"그 말씀이 사실이라면 큰일이 아닐 수 없겠군요. 처형식이 아시리움에 대한 반발을 불러일으킬지도 모르는 일 아닙니까? 문제로군요, 정말 문제입니다."

니제르 대사제가 고개를 설레설레 가로저었다.

"처형 방법을 신중하게 결정해야겠습니다. 죄인이 잡혔으니 처형식 정도야 별일 아닐 거라 생각하고 있었는데, 의외로 일이 복잡하게 되었습니다. 성하께서 이번 일을 우리 대사제들에게 맡기신 이유가 여기 있나 봅니다."

테르제 대사제의 얼굴도 걱정스럽게 흐려져 있었다.

"저에게 문제를 해결할 수 있는 좋은 묘책이 있습니다."

지금까지 한마디로 안 한 채 다른 대사제들의 얘길 경청하고 있던 가드리안 대사제가 불쑥 말을 꺼냈다.

"좋은 묘책이라 하셨습니까?"

"가드리안 대사제, 그게 무엇입니까?"

"좋은 묘책이라니, 어서 말씀해 보십시오."

궁금증을 못 이긴 대사제들이 한마디씩 그를 재촉하고 나섰다.

"제가 유난히 고대 역사를 흥미있어한다는 건 다들 알고 계실 겁니다. 여러분들의 말씀을 듣고 있으려니 오래전에 읽었던 고문서가 떠오르더군요. 그러니까… 들어보신 분이 있을지 모르겠는데… 지금으로부터 약 천 년쯤 전에 에르메스라는 작은 부족 국가가 있었습니다. 위치는 슈벤 국과 체르몬 국 중간쯤으로 추정되고 있습니다. 그런데 특이한 건 그 부족을 다스리던 족장들이 하나같이 마흔 살이 되는 해에 목숨을 잃었다는 겁니다. 더욱 놀라운 게 무엇인지 아십니까? 죽음의 이유가 자살이라는 것입니다."

"자살이라고요? 무슨 이유로 족장의 위치에 있는 사람들이 자살을 했단 말입니까?"

관심있게 귀를 기울이고 있던 테르제 대사제가 의문을 표시했다.

"에르메스를 세운 족장이… 그의 이름까진 알려지지 않았습니다. 아무튼 예지자라 칭송받던 부족의 주술사에게 마흔 번째 생일을 며칠 남겨두지 않은 날 예언을 들었다 합니다. 예언은 그가 마흔 살에 죽게 되리란 거였는데 그걸 들은 족장이 주술사를 시켜 강한 주술을 걸게 했다 하더군요. 주술의 내용은 그 이후의 에르메스 족장은 자신보다 오래 살아서는 안 된다는 거였답니다. 만약 그보다 하루라도 더 산다면 본인은 물론 그 자자손손 저주가 내려지리라 했다고 합니다."

"그래서 그 저주를 두려워한 족장들이 마흔 살 되던 해 스스로 목숨을 끊었단 말씀이군요. 그런데 말입니다, 가드리안 대사제. 분명히 홍

미로운 얘기긴 하지만 왜 그런 말씀을 하시는지 이해되지 않습니다."

"이제 곧 아시게 될 겁니다, 니제르 대사제. 제가 말씀드리고 싶은 핵심에 거의 근접했으니까요. 만약 여러분이 자살을 할 수밖에 없다고 가정해 보십시오. 가장 먼저 무엇을 걱정하시겠습니까?"

가드리안 대사제가 진지한 얼굴로 대사제들을 둘러봤다.

"그건 아마 죽음에 대한 두려움과 고통이었을 겁니다. 즉, 족장들이 그 두 가지를 해결하기 위해 사용했던 방법, 그것이 제가 말하는 묘책입니다."

"참으로 궁금하게 하시는군요. 대체 그게 무엇입니까?"

"칼데아 산맥에서만 볼 수 있는 오귀스트라는 작은 늪지 식물이 있습니다. 그 식물의 열매를 먹으면 전신의 신경이 마비되고 환각 작용이 일어나게 됩니다. 어찌나 강한지 자신의 팔다리가 찢겨 나가는 걸 보면서도 웃음을 터뜨린다 하더군요. 그런 이유로 에르메스의 족장들은 자살하기 전 이 오귀스트 열매를 먹었습니다."

"그, 그러니까 죄인에게 그걸 먹이자는, 그런 말씀이시군요!"

보르헤스 대사제가 숨 가쁘게 소리쳤다.

"예, 그렇습니다. 오귀스트 열매를 먹게 되면 죄인은 자신의 살과 뼈가 타 들어가도 전혀 고통을 느끼지 못하고 실성한 사람처럼 방긋방긋 미소를 지을 것입니다."

한순간 오싹함을 느낀 대사제들이 자신도 모르게 몸을 움츠렸다. 그들은 서로 어찌하면 좋겠느냐는 시선을 교환했다.

"제 소견을……."

헛기침으로 컬컬한 목을 가다듬은 테르제 대사제가 다시 입을 열었다.

"제 소견을 말씀드리자면 다소 잔인하다는 생각이 들긴 하지만 지금으로선 그 오귀스트 열매란 걸 사용하는 게 가장 좋은 방법일 것 같습니다."

"저도 동의합니다. 사람들은 웃으며 죽어가는 죄인을 두려워하고 혐오하지 동정심을 갖진 못할 겁니다. 오히려 자신들과 완전히 다른 괴물이나 악귀 취급을 하기 십상일 것입니다."

"다른 분들께선 어찌 생각하십니까? 가드리안 대사제께서 내신 의견에 찬성하십니까?"

에르난드 대사제의 물음이 끝나자 회의장 전체에 침묵이 깔렸다. 잠시 시간이 흐른 뒤 보르헤스 대사제를 시작으로 대사제들이 하나둘 고개를 끄덕이기 시작했다. 모두 입을 열려 하지 않았다. 그들의 입술은 불편한 마음을 감추지 못한 채 굳게 닫혀 있었다.

*   *   *

"모두 여기 좀 보시오. 양해를 구할 일이 있소. 불편하더라도 여기 이 두 소년과 방을 나눠 써야 되겠소."

"말이 되는 소릴 하시오. 우리 네 사람으로도 방이 꽉 차는데 어떻게 둘이나 더 여기에 처넣는단 말이오?"

여관 주인의 말에 덩치 큰 남자가 불만을 표시했다. 그와 일행인 세 남자들도 리오와 리반에게 못마땅한 눈초리를 던지고 있었다.

"지금 바드리오 전체에 사람들이 바글거린다는 건 잘 알지 않소. 방 잡는 게 하늘에서 별 따기보다 힘들다는 것도 말이오. 피차 좋은 구경거리를 좇아온 사람들이니 너무 그렇게 야박하게 굴지 마시오."

"야박하다니? 돈을 곱절이나 주고 얻은 방에 생판 모르는 사람을 둘씩이나 끼어 넣는다는 데 어느 누가 좋아하겠소?"

"그러니까 이렇게 양해를 구하는 거 아니오. 거 인상들 좀 펴시오. 서로 간에 하룻밤만 불편함을 참으면 되는데 뭘 그러시오?"

주인이 강압적인 태도를 바꿔 살살 달래듯 말했다.

"하룻밤이라 하지만 대체 잠을 어떻게 자란 말이오? 둘이 침대를 차지하면 나머지 둘은 바닥에서 자야 하는데, 이 좁은 바닥에서 넷이나 자라니… 몸을 포개서 자란 거요?"

"두 사람은 침대 양 옆으로 눕고, 여기 두 소년은 문가에 나란히 누우면 그럭저럭 잘 수 있을 거요. 그러면 그렇게 알고 난 나가겠소."

여관 주인이 리반에게 모포 뭉치를 내밀었다.

"여기 이거 받으시오."

모포 뭉치를 손에 든 리반은 여관 주인에게 방을 마련해 줘서 고맙다는 말을 건넸다. 그리고 침대 끄트머리에 걸터앉는 리오를 곁눈으로 살폈다.

"좀 불편하긴 하겠지만 이런 방이라도 잡을 수 있어서 다행이야, 그렇지?"

리오는 대답은커녕 들은 척도 하지 않았다. 리반은 그런 리오를 보며 한숨을 토해냈다.

"리오, 그렇게 인상 쓰고 있는다고 사태가 좋아지는 건 아니잖아."

"나도 알아. 그냥… 별로 말하고 싶지 않아서 그래."

리오가 침울하게 대꾸했다.

"저리 비켜! 왜 문가에 서 있는 거야, 거치적거리게!"

리반의 등을 거칠게 민 남자가 쿵쾅거리며 밖으로 나갔다. 넘어지며 어깨로 리오의 얼굴을 치게 된 리반은 중심을 잡으며 걱정스럽게 물었다.

"괜찮아? 다치지 않았어?"

"괜찮아."

광대뼈 언저리가 벌겋게 부어오르고 있는데도 리오는 아픔을 내색하지 않았다. 감각이 마비되기라도 한 듯 천천히 눈을 끔벅일 뿐이었다.

방 안엔 어느새 두 사람만 남아 있었다. 한 방을 쓰게 된 네 명의 남자들은 모두 밖으로 나간 모양이었다. 리반은 그들이 모두 아시리움 신전으로 갔다는 걸 알 수 있었다. 또한 신전 앞에 몰려든 구경꾼들이 엘의 모습을 조금이라도 볼 수 있을까 하는 기대를 갖고 눈을 빛내고 있으리란 것도 어렵지 않게 예상할 수 있었다.

이미 포화 상태에 이른 바드리오를 향해 지금도 수많은 사람들이 걸음을 옮기고 있을 것이다. 단지 내일 벌어질 처형식을 구경하고 그 순간을 즐기기 위해서 말이다. 바드리오 전역이, 아니, 이 세상 전부가 미쳐 돌아가고 있는지도 모른다는 생각이 들었다.

리반은 리오를 물끄러미 쳐다보다 망설이며 말을 걸었다.

"저기 말이야… 우리도 가볼까?"

"싫어."

퉁명스럽게 거절한 리오가 리반의 팔에서 모포를 빼내 바닥에 깔았다.

"사람들에게 이리저리 밀리고 채이며 굳게 닫힌 철문이나 구경하고 오는 거 마음 내키지 않아. 어차피 조금 있으면 날도 어두워질 테니 난 잠이나 자야겠어. 그래야 새벽같이 일어나 좋은 자리를 차지하지."

길게 누운 리오가 모포를 끌어 덮으며 말꼬리를 붙였다.

"구경하기 좋은 자리 말이야."

리오의 입술이 깊이 패인 상처처럼 힘없이 벌어졌다. 리반은 황폐하게 말라 버린 파란 눈동자를 외면했다. 그리고 목이 걸린 큼직한 돌덩이를 토해내듯 강하게 말했다.

"가지 말자, 리오! 차라리 보지 말자!"

"아니, 그럴 수 없어."

"왜? 왜 그럴 수 없다는 거야? 보고 싶지 않은 걸 굳이 보겠다고 고집을 부리는 이유가 뭐야? 꼭 볼 필요는 없잖아. 그걸 꼭 봐야 하는 건 아니잖아. 내일이 오기 전에, 아니, 지금 당장 여길 나가 체르몬으로 돌아가자. 응?"

리반은 애원하듯 간절하게 말을 이었다.

"이제 집으로 가자, 리오. 그렇게 하자."

"돌아가려면 너 혼자 가, 리반. 난 이대로 갈 수 없어."

"젠장! 왜?"

리반이 버럭 소리치며 거칠게 몸을 돌렸다. 그의 격한 숨소리가 방을 가득 채웠다.

"왜냐하면… 왜냐하면… 아직 희망을 버릴 수 없으니까."

리오가 작게 입속으로 중얼거렸다. 무엇인가에 크게 얻어맞은 사람처럼 리반이 휘청거리며 뒤를 돌아봤다.

"그게 무슨 말이야? 대체 무슨 생각을 하고 있는 거야? 너, 설마……."

"아직 포기할 순 없어. 그럴 순 없어. 구할 수 있을지도 모르잖아. 어쩌면 그런 기회가 올지도 모르잖아."

리반이 바닥에 털썩 주저앉았다.

"불가능해, 리오. 너도 알 거야. 네 말은 그저 덧없는 망상에 지나지 않는다는 거. 오히려 나보다 네가 더 잘 알 거야."

절망 어린 침묵 속에서 리반은 리오를 가만히 응시했다. 이윽고 리오가 탁한 웃음을 터뜨렸다.

"그래, 언제나 그랬듯이 네 말이 맞아. 난 한 번도 널 속이는 데 성공한 적이 없었어. 어렸을 때부터 지금까지… 체르몬 국으로 돌아가지 않겠다는 건, 내일 그곳에 꼭 가겠다는 건… 사실 엘이… 보고 싶어서야. 딱 한 번만… 마지막으로 딱 한 번만… 엘을 보고 싶어. 잠깐만이라도… 그 이유가 뭘까…… 대체… 그 이유가… 뭘까?"

리오의 푸른 눈동자가 축축이 젖어들었다.

"응? 리반… 난… 왜 이럴까? 왜 이렇게… 힘이… 없는 걸까……."

리반은 천천히 고개를 가로저었다. 목이 조여들며 아파왔다. 단 한마디도 입 밖으로 꺼낼 수 없었다.

"너도 모르는 게 있구나."

눈물을 숨기려는 듯 리오가 고개를 돌렸다. 그는 모포를 머리 위까지 덮은 후 작게 몸을 말았다. 리반은 가늘게 떨리는 모포 자락에서 시선을 떼냈다. 그리고 점점 뿌옇게 흐려지는 문을 열고 밖으로 나왔다.

무엇인가가 뒷덜미를 잡아챘다. 그 순간 에지몬트는 번개같이 몸을 돌려 정체 모를 공격자를 향해 매섭게 주먹을 날렸다. 허공을 가른 주먹의 반동이 몸을 휘청하게 했을 때에야 비로소 그는 자신을 건드린 게 비죽 튀어나온 나뭇가지란 걸 눈치 챌 수 있었다. 에지몬트는 본능적으로 주변을 살폈다. 그의 모습을 본 사람이 없음을 확인한 후 그는 어처구니없는 행동을 한 자신을 향해 피식 웃었다. 하얀 입김이 새어 나왔다. 에지몬트는 몸을 부르르 떨며 다시 발걸음을 옮기기 시작했다.

어스름이 내린 숲 속의 공기는 신선하고 청결했다. 또 상당히 차갑기도 했다. 하지만 몸의 떨림은 추위 때문만이 아니었다. 다른 사람들에겐 어두울 때 말을 달리는 걸 좋아하지 않는다는 식으로 말했지만, 사실 그는 어둠이 내리기 시작하는 저녁 그 자체를 몹시 싫어했다.

세상이 어스레해지기 시작하면 좋지 않은 일이 벌어질 것 같다는 불안이 피어올랐다. 이 얼토당토아니한 생각에 어떤 타당한 이유를 붙일 수는 없었다. 하지만 저녁 무렵마다 찾아오는 꺼림칙한 느낌은 어렸을 때부터 줄곧 그를 괴롭혀 오고 있었다.

한 발 한 발 움직일 때마다 풀들이 기분 나쁜 속삭임을 중얼댔다. 에지몬트는 오싹한 기분을 느끼며 시선을 내렸다. 바닥엔 소리없이 다가오는 살수의 손길처럼 슬금슬금 안개가 기어오르고 있었다. 황급히 고개를 드니 을씨년스러운 하늘을 배경으로 괴물의 손톱같이 뻬죽뻬죽 솟아 있는 나뭇가지들이 보였다. 에지몬트는 혀를 차며 시선을 정면에 고정시켰다.

그가 걸음을 재촉한 지 얼마 지나지 않아 작은 오두막이 나타났다. 오두막은 차츰 밝아지는 달빛을 반사시키며 빽빽하게 둘러선 침엽수들 사이에 오도카니 서 있었다.

에지몬트는 날카로운 눈길로 주변을 경계하며 검을 빼어 들었다. 그리고 살금살금 오두막을 향해 다가갔다. 한쪽 경첩이 떨어져 나가 비딱하게 기울어진 문 앞에 멈춰 선 그는 심호흡을 한 다음 문을 힘껏 걷어차고 안으로 뛰어들었다. 그가 텅 빈 공간을 발견하고 멈칫했을 때 음산한 목소리가 들리며 날카로운 검끝이 등을 찔러왔다.

"죽고 싶지 않다면 숨도 쉬지 않는 게 좋을 거다."

"차라리 그냥 죽으라고 하는 게 어떻습니까?"

에지몬트는 퉁명스럽게 말하며 뒤를 돌아봤다. 친숙한 얼굴들이 그를 향해 히죽히죽 웃고 있었다.

"그냥 죽으라고 한다고 네가 죽을 녀석이냐?"

제러드가 피식거리며 검을 검집에 꽂아 넣었다.

"엉뚱한 곳에서 헤매지 않고 제대로 찾아오긴 했구나."

카셀이 에지몬트의 등을 툭 건드렸다.

"선배님들도 저와 같은 내용의 비밀 서찰을 받으신 모양이군요."

"일어나 보니 침대맡에 작은 종이 한 장이 놓여 있긴 했다만 그걸 서찰이라고 부를 수 있을지는 모르겠다. 그래도 받은 건 받은 거니 네 말이 맞는 거겠지."

"맞아, 그러니까 우리가 여기 모일 수 있었겠지."

세르피언과 카셀이 차례로 말했다.

"대충 예상은 하고 있었지만 실제로 그 서찰을 손에 쥐니 기분이 묘하더라. 뭐라 할까… 좀 오싹하면서도 왠지 모르게 짜릿한 느낌이라고 할까?"

"나도 그것과 비슷한 걸 느꼈어. 난 말이야, 팔에 소름이 쫙 돋으며 바람이라도 맞은 것처럼 갑자기 정수리가 시원해지더라고."

카셀이 제러드의 말에 열심히 맞장구를 쳤다.

"정수리가 시원해진 이유는 허전한 네 머리 숱 때문이 아니었을까?"

제러드의 짓궂은 놀림이 끝나자 카셀을 제외한 모든 사람이 낄낄대기 시작했다. 얼굴이 벌게진 카셀이 분통을 터뜨리려는 순간 이케르가 몸을 도사리며 조용히 하라는 신호를 보냈다. 순식간에 긴장이 내리덮였다. 소리없이 움직이는 그들 손엔 언제 빼어 들었는지 저마다 검이 들려 있었다. 그들은 좁은 공간에서 효율적으로 움직일 수 있는 위치에 포진한 채 신경을 곤두세우고 귀를 기울였다.

"어떤 녀석이 문을 이 지경으로 만든 거냐?"

사일러스가 반쯤 부서진 문을 밟고 들어서며 퉁명스럽게 물었다.

"단장님!"

기사들이 일제히 부동 자세를 취했다. 날카로운 눈초리로 그들을 훑어보던 사일러스가 눈썹을 치켜 올렸다.

"어제만 해도 멀쩡했던 문이 왜 저런 꼴을 하고 있는 거냐?"

"제가 그랬습니다, 단장님. 있을지 모르는 공격을 견제하고 위험에 대처하기 위해 어쩔 수 없었습니다."

"그럼 너를 제외한 다른 기사들은 무방비 상태로 콧노래라도 흥얼대며 왔다는 말이냐?"

에지몬트가 겸연쩍은 표정을 지었다.

"어차피 네가 저지른 일이니 에지몬트, 넌 문을 잡고 서 있어라. 그리고 나머지는 가까이 모여봐라."

얼굴을 구긴 에지몬트가 먼지를 일으키며 꺾여진 문을 들어 올렸다.

"내가 너희들을 비밀리에 소집한 이유에 대해선 다들 짐작하고 있을 거다. 간단히 말하겠다. 중요한 건 딱 두 가지다. 첫째, 내 명령에 무조건 복종해라. 둘째, 임무가 끝나는 순간 오늘 있었던 모든 일을 머리속에서 깨끗이 지워라. 만약 이 두 가지 중 하나라도 어기는 자가 있다면 그 즉시 철저한 응징이 가해질 것이다. 그게 무엇인지 알고 싶은 녀석은 내 말을 거역해도 좋다."

말을 멈춘 사일러스가 기사들을 한 명 한 명 차례로 주시했다.

"난 너희를 믿는다. 그렇기 때문에 구차한 맹세 따위는 시키지 않겠다. 그건 너희뿐만 아니라 내 자신을 모욕하는 일이 될 테니까."

기사들의 눈이 결연하게 빛났다.

"내가 하고 싶은 말은 이상이다. 에지몬트, 문은 대충 기대 놓고 이쪽으로 와라."

성큼성큼 걸어온 에지몬트가 이케르 옆에 섰다.

사일러스가 품에서 작은 주머니를 꺼내 들었다. 입구를 벌린 주머니를 거꾸로 잡아 흔들자 손바닥 위로 진주빛의 미세한 가루가 쏟아졌다. 가느스름해진 기사들의 시선을 받으며 사일러스가 가루를 먼지와 거미줄이 수북한 한쪽 구석에 뿌렸다. 섬세한 날갯짓을 하듯 팔랑거리던 가루가 은은한 빛을 발하기 시작했다. 그와 동시에 텅 비어 있던 바닥에서 커다란 나무 상자가 모습을 드러냈다.

바닥에 한쪽 무릎을 꿇은 사일러스가 상자 뚜껑을 들어 올렸다. 그리고 상자에 들어 있던 꾸러미들을 기사들에게 하나씩 던져 주었다.

"그 안에 든 옷으로 바꿔 입어라."

기사들이 신속하게 꾸러미를 풀었다. 그 안엔 후줄근한 검은색 웃옷과 바지, 그리고 짐승의 가죽과 털로 만든 겉옷이 들어 있었다. 조금 놀란 듯 눈을 크게 떴지만 그들 모두 군소리없이 옷을 갈아입었다.

마침내 기사들이 움직임을 멈추고 사일러스를 주목했다. 그들과 비슷한 옷차림을 한 사일러스가 상자 뚜껑을 뒤집은 후 단검을 꺼내 들었다. 그는 칼날을 세워 뚜껑 안쪽에서 얇은 송판을 뜯어냈다. 그리고 모서리에 끼어져 있던 둥글고 납작한 금속 조각을 꺼내 목에 걸었다.

"더 바짝 붙어라. 바드리오로 이동한다."

기사들이 다가들자 사일러스가 금속 조각을 움켜잡으며 입속말을 중얼거렸다. 그 순간 금속 조각에서 눈부신 빛이 쏟아졌다. 오두막을 가득 채운 빛이 그들을 중심으로 잦아들었다.

기사들은 자신들의 몸을 점령한 이질적인 손길을 묵묵히 견뎠다. 감각이 둔해지더니 귀가 멍해졌다. 그리고 어느 순간 어지러움이 사라지며 코끝을 톡 쏘는 풀 내음이 맡아졌다. 그들은 질끈 감고 있던 눈을 뜨고 주위를 둘러싼 낯선 풍경을 맞아들였다.

굳게 닫혀 있던 철문이 열리기 시작했다. 지나칠 정도로 기름 칠을 한 철문은 낮은 한숨만을 흘리며 매끄럽게 입을 벌렸다. 말을 탄 삼십여 명의 기사들이 모습을 보였다. 창문 하나 뚫려 있지 않은 마차가 그 뒤를 따랐고, 약 사십 명에 달하는 기사들이 마차의 옆과 뒤를 철통같이 봉쇄한 채 말을 달리고 있었다.

반수 정도의 기사들 손에 들린 횃불이 주위를 환하게 밝혔다. 지축을 흔드는 말발굽 소리가 고요하던 대기를 요동시키며 멀리 퍼져 나갔다. 행렬은 늦지도 빠르지도 않은 적당한 속도를 유지한 채 목적지를 향해 나아갔다.

갑자기 그들 앞에 붉은 기둥이 솟아올랐다. 놀란 말들이 날카로운 울음을 터뜨리며 발을 높이 차 올렸다. 허겁지겁 말을 달랜 기사들이 검을 뽑아 들고 긴장한 채 주위를 경계했다.

"동요하지 말고 마차를 지켜라!"

기사단장의 다급한 명령이 터진 후 작은 웃음소리가 그 뒤를 좇았다. 핏빛으로 물든 기사들의 얼굴에 두려움이 서렸다. 그동안 거대한 빛 기둥은 양 옆으로 미끄러지듯 퍼져 나가 어느새 그들 주위를 둘러싸고 뱀처럼 꿈틀거리고 있었다.

"누구냐? 모습을 보여라!"

"원한다면."

거리낌없는 대답과 동시에 붉은 머리카락을 드리운 여인이 나타났다.

"넌 누구냐? 누군데 감히 사악한 힘으로 아시리움의 일을 방해하는 것이냐? 원하는 게 뭐냐?"

"난 마체라타라 한다. 전엔 하릴없이 빈둥거리는 처지였지만 지금은 리아잔 제국의 황태자 전하를 모시고 있다. 오늘 너희들 앞에 나타난 이유는, 다시 말해 사악한 힘으로 아시리움의 일을 방해하는 이유는 황태자 전하를 기쁘게 해드리고 싶어서이다. 즉, 그 마차 안에 있는 걸 가져다 드리기 위해서라고 할 수 있을 것이다. 정확히 말한다면 아시리움을 더럽혔다고 난리 치는 중죄인이 되겠지. 난 그렇게 생각하지 않지만… 아무튼 이미 밝혔다시피 내가 모시는 황태자 전하께선 그 마차에 들어 있는 아이를 원한다. 이 정도면 그럭저럭 만족할 정도의 대답은 된 것 같은데… 너희들 생각은 어떠냐?"

뻔뻔할 정도로 천연덕스러운 말을 끝낸 마체라타가 싱긋 웃었다.

"놀란 것 같구나. 특별히 숨길 필요없다는 생각 때문에 털어놓은 건데… 그 이유를 말해 줄까? 난 너희 모두를 죽일 생각이거든. 한 명도 남김없이 모조리."

실성한 사람을 앞에 두고 있는 듯 멍한 표정을 짓고 있던 기사단장이 위엄을 담아 소리쳤다.

"헛소리하지 말고 어서 물러서라!"

"그렇게 못하겠다면? 대체 날 어떻게 할 셈이냐?"

마체라타가 몹시 궁금하다는 표정을 지으며 비아냥거렸다.

"죽일 생각이냐? 아니면 사로잡아 너희들이 굽실굽실 떠받드는 법황에게 끌고 가고 싶은 거냐?"

"입 닥쳐라! 네까짓 게 감히!"

기사단장이 격렬히 분노를 터뜨렸다.

"꽤 화가 나는 모양이로구나. 내가 그 화를 식혀주면 어떨까?"

마체라타의 말이 끝나기가 무섭게 기사단장의 앞을 막고 있던 빛덩어리가 불룩 튀어나와 그를 덮쳤다. 기사들이 상황을 인식하기도 전에 불그스름한 빛은 하얗게 얼어붙은 말과 기사단장을 토해낸 다음 다시 원래 모습으로 돌아갔다. 여기저기서 비명이 터져 나왔다. 공포에 질린 기사들이 붉은 막을 피해 서로를 밀치며 안으로 파고들기 시작했다.

"소용없는 짓이다."

마체라타가 여전히 움직임을 멈추지 않는 기사들을 보며 혀를 차댔다.

"보잘것없는 자비나마 베풀어 되도록 빨리 너희를 편안하게 해주는 것이 좋겠구나. 서둘러 일을 끝내는 게 나한테도 훨씬 낫고 말이다."

깨끗이 미소를 지운 마체라타가 짧은 단어를 소리쳤다. 그러자 붉은 빛이 솟아오르며 천장처럼 기사들의 머리 위를 덮었다. 뻣뻣이 들린 창백한 얼굴로 일제히 빛줄기가 쏟아져 내렸다. 날카로운 비명 소리가 공기를 뒤흔들었다. 다음 순간 귀가 먹먹한 적막이 찾아들며 빛이 힘없이 흩어졌다.

그 사이로 살육의 현장이 고스란히 나타났다. 하지만 어디에서도 기사들의 시체는 물론 말들의 사체도 보이지 않았다. 오직 힘없이 흔들리는 횃불들만이 흩뿌려진 핏방울처럼 여기저기 널려 있었다.

마체라타는 횃불 사이를 걸어 마차로 다가갔다. 조금씩 깊어지던 미소가 이내 얼굴 가득 머금어졌다. 마차 문을 겨우 한 걸음 남겨놓은 지점에서 마체라타가 흠칫하며 걸음을 멈췄다. 그녀는 믿을 수 없다는 얼굴로 잠시 동안 마차를 노려보다 팔을 내밀었다. 마차를 둘러싸고 있는 강력한 막에 닿은 손가락이 싸늘해지며 욱신거렸다. 치밀어 오르는 분노를 이기지 못한 마체라타가 비명같이 새된 외마디 소리를 터뜨렸다.

거대하고 육중한 것이 어마어마한 소리와 함께 바닥으로 내려앉았다. 놀란 남자가 숨을 들이쉬며 벌떡 몸을 세웠다. 강력한 진동이 공기를 뒤흔들자 책상과 책장, 장식장에 놓여 있던 작은 물건들이 맥없이 곤두박질쳤다.

"놀라실 필요 없습니다."

뒤늦은 말을 중얼거리며 마체라타가 모습을 보였다.

"이게 무슨 짓이냐?"

남자의 눈이 매섭게 번득였다.

"아버지, 저 좀 도와주십시오. 자세한 설명은 나중에 드리겠습니다."

"아니, 먼저 설명부터 해라."

거친 숨을 내쉰 마체라타가 초조한 몸짓으로 방 한가운데 자리 잡은 마차를 가리켰다.

"이 안에 그 아이가 들어 있습니다. 제 힘으로 열려고 했지만 역부족이었습니다. 그래서 아버지의 힘을 빌리려 이렇게 허겁지겁 찾아오게 된 것입니다."

"이 까짓 거 하나 해결 못해 내게 손을 벌리는 거냐? 네 자만심의 반만이라도 능력을 키우는 게 어떻겠느냐, 마체라타? 그렇다면 이런 불쾌한 타박도 듣지 않게 될 테니까 말이다."

마체라타는 입술을 깨물며 남자의 시선을 피했다.

"아버지 말씀은 잘 알겠으니 우선 이것부터 열어주십시오."

마땅찮은 얼굴로 그녀를 노려보던 남자가 검은색 마차로 눈을 가져갔다.

"마차에 별도의 보호막까지 두르다니… 예상했던 대로 아시리움에서 매우 신중하게 일을 진행시키는구나. 그렇다 해도 별 소용은 없었지만 말이다. 네가 감쪽같이 죄인을 빼돌린 일이 알려지면 아시리움은 그야말로 벌집을 쑤신 듯 발칵 뒤집힐 것이다. 이번 일과 관련된 사람들은 목이 떨어질까 봐 바들바들 떨게 되겠고. 그 꼴이 눈에 선하구나."

남자가 재미있다는 듯 너털웃음을 터뜨렸다.

"아버지."

"그래, 알았다. 재촉하지 마라. 더 이상 시간 끌지 않을 테니까."

눈을 가늘게 뜨고 마차 문을 살펴보던 남자가 무언가를 중얼거리며 팔을 내밀었다. 남자의 손이 닿자 투명하던 막이 안개가 피어오르듯 시야 속으로 떠올랐다.

"막을 이중으로 세웠군. 이렇게 정성을 쏟았는 데도 죄인을 빼앗기고 말았다니… 좀 안쓰러운 마음이 드는구나. 아시리움이 내 생각을 알면 몹시 불쾌해하겠지만."

이중 보호막을 말끔히 제거한 남자가 마체라타를 돌아봤다.

"너한테 양보하겠다, 마체라타. 이번 일은 네 작품이니까 말이다. 어서 열어봐라. 어떤 모습을 하고 있을지 빨리 보고 싶구나."

"알겠습니다. 저 역시 그 아이가 절 보면 어떤 표정을 지을지, 아니, 자일스 황태자에게 데려갔을 때 얼굴이 어떻게 변할지 몹시 궁금합니다."

마체라타는 기대감에 입술을 살짝 축이며 마차 문을 열어젖혔다. 다음 순간 그녀의 얼굴에 경악이 서렸다. 남자가 마체라타를 밀어내고 텅 빈 마차 안을 들여다봤다.

"당했구나, 시원하게 당했어. 역시 아시리움은 너보다 몇 수 위라는 것이 분명하게 밝혀졌구나. 기분이 어떠냐, 마체라타?"

발작을 일으킨 듯 부들부들 떨고 있던 마체라타가 날카롭게 소리쳤다.

"아니오! 지금은 우열을 따질 수 없습니다! 일은 아직 끝나지 않았습니다! 아직은 결론이 내려진 게 아니란 말입니다!"

"어리석은 것 같으니! 다시 돌아가 아시리움에서 그 아이를 언제 내보내나 기다리겠단 말이냐? 멍해질 만큼 크게 한 방 먹었으면서도 아직도 그들을 모르겠느냐? 아시리움이 지금까지 널 얌전히 기다리고 있을 것 같으냐?"

"그럼 이대로, 이렇게 당한 채로 포기하란 말씀입니까?"

"네가 포기하든 그렇지 않든 이미 내려진 결론이 바뀌지는 않는다. 어차피 넌 졌다, 마체라타. 그러니 얌전히 돌아가서 네 패배의 원인이 무엇인지 심사숙고해 봐라."

마체라타의 얼굴이 일그러졌다.

"하지만 황태자에겐 뭐라고⋯ 대체 무슨 말을 하란 말씀입니까?"

"사실대로 말하면 그뿐 아니냐? 어차피 그 아이는 내일 처형식에서 한 줌 재가 될 것이다. 더군다나 이번 상대는 아시리움이었다. 분노를 터뜨리긴 하겠지만 황태자도 널 심하게 탓하진 못할 거다."

"아니오, 그렇지 않습니다. 아버지는 저만큼 그를 알지 못하십니다."

남자의 얼굴에 짜증이 나타났다.

"네 징징거리는 소린 이제 더 이상 도저히 못 들어주겠다! 어서 돌아가라!"

남자가 성가시다는 듯 거칠게 손을 흔들었다.

"알겠습니다, 아버지. 하지만 이 말만은 하고 돌아가야겠습니다. 아버지 말씀대로 이번엔 제가 졌습니다. 하지만 아직 결론은 내려지지 않았습니다. 다음번엔 그 잘난 아시리움을 제 손으로 꺾어 보이고 말겠습니다."

"마체라타! 아시리움을 건드리지 말라고 내가 분명히……."

마체라타는 남자의 말이 끝나기 전에 모습을 감췄다.

*　　　*　　　*

에지몬트는 다급히 손을 올려 터지려는 비명을 막았다. 칠십 명에 달하는 기사들을 일말의 망설임없이 냉혹하게 죽인 여인이 마차를 향해 다가가기 시작했다. 걸음을 옮길 때마다 살랑살랑 움직이는 붉은 머리카락이 섬뜩하게 눈을 파고들었다. 그녀의 전신에서 뒷골을 쭈뼛하게 만드는 사악함이 배어 나오는 것 같았다. 그 생각이 에지몬트의 입 안을 바짝 마르게 했다.

여인이 접근하고 있는 저 마차엔 분명히 엘이 타고 있을 것이다. 지금이라도 뛰어나가 마녀에게서 그녀를 구하고 싶은 생각에 에지몬트는 이를 악물었다.

"혀, 형님."

"쉿!"

사일러스가 안타까운 그의 속삭임을 재빨리 끊었다. 얼굴을 일그러뜨린 에지몬트가 연거푸 거친 숨을 내쉬었다.

기사들은 여인과 사일러스를 번갈아 흘긋대며 명령이 떨어지기를 애타게 기다렸다. 하지만 사일러스는 눈을 부릅뜬 채 여인을 바라보고만 있을 뿐 입을 열지 않았다. 단독 행동을 할 수 없는 기사들은 그저 미칠 듯한 무력감에 싸인 채 앞을 노려보고 있을 수밖에 없었다.

마차에 손을 뻗던 여인이 갑자기 날카로운 괴성을 터뜨렸다. 놀란 기사들이 반사적으로 몸을 움찔했다. 그들은 숨죽인 채 분노에 찬 몸짓으로 머리카락을 움켜잡는 여인을 지켜봤다. 팔을 내린 여인이 이상한 언어를 중얼거리는가 싶더니 마차와 함께 사라져 버렸다.

"이 일을 어찌합니까, 단장님! 그 마녀가 엘을 데려갔습니다!"

"이렇게 멍하니 있을 때가 아니지 않습니까?"

"엘을 구하러 온 게 아니라 그녀가 잡혀가는 걸 구경하러 온 겁니까, 단장님?"

"어서 명령을 내려주십시오!"

"형님! 대체 어떻게 된 일입니까?"

기사들이 일제히 소리를 질러댔다.

"조용히!"

사일러스가 단호하게 그들의 입을 막았다.

"시간이 없으니 최대한 빨리, 또, 빈틈없이 내 명령을 따르라! 카셀과 에지몬트는 준비해 놓은 나무와 덤불을 저 앞에 쌓아라. 이케르와 세르피언은 기사들의 흔적을 말끔히 치워라. 그리고 횃불 하나는 끄지 않은 채로 나한테 가져와라. 마지막으로 제러드, 넌 활과 화살을 준비한 상태로 대기해라."

말이 떨어지기가 무섭게 기사들이 몸을 움직였다. 오래지 않아 명령을 이행한 그들이 서둘러 잠복 장소로 돌아왔다.

"모두 두건을 꺼내 얼굴을 가려라. 안주머니에 들어 있다. 내 말 명심해라. 절대 우리 정체를 드러내선 안 된다. 이제부터 우린 기사가 아닌 도적이 되는 거다."

사일러스가 제러드에게 시선을 옮겼다.

"내가 불을 붙이면 넌 그 즉시 저기 쌓아놓은 덤불로 불화살을 쏘아라. 기회는 단 한 번뿐이다. 한순간이라도 망설이면 시간이 늦어져 놀란 말들로 인해 큰 사고가 벌어질 위험이 있다. 또 서두르면 기습은커녕 우리가 먼저 당하는 어처구니없는 일이 벌어질 것이다. 명심해라, 제러드. 실수는 용납되지 않는다."

"알겠습니다, 단장님."

제러드의 얼굴에 엄숙한 결의가 나타났다. 숨 돌릴 새도 없이 멀리서 말발굽 소리가 들리기 시작했다.

"왔다, 모두 준비해라."

검을 빼어 든 기사들이 몸을 도사리고 근육을 단단히 수축시켰다. 사일러스는 횃불에 흙을 뿌려 불을 반쯤 잦아들게 만들었다.

날카롭게 감을 곤두세우고 있던 사일러스가 횃불로 화살에 불을 붙였다. 다음 순간 제러드가 힘껏 불화살을 날렸다. 곧 덤불에서 불꽃이 치솟았다. 마차 앞에서 말을 달리던 두 명의 성기사가 말고삐를 잡아당겼다.

"지금이다!"

제러드의 말이 떨어지자마자 기사들이 앞으로 달려나갔다. 그들은 날뛰는 말 등에서 떨어지지 않으려고 안간힘을 쓰고 있던 네 명의 성기사들을 덮쳤다. 성기사들은 검을 빼려는 시도조차 해보지 못한 채 억센 손아귀에 낚아채여 바닥을 뒹굴어야 했다.

"얌전히 검집을 풀어 이쪽으로 던져라!"

목에 검끝이 겨눠진 성기사들은 사일러스의 명령을 고분고분 따르는 수밖에 없었다.

"조금이라도 움직이면 모조리 죽여 버리겠다!"

거칠게 을러댄 사일러스가 벌벌 떨고 있는 마부에게 내려오라는 눈짓을 했다.

"아, 알았어요! 시키는 대로 다 할 테니 제발 목숨만 살려주세요!"

숨을 헐떡이던 마부가 울상을 지은 채 엉거주춤 일어섰다. 그리고 비틀거리는 척하며 발목에서 단도를 빼 들었다. 마부의 속셈을 짐작하고 있던 제러드가 화살로 그의 오른쪽 어깨를 꿰뚫었다. 마부가 단도를 떨어뜨리며 팔을 움켜잡았다.

"이제 다들 알았겠지? 우린 너희 눈에 보이는 대로 다섯 명만 있는 게 아니다. 최고의 명궁 일곱 명이 곳곳에서 너희들에게 활을 겨누고 있단 말이다. 우리에게 대항하려 하지 마라! 죽고 싶지 않다면 명심하는 게 좋을 거다! 또 허튼짓하려 들었다간 그 즉시 화살에 목을 뚫리게 될 테니까."

"감히 우리가 누군지 알고 이 따위 짓을 하는 거냐? 우린 아시리움의 성기사들이다."

"이, 이럴 수가! 아시리움이라고?"

카셀이 과장된 어조로 크게 소리쳤다. 그리고 이내 낄낄대며 빈정거렸다.

"그 대단하시다던 아시리움의 성기사님들도 별거 아닌가 보군. 우리 같은 놈들에게 털리게 됐으니 말이야."

"자, 빨리빨리 움직여라. 거기 셋은 기사나리들 몸을 샅샅이 뒤져 봐

라. 명색이 아시리움의 성기사님들이니 어마어마한 보물이 나올지도 모른다. 우선 기사들을 밧줄로 단단히 묶은 다음에 일을 시작해라. 그리고 거기 너는 이쪽으로 와라. 마차를 살펴봐야 되니까."

에지몬트가 서둘러 사일러스를 향해 다가갔다. 그를 흘긋 쳐다본 사일러스가 검을 치켜들어 마차 문에 달린 자물쇠를 단번에 잘라냈다. 에지몬트는 덜렁거리는 쇠사슬을 풀어낸 다음 마차 문을 벌컥 열어젖혔다. 그는 검을 치켜든 채 어둠에 싸인 마차 안으로 신중하게 상체를 들이밀었다. 뒤에 있던 사일러스가 그의 어깨를 힘껏 움켜잡았다.

에지몬트는 검자루를 틀어쥐며 이를 악물었다. 그리고 옆으로 비켜서서 사일러스에게 다급히 신호를 보냈다. 불길한 예감을 느낀 사일러스가 활짝 열린 마차 문으로 와락 달려들었다. 마차엔 그 누구도 타고 있지 않았다. 어둠만이 텅 빈 공간을 메우고 있을 뿐이었다.

"젠장!"

사일러스가 버럭 욕설을 내뱉었다. 걱정스런 시선들이 몰려들었다.

"아시리움의 성기사들이라 해서 잔뜩 기대했는데 이게 뭐야? 마차 안에 있는 거라곤 잘난 먼지뿐이잖아! 젠장! 그 검이라도 챙겨 들어라. 명색이 성기사들이니 싸구려 검을 차고 있진 않았을 거다. 그렇지, 말도 잊지 마라. 어서들 움직여라! 다 됐으면 이제 그만 돌아간다!"

사일러스는 빠르게 발을 놀려 숲 속으로 들어갔다. 뒤에선 기사들이 말을 끌며 따라오고 있었다. 무언가 짓밟고 싶다는 듯 사납게 땅을 차며 걷던 사일러스는 충분히 거리를 벌렸다는 판단이 들자 멈춰 서서 부하들을 기다렸다.

"단장님, 대체 어떻게 된 일일까요?"

"나도 모르겠다, 제러드."

"일이 어떻게 된 것인지 도무지 갈피를 잡을 수 없습니다."

카셀이 땅이 꺼져라 한숨을 내쉬었다.

"혹시 그 이상한 여인과 함께 사라진 마차에 엘이 타고 있었던 거 아닐까요, 형님?"

"그건 아닐 거다. 시선을 확 잡아끄는 진짜를 내보인 다음 초라한 가짜로 그 뒤를 따르게 한다는 건 말이 되지 않는다. 천하의 어리석은 자도 그렇게 일을 꾸미진 않을 거다. 더군다나 이번 일은 아시리움의 작품이다."

"단장님 말씀대로 두 개가 다 가짜라면 대체 엘은 어디 있는 걸까요?"

사일러스가 세르피언을 향해 무겁게 고개를 가로저었다.

"나도 모르겠다, 세르피언. 이번 일만큼은 정말 모르겠다."

"단장님, 이제 어떻게 해야 합니까?"

카셀이 침울하게 물었다.

"돌아간다!"

"예? 이대로 돌아간다고요?"

"우리가 할 일은 여기까지이다. 오두막으로 돌아가면 세르피언, 이케르, 에지몬트는 옷을 갈아입고 곧장 귀가해라. 그리고 제러드와 카셀, 너희 두 사람은 나와 함께 오두막에 남은 흔적을 지우고 날이 밝길 기다린다. 그런 다음 말과 검을 처분한다."

사일러스는 부하들에게 시선을 맞췄다. 그리 밝지 않은 달빛이 주름 잡힌 그들의 양미간을 희끄무레하게 드러냈다. 그리고 그 아래 눈동자 속으로 스며들어 동공에 자잘한 가루를 뿌려놓고 있었다.

사일러스는 침울한 얼굴들을 하나하나 둘러보며 진심을 담아 말했다.

"오늘 일은 너희들 책임이 아니다. 너희는 빈틈없이 내 명령을 따랐고 맡은 임무에 최선을 다했다. 난 너희가 정말 자랑스럽다."

*   *   *

무성하게 드리워진 넝쿨 사이로 잔뜩 녹이 슨 철문이 나타났다. 철문에 달라붙은 기사 세 명이 낑낑대며 문을 밀고 있었다.

"뭣들 하는 거냐? 빨리빨리 하지 못하고!"

팔짱을 낀 채 거만하게 서서 기사들을 감독하고 있던 사제가 역정을 냈다. 찔끔한 기사들의 팔에 잔뜩 힘이 들어갔다. 뻑뻑하던 철문이 별안간 활짝 열리자 기사 한 명이 중심을 잃고 앞으로 넘어졌다.

"이렇게 한심하니 문 하나 여는 것까지 내가 일일이 신경 쓸 수밖에 없지. 바쁜 내가 여기서 꼭 이런 것까지 해야 되겠느냐?"

사제가 기사들을 노려보며 엄포를 놨다.

"아무튼 난 들어가 볼 테니 너희는 꼼짝하지 말고 여기서 대기하고 있어라. 내가 시킨 건 잊어버리지 않았겠지? 빈틈없이 그대로 실행해야 한다. 정신 똑바로 차려라. 제대로 안 하면 엄한 처벌이 내려질 테니까."

"알겠습니다, 사제님."

"횃불은 절대 꺼뜨리면 안 된다. 알아들었느냐?"

"예, 사제님. 명심하겠습니다."

"하나라도 뭘 믿고 맡길 수가 없으니……."

사제가 혀를 차며 안쪽으로 바삐 걸어가기 시작했다.

"제길! 우리가 횃불에 오줌이라도 갈길 줄 아나? 대체 왜 저렇게 난리를 부리는 거야? 이거야 원, 더러워서!"

기사 한 명이 사제가 사라진 쪽을 향해 침을 퉤 뱉었다.

"누가 아니래? 요 며칠 동안 얼마나 사람을 들들 볶는지 환장하는 줄 알았다니까."

"그나마 자네들은 덜한 거야. 꼼짝도 못한 채 문 앞에 멀뚱히 서 있어야 하는 처량한 신세는 아니었잖아."

"하루 종일 서 있는 건 우리도 매한가지였어. 그것도 찬바람 부는 밖에서 몸을 부들부들 떨며 서 있어야 했단 말이야."

"난 추위는 둘째 치고 다리가 아파 죽는 줄 알았다니까. 지금도 마찬가지고."

투덜거리던 기사들이 바닥에 쪼그리고 앉았다.

"그런데 자네가 지키고 있던 방엔 누가 갇혀 있었던 거야?"

"나도 그게 가장 궁금했는데⋯ 우리가 이런 고생을 하게 된 것도 다 그 정체 불명의 죄수 때문이잖아."

"뭐, 죄수? 그 방에 죄수가 갇혀 있었단 말이야? 대체 그 말은 어디서 들었어?"

수염이 텁수룩한 기사가 얼굴을 들이밀었다.

"문 하나 사이에 두고 있었던 사람이 누군데 그걸 나한테 물어?"

"어서 대답이나 해봐."

기사가 재촉하며 앞으로 다가들었다.

"어디서 들은 게 아니라 그저 내 추측이야. 생각해 봐, 죄수가 아니라면 왜 하루 종일 문 앞에다 기사들을 세워놓았겠어? 아마 내 짐작이 틀림없을걸?"

"그건 자네가 그 방을 못 봐서 그래. 폭신한 침대와 크고 작은 안락

의자, 커다란 책상과 식사를 위해 따로 놓여진 탁자, 심지어는 장식장까지… 아무튼 없는 거 없이, 그것도 최고급으로 꾸며진 방이더라고. 흘긋 엿본 거긴 하지만 입이 딱 벌어질 정도였다니까. 그런데 죄수한테 그런 방을 쓰게 하겠어?"

"그것도 그렇네."

얼굴이 유난히 넙죽한 기사가 머리를 갸웃거렸다.

"그럼 내 생각이 틀린 건가? 사실 난 혹시 세상을 떠들썩하게 만든 그 중죄인이 우리 신전에 온 건 아닌가 하는 생각을 하고 있었거든."

"뭐? 말도 안 돼!"

"그래, 정말 말도 안 된다! 그런 중죄인이 코벨 같은 시골 구석으로 보내질 것 같아?"

동료들의 타박에 기사가 얼굴을 찌푸렸다.

"내 말이 그렇게 터무니없는 건 아니야. 사실 바드리오에서 가장 가까운 신전이 바로 여기잖아. 더군다나 지금은 디우스 강이 거의 바닥을 드러내고 있을 시기란 말이야. 디우스 강을 건너가면 황궁까지 반나절도 안 걸릴걸? 반나절이 뭐야? 운만 좀 따른다면 반의 반나절도 안 걸릴 거다."

"그건 그렇겠지. 하지만 아무리 그래도 그 죄인이 이곳에 있을 것 같진 않아. 사실 멀쩡한 바드리오 신전을 두고 왜 코벨에 그런 중죄인을 보내겠어? 바드리오라면 여기보다 수십, 아니, 수백 배는 더 잘해놨을 텐데 말이야. 보안이나 경비도 이곳과는 비교도 할 수 없을 테고."

"아무튼 이러쿵저러쿵해도 보통 사람이 아닌 것만은 분명해."

"그래, 맞아. 그러니까 우리가 지금 이런 으슥한 곳에 이 모양 이 꼴로 있는 거 아니겠어? 자네들도 우리 신전에 이런 뒷문이 있다는 거 오늘 처음 알았지?"

기사들이 처량한 얼굴로 고개를 끄덕였다.

"어, 잘 들어봐! 혹시 이거……."

"그래, 맞아! 난 빨리 들어가 보고할 테니 자네 둘은 어서 횃불을 흔들라고! 워낙 외진 곳이라 잘못하면 입구를 못 찾고 그냥 지나칠지 모르니까!"

"그래, 알았어. 어서 가봐!"

기사 한 명이 신전을 향해 헐레벌떡 내달았다. 그러자 나머지 기사들도 서둘러 철문 밖으로 뛰어가 횃불을 높이 치켜들고 흔들기 시작했다. 오래지 않아 작은 마차가 기사 여섯 명의 호위를 받으며 나타나 속도를 늦추지 않은 상태로 철문을 통과했다.

"됐다, 성공이다! 이제 저 마차가 다시 이곳을 빠져나간 뒤 문만 잘 잠그면 우리가 할 일은 끝나는 거겠지?"

"그거야 모르지, 다른 명령이 또 내려올지도. 아무튼 자네 말처럼만 됐으면 좋겠어. 어서 한숨 자야지, 이러다간 꾸벅꾸벅 졸다 횃불에 머리가 홀랑 타버릴 것 같아."

"횃불꽂이에 넣어두면 되지. 마차가 언제 나올지도 모르는데 그걸 계속 들고 있을 생각이야? 어여 이리 줘봐."

횃불을 받아 든 기사가 자신이 들고 있던 것과 함께 횃불꽂이에 꽂아 넣은 뒤 바닥에 엉덩이를 깔고 앉았다.

"자네도 여기 앉으라고. 워낙 피곤해서 그런지 냉기 도는 땅바닥도 포근하게만 느껴지는군."

"그러다가 우리 둘 다 잠이라도 들면 어떡하려고?"

"잠이 들어도 마차 소리에 다시 깨겠지 뭐."

"에라, 모르겠다."

털썩 주저앉은 기사가 팔짱을 낀 채 철문에 등을 기대더니 금세 코를 골기 시작했다. 피식 웃던 다른 기사도 이윽고 고개를 늘어뜨렸다.

요란하게 코 고는 소리가 박자를 맞추듯 규칙적으로 들려왔다. 두명의 기사 모두 깊은 잠에 빠져든 것 같다는 판단이 서자 아몬은 참고 있던 말을 속삭였다.

"이곳이 틀림없나 봅니다, 리자드님."

흥분을 못 이긴 살짝 떨리면 목소리였다.

"사실 전 코벨로 가신다는 말씀을 따르면서도 많이 불안했습니다. 엘은 바드리오에 있을 텐데 왜 그런 명을 내리시는 건지… 왜 바드리오를 버리고 코벨을 택하신 건지… 송구스런 말씀이지만 애가 타고 답답하기까지 했습니다. 그런데 엘은 바로 이곳에 있었군요. 전 아시리움에서 엘을 코벨로 보냈으리라곤 상상도 하지 못했습니다. 그런데 리자드님께선 아시리움이 어떻게 나올지 이미 예상하고 계셨군요."

리자드를 향하는 아몬의 눈엔 강한 신뢰감과 경외감이 담겨 있었다.

"아니, 나 역시 확신할 수 없었다. 바드리오일지 코벨일지 정확한 판단을 내릴 수 없었다. 사실 확률은 반반이라 생각했다."

"그렇다면 바드리오엔 다른 조처를 취하셨다는……."

아몬은 며칠 동안 모습을 볼 수 없었던 사일러스를 떠올리며 낮은 탄성을 터뜨렸다.

"그래, 네 생각이 맞다."

"사일러스가 많이 실망하겠군요. 엘이 이곳에 있는지도, 또 리자드님이 이곳을 찾으신 것도 모를 테니까요. 그런데 엘은… 엘은 괜찮겠지요, 리자드님? 설마 모진 대우나 고문을 받은 건 아니겠지요?"

리자드는 아몬의 물음에 대답하지 않고 다른 질문을 꺼냈다.

"마법을 시현하는 데는 아무 문제 없는 것이냐?"

아몬의 얼굴이 어두워졌다. 이곳으로 떠나기 직전 시도해 보았을 때는 놀랄 정도로 강한 마법력이 발산되었지만 지금까지 그게 유지될지 장담할 수 없었다.

"물론입니다, 리자드님. 심려치 마십시오."

아몬은 불안을 내색하지 않고 자신있게 말했다.

그의 태도에서 무엇인가를 느꼈는지 리자드가 그에게 날카롭게 시선을 가져갔다.

"진심입니다, 리자드님. 저에 대해선 조금도 신경 쓰시거나 걱정하실 필요 없습니다."

아몬은 미소를 지어 보인 다음 자연스럽게 말머리를 돌렸다.

"그나저나 생각보다 많이 지체되는군요. 마차가 안으로 사라진 후 상당한 시간이 흘렀는데 말입니다. 설마 무슨 문제가 생긴 건 아니겠지요? 눈에 보이지 않으니 자꾸 불길한 생각만 떠오르는군요."

"준비해라."

리자드가 짧게 명령을 내렸다. 아몬은 신경을 곤두세운 채 넝쿨과 어둠에 반쯤 가려진 철문을 주시했다. 곧 초조한 기다림이 끝났음을 알 수 있었다. 작은 웅성거림 같던 마차 소리가 조금씩 크게 들려왔다.

"어이, 일어나! 빨리!"

퍼뜩 눈을 뜬 기사가 세상모르고 자고 있는 동료를 흔들어 깨웠다.

"뭐, 뭐야?"

기사가 화들짝 놀라 등을 세웠다.

"어서 일어나라고! 이 소리 안 들려?"

허겁지겁 움직인 두 사람이 횃불을 손에 들고 철문 양 옆으로 나눠 섰다. 곧 들어왔을 때와 조금도 변한 것이 없어 보이는 마차와 여섯 명의 성기사가 두 사람 사이를 지나 밖으로 달려나왔다.

"공격하지 말고 막아서기만 해라."

"예, 리자드님."

아몬은 환상 마법으로 일행 앞에 육중한 벽을 만들었다. 갑자기 하늘까지 솟은 듯한 벽이 나타나자 선두에서 말을 달리던 기사가 크게 소리쳤다.

"멈춰라!"

기사들이 능숙하게 고삐를 잡아당겼다. 조금 놀라기는 했지만 최정예 성기사들은 날카롭게 주위를 견제하며 검을 뽑아 들 뿐 전혀 동요하지 않았다.

"모두 제자리에서 마차를 지켜라! 프레스, 저게 무엇인지 확인해라!"

대장 바로 뒤에 있던 기사가 말에서 내려 벽을 향해 걸어갔다. 그는 신중하게 검을 움직여 검끝이 아무 저항 없이 벽을 통과한다는 걸 확인했다. 그리고 크게 위험하지 않다는 판단이 서자 이번엔 자신의 손을 가져다 댔다.

"단순한 허상인 것 같습니다, 대장님!"

기사가 몸을 세우며 보고했다.

"알았으니 돌아와라!"

부하들 모두 자신의 자리를 지키고 있음을 확인한 대장이 주위를 휙 둘러봤다. 그리고 위엄 어린 목소리로 소리쳤다.

"여기 어딘가에서 우릴 지켜보고 있다는 거 알고 있다!"

예리하게 촉각을 곤두세운 대장이 어둠 속의 어느 한 점을 노려봤다. 그는 바로 그곳에 누군가가 있다는 것을 직감적으로 느낄 수 있었다.

"귓구멍 크게 열고 똑똑히 들어라! 어서 길을 여는 것이 좋을 거다! 무슨 속셈인진 모르겠지만 죽고 싶지 않다면 순순히 내 말을 따르라!"

실제가 아닌 환상에 불과했지만 아시리움 종단의 성기사가 장난처럼 세워진 벽을 뚫고 지나간다는 건 용납할 수 없는 행동이었다. 그런 사소한 일로 성기사의 명예와 존엄을 훼손할 수는 없었다.

"리자드님……."

안절부절못하고 있던 아몬이 안타깝게 리자드를 불렀다. 하지만 리자드는 대답하지도, 움직이지도 않았다. 그는 얼굴을 정면에 고정한 채로 마차 문에 시선을 못 박고 있을 뿐이었다.

"순순히 길을 연다면 우린 그 즉시 이곳을 떠날 것이다! 이번 일을 문제 삼지 않겠다는 말이다! 하지만 열 셀 동안 저 장난감을 없애지 않는다면 아시리움의 이름을 걸고 절대 이 일을 용서하지 않을 것이다!"

"리자드님, 어서 명을 내려주십시오. 왜 아무 말씀 안 하시는 겁니까?"

아몬의 말이 끝나자마자 대장이 위협하듯 더욱 강건한 어조로 숫자를 세기 시작했다.

"리자드님, 제발."

"길을 열어라."

리자드가 딱딱하게 말했다.

"리, 리자드님……."

입술을 달싹이던 아몬이 멍한 얼굴로 그를 불렀다.

"길을 열라고 했다."

"리자드님!"

"어서!"

아몬을 노려보는 청회색 눈동자가 매섭게 번득였다.

"알겠습니다."

아몬은 미칠 듯한 혼란에 휩싸인 채 마법을 풀었다.

"어서 출발해라!"

말들이 힘차게 땅을 박차며 달리기 시작했다. 그들의 소리가 점점 잦아들어 희미한 흔적만 남았을 때 아몬이 참고 참았던 질문을 꺼냈다.

"마차에 엘이 타고 있지 않다고 판단하신 겁니까?"

"아니, 그 아이는 마차 안에 있었다."

"그런데 왜… 리자드님, 그런데 왜 그들을 그냥 보내신 겁니까?"

애절할 정도로 감정이 복받친 물음들이 연이어 쏟아졌다.

"왜 명령을 내리지 않으셨습니까? 왜 그들을 보고만 계셨습니까? 눈앞에 엘이 있는데 왜 그녀를 구하지 않으신 겁니까? 이렇게 허무하게 그녀를 사지로 떠나보내려고 이곳에 온 건 아니지 않습니까? 코벨까지 온 이유는 엘을 구하기 위해서였잖습니까? 설마 그것이 아니었습니까? 리자드님, 제발 말씀해 주십시오!"

리자드가 고개를 돌려 아몬의 일그러진 얼굴을 마주했다.

"그 아이를 구하게 위해 이곳에 왔다. 그리고 네 말대로 보고만 있다가 허무하게 그 아이를 떠나보냈다. 하지만 틀린 게 하나 있다. 난 그 아이를 구하지 않은 게 아니라 구할 수 없었던 거다."

"그게 무슨 말씀이십니까?"

"마차 둘레뿐 아니라 기사들에게까지 강한 방어막이 쳐져 있었다. 도저히 뚫을 수 없는 강력한 막이."

"하지만 전……."

느끼지 못했다는 말을 하려던 아몬은 자신의 상태가 지금 정상이 아니라는 생각이 떠오르자 힘없이 말끝을 흐렸다. 그의 마음을 읽은 듯 리자드가 입을 열었다.

"느낌으로 알지 못했다고 해도 눈에 보이는 증거들이 너무나 확연했다."

"눈에 보이는 증거라니, 무엇을 말씀하시는 겁니까?"

"첫째, 환하게 밝혀진 마차 주위로 작은 벌레 한 마리 모여들지 않았다. 둘째, 주위를 둘러싼 나무들이 무엇인가에 튕겨지기라도 한 듯 바깥쪽으로 휘어졌다. 셋째, 그 아래 풀들이 순식간에 말라 죽었다. 넷째, 불빛에 비친 분진들이 소용돌이치듯 회전하며 마차 주위를 떠다니고 있었다. 그리고 가장 확실하고 단순한 증거인 다섯째, 마차와 기사들의 모습이 굴절되어 비춰졌다."

"전… 몰랐습니다, 리자드님. 눈앞에 닥친 흥분과 초조가 시야를 막아버려 단 한 가지도 눈치 채지 못했습니다. 단 한 가지도……."

아몬이 독백하듯 낮게 중얼거렸다.

"널 탓하려는 게 아니다!"

별안간 소리를 높인 리자드가 거친 숨을 토해내며 하늘을 올려다봤다. 이마에서 코로 이어지는 날카로운 선이 칼날같이 은빛으로 그려졌다. 희미한 그림자가 경직된 목줄기 위로 도드라진 힘줄을 비추고 있었다. 아몬은 그제야 리자드가 눈에 보이는 것처럼 침착한 상태가 아님을 깨달을 수 있었다.

"돌아간다."

리자드가 무뚝뚝하게 명령했다.

엘은 어떻게 되는 겁니까? 이대로 …도 할 수 없는 겁니까? 그녀가 죽는 걸 볼 수밖에 없는 겁니까? 리자드님께선 엘이 죽어도 아무렇지 않으신 겁니까? 정말 그녀를… 버리시려는 겁니까?

아몬은 입 안에서 맴도는 물음을 삼키며 힘없이 고개를 꺾었다.

"알겠습니다, 리자드님."

"자, 이걸 마셔라."

엘은 눈앞으로 내밀어진 작은 병을 받아 들었다.

"이게 무엇인가요?"

한숨을 푹 내쉰 여사제가 맞은편 의자에 앉았다. 엘을 바라보는 그녀의 눈엔 엷은 동정이 깔려 있었다.

"고통을 느끼지 않게 해주는 약이다. 지금쯤 마셔야 내일 처형식 때 약효가 충분히 발휘된다더구나. 네가 그토록 큰 죄를 저질렀는데도 아시리움 성전에서 그 약을 직접 내려 보냈다. 그러니 아시리움의 자비에 감사드려라. 네겐 정말 다행스런 일 아니냐? 나도 전해 들은 거라 잘은 모르지만 어쩌나 약효가 뛰어난지 죽음의 순간에도 웃음을 터뜨릴 수 있는 약이라 하더구나."

"죽음의 순간에도 웃음을 터뜨릴 수 있는 약……."

엘은 혼잣말을 속삭이며 병에 담긴 액체를 들여다봤다.

"다행이네요. 정말… 다행이에요. 이젠 더 이상 죽음을 두려워할 필요가 없는 거군요. 이 약만 마시면 말이에요."

여사제가 만족스럽게 고개를 끄덕였다. 엘은 그녀에게 어렴풋한 미소를 지어 보인 뒤 병 뚜껑을 열었다.

"아시리움의 자비에 진심으로 감사드립니다."

진지한 목소리로 말한 엘이 병을 기울여 단숨에 약을 들이켰다. 독약처럼 쓰디쓴 액체가 목을 타고 넘어갔다.

"잘했다. 약은 마셨으니 이제 옷을 갈아입어라. 너도 수많은 사람들 앞에 초라한 모습으로 나서고 싶진 않겠지. 많이 피곤해 보이는데 옷 갈아입는 건 내가 도와주겠다."

"아니오, 제가 직접하고 싶습니다. 지금까지 그래 왔듯이 제 손으로 갈아입고 싶습니다. 허락해 주십시오."

"그래, 나야 아무래도 상관없으니 네가 원하는 대로 해라."

여사제가 부드럽게 수락했다.

"감사합니다. 저… 그런데 부탁 하나만 더 드려도 되겠습니까?"

"말해 봐라."

"잠시만 혼자 있고 싶습니다. 혼자서 마음을 정리하며 옷을 갈아입고 싶어서 그럽니다."

눈살을 찌푸린 여사제가 단호하게 거절했다.

"그건 안 된다. 내일 처형식이 열리기 직전까지 널 잠시도 혼자 두지 말라는 명이 내려왔다."

"잠깐이면, 아주 잠깐이면 됩니다. 제발… 제 마지막 부탁을 들어주십시오, 사제님. 부탁드립니다."

엘의 간절한 말에 여사제가 거북스러운 표정을 지었다. 너그럽게 부탁을 들어주고 싶지만 아시리움 성전에서 내려온 명을 거역한다는 건 쉬운 일이 아니었다.

"사제님……."

어둡게 그늘진 보라색 눈동자와 마주친 순간 그녀는 마음을 정했다.

"좋다, 하지만 네 말대로 잠깐일 뿐이다."

"감사합니다, 사제님."

간단하게 고개를 끄덕인 사제가 밖으로 나갔다. 그 즉시 엘은 침대로 다가가 모포를 집어 들고 바닥에 무릎을 꿇었다. 그리고 목구멍 깊숙이 손가락을 밀어 넣었다. 곧 격한 구토가 치밀어 올랐다. 엘은 소리를 막기 위해 얼굴을 모포에 묻었다. 빈 위장을 채웠던 약물이 쏟아지며 얼굴을 적셨다. 역한 냄새가 코를 자극하자 울컥하며 다시 토악질이 시작됐다.

거친 돌로 문지르기라도 하듯 목과 가슴 전체에 쓰라린 통증이 느껴졌다. 하지만 멈출 수는 없었다. 아무리 고통스러워도 웃으며 죽고 싶진 않았다. 아무리 두려워도 아픔조차 느낄 수 없는 괴물이 되어 죽음을 맞고 싶진 않았다. 내일이면, 아니, 고개를 드는 순간 후회하게 될지도 모르지만 엘은 끝까지 인간으로 남고 싶었다.

그녀는 숨을 헐떡이며 몸을 바로잡고 탁자에 놓인 물병을 들어 시트 자락을 적셨다. 그리고 얼굴에 묻은 토사물의 흔적을 말끔히 닦았다. 모포와 시트를 뭉쳐 침대 아래로 깊숙이 밀어 넣는 손길이 바르르 떨려왔다. 엘은 서둘러 옷을 훌훌 벗은 다음 말끔하게 접힌 옷을 집어 들었다. 그녀가 마지막 단추로 손을 가져갔을 때 문이 열리며 사제가 들어왔다.

"이만하면 충분했을 거다. 그래, 옷도 갈아입었구나. 잘했다. 이제 조금 있으면 날이 밝을 테니 그동안만이라도 편히… 그러니까 내 말은……."

마음이 불편해진 사제가 말을 끝맺지 못하자 엘이 조용히 그 뒤를 이었다.

"예, 편히 쉬겠습니다. 신경 써주셔서 감사합니다."

그녀는 안쓰러움이 담긴 사제의 눈길을 받으며 얌전히 의자에 몸을 묻었다.

사제가 슬그머니 한숨을 내쉬더니 침대 위에 앉았다. 피곤한 듯 몇 번 하품을 하던 그녀는 급기야 등을 기대고 꾸벅꾸벅 졸기 시작했다. 엘은 그녀의 깊은 숨소리를 들으며 잔인한 시간들을 하나하나 흘려보냈다.

*　　　　*　　　　*

"실패했다고?"

"예."

의자에서 벌떡 일어난 자일스가 마체라타를 향해 돌진하듯 다가갔다. 그리고 그녀의 뒷목을 휘어 감아 얼굴이 부딪칠 정도로 바짝 끌어당겼다.

"다시 말해 봐라."

마체라타는 광포하게 이글거리는 자일스의 눈을 피하지 않았다.

"아시리움에게 당했습니다. 마차는 텅 비어 있었습니다."

"그럼 그놈은 어디 있는 거냐?"

"알아내지 못했습니다. 하지만 이곳 황궁 어딘가에 있으리라는 건 예상할 수 있습니다. 아시리움을 제외하곤 누구도 손댈 수 없는 장소에 갇혀 있겠지요."

자일스가 험악하게 이를 갈았다.

"오늘 밤 떠나기 전 네 입으로 무슨 말을 했는지 아느냐? 네가 그 건방진 입을 놀려 한 호언장담을 기억하느냐?"

"예, 기억합니다."

마체라타는 날카로운 어조로 대답하며 목덜미를 파고드는 난폭한 손을 뿌리쳤다.

"제가 경솔했다는 건 압니다. 또, 전하를 실망시켜 드렸다는 것도 잘 알고 있습니다. 하지만 무슨 죽을죄라도 지은 것처럼 전하 앞에 무릎 꿇고 용서를 구하진 않겠습니다."

"무릎 꿇고 용서를 구하진 않겠다고? 뭘 잘했다고 그 따위 말을 지껄이는 거냐? 일을 망친 주제에 뭘 잘했다고 그렇게 건방지게 구는 거냐!"

"제 잘못은 아시리움을 과소평가했다는 것 하나입니다. 단지 그것뿐입니다. 따라서 제 잘못을 인정하긴 하겠지만 눈물 흘리며 속죄할 생각은 없습니다."

자일스의 입가에 경련이 일었다. 성질을 이기지 못해 몸을 부들부들 떨던 그가 급기야 마체라타를 향해 손을 번쩍 치켜들었다. 두 사람의 시선이 맞부딪쳤다.

"전하, 전 전하께서 절 필요로 하시는 그날까지 전하 곁에 머물고 싶습니다. 하지만 고통을 감수하면서까지 그 마음이 변치 않을 정도로 인내심이 많진 않습니다."

짙어진 초록빛 눈동자가 도전적으로 반짝이는 붉은 눈동자를 꿰뚫듯 노려봤다. 팽팽하게 대치된 침묵이 흐른 뒤 자일스가 손을 내려 마체라타의 볼을 쓰다듬었다.

"그래, 마체라타. 네 앙큼한 협박을 곧이곧대로 믿는 건 아니지만 네게 폭력을 휘두르진 않겠다. 하지만 앞으로는 네 운을 너무 맹신하지 않는 게 좋을 거다."

마체라타가 살포시 이를 드러내며 미소 지었다.

"전하의 말씀 명심하겠습니다."

그녀의 볼을 손끝으로 가볍게 두드리던 자일스가 갑자기 몸을 돌려 문을 향해 걸어갔다. 문을 열어젖힌 그는 옆에 서 있는 시종의 머리채를 휘어잡아 안으로 낚아챘다. 시종이 바닥으로 거칠게 넘어졌다.

"어, 어이쿠! 전하! 왜 그러시는……."

시종의 복부로 자일스의 발이 날아와 꽂혔다. 시종이 숨 막히는 비명을 지르며 몸을 웅크렸다. 자일스는 울부짖는 시종에게 계속해서 무자비한 발길질을 가했다.

"전하, 잘못했습니다! 제발 용서해 주십시오!"

시종이 애원하며 자일스를 피해 엉금엉금 기기 시작했다. 자일스는 그를 따라가 머리채를 잡아 올린 다음 공포에 질린 얼굴을 주먹으로 가격했다. 연거푸 주먹을 휘두르던 자일스가 손아귀의 힘을 풀고 몸을 일으켰다. 피투성이 얼굴이 바닥으로 고꾸라졌다.

창백한 낯빛으로 문가에 서 있던 다른 시종들에게 자일스의 시선이 날아갔다. 놀란 그들이 몸을 흠칫했다.

"이놈을 데려가 치료받게 해줘라."

"알겠습니다, 전하."

시종 세 명이 축 늘어진 동료를 들고 허겁지겁 밖으로 나갔다.

"이제 기분이 풀리셨습니까?"

마체라타가 상냥한 어조로 물었다.

"조금."

시큰둥하게 대답한 자일스가 의자에 털썩 내려앉았다.

"전 이만 물러가겠습니다, 전하. 이제 조금 있으면 날이 밝아올 테니 전하께서도 어서 침소에 드시는 것이 좋겠습니다."

"그래, 네 말이 맞다. 개운한 기분으로 내일 처형식에 참석하려면 잠깐이라도 휴식을 취하는 게 좋겠지. 내 손으로 직접 응분의 벌을 내리진 못하겠지만 놈이 불에 타며 몸부림치는 꼴을 구경하는 것도 그리 나쁘지만은 않을 거다. 너무 시시하게 숨통이 끊어진다는 것만 빼면 그럭저럭 볼 만할 것 같긴 하다. 그걸 위안으로 삼고 네 말대로 난 이만 침소에 들겠다."

"편히 쉬십시오, 전하."

마체라타는 자일스의 등을 향해 가볍게 목례를 했다.

자일스가 침실 문을 닫자 그녀는 한숨을 내쉬며 여기저기 피가 고여 있는 바닥을 둘러봤다.

"피투성이 방이라… 난폭하고 더러운 짐승의 우리 같군. 그렇다면 짐승의 비위를 맞추는 나는 하찮은 먹이인가, 아니면… 현명한 사육사인가?"

마체라타의 얼굴에 진한 조소가 피어올랐다.

"두고 보면 저절로 알겠지. 원하지 않아도 답이 보일 테니까."

*   *   *

"일어나시게."

니제르 대사제는 침대에 누워 자고 있던 여사제의 어깨를 툭툭 건드리며 점잖게 말했다. 눈살을 찌푸린 사제가 성가시다는 듯 웅얼거리며 그의 손을 뿌리쳤다. 니제르 대사제는 몇 번 혀를 찬 다음 한 발 뒤에 서 있는 고위 사제를 돌아봤다.

"대체 이 사제 이름이 뭔가?"

"시스티나 사제입니다, 대사제님."

고위 사제가 공손히 대답했다.

"시스티나 사제! 어서 일어나지 못하겠는가?!"

고함이라도 지르듯 니제르 대사제가 버럭 소리쳤다. 눈을 번쩍 뜬 시스티나 사제가 외마디 소리를 지르며 일어나기 위해 팔다리를 버둥거렸다. 뭉쳐진 시트에 발이 걸려 하마터면 바닥으로 고꾸라질 뻔한 그녀는 시뻘게진 얼굴로 허겁지겁 무릎을 꿇었다.

"대, 대사제님, 죄송합니다. 너무 피곤해서 저도 모르게 깜박 잠이 든 모양입니다. 정말 죄송합니다. 어떤 벌을 내리셔도 달게 받겠습니다."

바짝 조아린 머리를 보며 그럭저럭 노기를 가라앉힌 니제르 대사제가 조금 뚱한 어조로 말했다.

"다행히 우려할 만한 일은 발생하지 않은 것 같으니 이번엔 그냥 넘어가겠네. 하지만 임무에 불성실한 모습을 다시 한 번 보게 된다면, 그땐 이번 일까지 더해 톡톡히 잘못을 묻겠네. 알아들었는가, 시스티나 사제?"

"예, 명심하겠습니다, 대사제님. 용서해 주셔서 감사합니다. 다시 한 번 사죄 올리겠습니다."

"됐으니 그만 하고 일어나게."

니제르 대사제가 정렬해 있는 열두 명의 성기사들에게 고개를 돌렸다.

"시스티나 사제와 긴히 할 얘기가 있으니 다들 나가봐라. 그리고 자네들도 자릴 좀 비켜줘야겠네."

다섯 명의 고위 사제들이 난처한 시선을 주고받았다. 그리고 그들 중 한 명이 완곡하게 반대 의사를 표명했다.

"저… 대사제님, 저런 중죄인이 있는 방에 어찌 혼자 남으신다는 말씀입니까? 시스티나 사제가 있긴 하지만 그러다 만에 하나 불상사라도 생기면 어쩌시려고 그런 명을 내리시는 겁니까? 다시 생각해 주십시오."

"저 아이가 날 해코지라도 할까 봐 걱정이 돼서 하는 말인가 보군. 하지만 저 아이를 좀 보게. 내 눈엔 자기 몸도 가누기 힘들어 보이는데 어찌 나에게 위해를 가할 수 있겠는가?"

사제와 기사들의 시선이 엘에게 몰려들었다. 그녀는 몸을 축 늘어뜨린 채 파리한 얼굴로 의자에 앉아 있었다. 그녀를 살피던 고위 사제의 얼굴에 수긍의 빛이 나타났다. 하지만 완전히 마음을 놓을 수 없는지 여전히 눈엔 근심이 담겨 있었다.

"겉모습은 약해 보여도 마음을 놓아서는 안 되는 놈입니다, 대사제님. 사납기가 이루 말할 수 없다는 말이 바드리오 신전에 파다합니다. 리아잔 제국의 왕태자 전하께서도 하마터면 목숨을 잃으실 뻔했다는 말까지 들었습니다. 부탁드리옵건대, 물러가라는 명을 재고해 주십시오, 대사제님."

엘을 바라보는 니제르 대사제의 얼굴엔 어느새 꺼림칙한 불안이 어려 있었다.

"알겠네, 자네가 그렇게까지 말하니."

뒷짐을 진 채 기사들을 훑어보던 니제르 대사제가 입을 열었다.

"거기 맨 뒤의 기사 두 명은 남아라. 그리고 나머지는 밖에서 대기하고 있어라. 이제 됐을 테니 사제들도 어서 자릴 비켜주게나."

기사들과 사제들이 부랴부랴 문을 나섰다.

니제르 대사제가 근엄한 얼굴을 두 기사에게 향했다.

"이곳에서 들은 얘기는 절대 발설해선 안 된다. 만약 단 한 마디라도 새어 나간다면 중죄로 다스리겠다. 알겠느냐?"

"예, 대사제님. 명심하겠습니다."

기사들이 몸을 꼿꼿하게 세우며 대답했다. 니제르 대사제는 조금 미심쩍은 눈길로 그들을 바라본 다음 시스티나 사제에게 몸을 돌렸다. 그리고 창백하게 질려 있는 그녀를 발견하고 눈살을 찌푸렸다.

"그렇게 긴장할 필요 없네. 아까 일을 다시 문제 삼으려는 게 아니니까. 그저 몇 가지 확인하고 넘어갈 게 있는 것뿐이네."

니제르 대사제는 기사에게 시켜 구석에 놓인 의자를 가져오게 한 다음 편안하게 등을 기대고 앉았다.

"내려 보낸 오귀스트는 죄인에게 먹였는가?"

"예, 대사제님."

"틀림없는 거겠지?"

니제르 대사제가 재차 확인하고 나오자 시스티나 사제가 한층 목소리에 힘을 실었다.

"물론입니다. 마시는 걸 제 눈으로 분명히 확인했습니다."

엘을 흘긋 쳐다본 니제르 대사제가 영문을 모르겠다는 듯 미간을 찡그렸다.

"자네 눈으로 확실히 봤다면 왜 저렇게 표정이 어두운 건가?"

"그건 저도 잘 모르겠습니다. 하지만 그 약물을 마신 건 분명합니다."

"양이 부족하진 않았을 테니 아직 약효가 충분히 퍼지지 않은 모양이로군. 그럼 그건 됐고… 이곳으로 오는 길에 사소한 불상사가 있었다고 들었는데 상세히 말해 보게."

"예, 알겠습니다, 대사제님. 하지만 전 죄인과 함께 마차 안에 있었던 관계로 직접 눈으로 보진 못했습니다. 제가 전해 들은 말을 그대로 올리자면, 코벨을 막 출발했을 때 앞에 커다란 벽이 나타났다 합니다. 다행히 벽은 단순한 허상이었고, 누구의 장난인지는 모르지만 없애라는 말을 순순히 따랐다고 하더군요. 그 이후엔 아무 일 없이 이곳 황궁까지 순탄하게 올 수 있었습니다. 제가 알고 있는 건 이 정도밖에 없습니다."

성기사의 보고와 시스티나 사제의 말이 일치함을 확인한 니제르 대사제는 잠자코 고개를 끄덕였다.

"이만하면 됐네. 내가 묻고 싶은 건 그 두 가지가 전부였네. 그럼 난 이제 나가봐야겠군. 맡은 바 임무를 충실히 수행하고, 또 죄인과 오랜 시간 함께 있느라 노고가 많았네. 이제 잠시 후면 처형식이 열리게 될 테니 조금만 더 수고해 주게."

부드러운 격려의 말에 시스티나 사제의 얼굴이 환하게 밝아졌다. 그녀에게 점잖은 미소를 지어 보인 니제르 대사제가 문으로 향했다.

"저, 대사제님… 혹시 법황 성하께서도 오늘 처형식에 참석하시는지 알고 계십니까?"

걸음을 멈춘 니제르 대사제가 시스티나 사제에게 엄한 시선을 던졌다.

"성하의 참석 여부를 알려고 하는 이유가 뭔가?"

시스티나 사제의 얼굴이 발갛게 상기됐다.

"사, 사실은… 그저 먼발치에서나마 성하를 뵐 수 있을까 해서… 주제넘은 질문이었습니다, 대사제님. 죄송합니다."

표정을 누그러뜨린 니제르 대사제가 몇 번 헛기침을 한 다음 입을 열었다.

"솔직히 말하자면 자네의 질문은 나 역시 궁금해하고 있던 물음이었네. 자리를 마련해 놓긴 했지만 성하께서 참석하실지의 여부는 전혀 알려진 바가 없네. 성하께서 굳이 이런 자리에 오실 필요까진 없으실 테고, 또 특별히 관심을 가지실 만한 일도 아니고… 내 생각엔 성하를 먼발치에서나마 뵙고 싶다는 자네의 소망이 이뤄지긴 힘들 것 같군. 언제 기회가 되면 성하께 자네 얘기를 한번 올려보겠으니 그것으로 섭섭함을 달래보게."

"아, 아니… 그게… 저…….."

니제르 대사제는 당황해 어쩔 줄 몰라 하는 시스티나 사제에게 빙그레 웃어 보인 후 문을 나섰다.

"꾸물거리지 마라, 시간이 없단 말이다!"

기사가 엘의 등을 난폭하게 떠밀었다. 쓰러질 뻔한 그녀는 눈앞으로 돌진하는 쇠창살을 간신히 움켜잡았다. 머리가 핑 돌며 속이 울렁거렸다. 엘은 싸늘한 쇠창살에 이마를 기댔다. 기진맥진한 몸에 곧 식은땀이 배어들었다.

"조심해라. 처형식을 치르기도 전에 피를 보고 싶은 것이냐?"

시스티나 사제가 못마땅한 눈초리로 기사를 노려봤다.

"죄송합니다, 사제님. 시간이 너무 늦어지는 바람에 마음이 급해져서 그만……."

"네 마음은 알겠다만 군이 그토록 거칠게 다룰 필요는 없지 않느냐?"

"앞으로 주의하겠습니다. 죄송합니다, 사제님."

진심으로 후회한다는 듯 기사가 풀 죽은 어조로 말했다. 하지만 그는 시스티나 사제의 눈이 자신을 떠나자 불만스럽게 입술을 삐죽거렸다. 그것을 본 동료 기사가 조심하라는 뜻으로 그의 팔을 툭 건드렸다.

"괜찮으냐? 어디 다친 데는 없는 거냐?"

엘의 어깨에 따뜻한 손이 얹어졌다.

"예, 괜찮습니다."

"그렇다면 어서 안으로 들어가라. 저 기사의 말대로 시간이 많이 지체됐다."

엘은 묵묵히 낮은 단을 올라 입을 벌리고 있는 우리 안으로 몸을 밀어 넣었다. 옆에서 대기하고 있던 기사가 그 즉시 쇠창살 문을 닫고 빗장을 질렀다.

"어서 문을 열어라!"

시스티나 사제가 거대한 철문 옆에 나란히 정렬해 있는 병사들을 향해 명령했다.

"사제님!"

엘은 다급히 외쳤다.

"이걸 치워주실 수는 없는 건가요? 꼭 이 안에 들어가 있어야 하는 겁니까?"

쇠창살로 둘러진 우리 안에서 짐승처럼 사람들의 구경거리가 되어야 하는 건가요?

시스티나 사제가 엘의 심정을 눈치 챈 듯 슬며시 한숨을 흘렸다.

"어쩔 수 없다. 난 그저 시키는 대로 하는 것뿐이다. 그리고 네 안전을 위해서도 그 안에 있는 게 나을 거다. 내 말이 좀… 이상하게 들리겠다만……."

미안한 마음이 깃들어 있는 말을 들으며 엘은 물끄러미 사제를 바라봤다. 그리고 작게 속삭였다.

"고맙습니다, 사제님."

울적한 표정으로 시선을 피하던 시스티나 사제가 별안간 흠칫하더니 엘에게 눈길을 되돌렸다.

"그 약… 너, 설마……."

수레가 삐걱대며 움직이기 시작했다. 그녀는 조금씩 멀어지는 시스티나 사제를 향해 희미한 미소를 지었다.

거대한 철문을 통해 쏟아져 들어온 빛이 눈을 부시게 했다. 머리가 아득해지는 어지러움을 느끼며 엘은 눈을 꼭 감았다. 수레의 진동을 따라 그녀의 몸이 이리저리 흔들렸다. 갑자기 하늘이 무너지기라도 한 듯 엄청난 고함과 환호성이 터져 나왔다. 귀를 멍하게 하는 사나운 풍랑 속에서 엘은 떨리는 숨을 길게 내쉬었다. 그리고 눈을 열어 그녀를 둘러싼 수천, 아니, 수만 개의 얼굴을 대면했다. 입을 크게 벌린 채 무슨 소리인가를 쉴 새 없이 외치는 얼굴들. 무섭도록 낯설기만 한 얼굴들은 그녀에 대한 적의와 증오로 일그러져 있었다.

난 저 사람들에게 아무 짓도 하지 않았는데… 아무 잘못도 저지르지 않았는데…….

"더러운 자식!"

그녀 또래의 소년이 펄쩍 뛰어올라 쇠창살을 움켜잡으며 침을 뱉었다. 본능적으로 얼굴을 피한 엘은 머리카락을 타고 흐르는 질척한 타액을 멍하니 바라봤다.

내가 그렇게 큰 죄를 지은 건가? 가짜 왕자 노릇을 했다는 게 그토록 엄청난 잘못인가? 그래서 저 많은 사람들이 나에게 화를 내고 있는 건가?

엘은 이를 악물었다.

용서받을 수 없는 죄라 해도 상관없어. 난 후회하지 않아. 난 조금도 부끄럽지 않아.

그녀는 주먹을 불끈 쥐며 턱을 치켜들었다. 그 순간 시리도록 파란 눈동자와 시선이 맞닿았다. 리오의 눈이, 그녀만큼이나 아파하고 고통스러워하는 그의 눈이 그녀를 바라보고 있었다. 가슴에 작은 통증이 일었다. 엘은 그 아픔이 기쁨인지 서러움인지 분간할 수 없었다.

"이 쳐 죽일 놈!"

"죽여라! 사지를 찢어 죽여라!"

"하늘이 무섭지도 않느냐?"

"무릎 꿇고 용서를 빌어라, 이 악귀야!"

"뭘 잘했다고 고개를 빳빳이 들고 있는 거야? 이거나 먹어라!"

험악한 고함과 욕지거리와 함께 여기저기서 돌이 날아들기 시작했다.

리오의 얼굴이 일그러졌다. 그가 들리지 않는 말을 소리치며 사람들을 헤치고 그녀에게 다가오기 시작했다.

리오… 날 보지 마… 이런 모습, 이런 초라하고 비참한 모습… 너한테 보여주기 싫어… 제발… 제발 날 보지 마…….

정면에서 날아온 침이 볼을 적셨다. 그 순간 엘은 두 손으로 쇠창살을 움켜잡으며 울부짖듯 소리쳤다.

"돌아가! 어서 돌아가, 바보야! 내가 여기 오라고 했어? 누가 너 보고 싶대? 꼴도 보기 싫어! 어서 가버려!"

참고 참았던 눈물이 흘러내렸다.

"제발… 가란 말이야… 제발……."

엘은 숨죽여 흐느꼈다.

리오가 울음을 터뜨렸다. 버림받은 어린아이처럼 서럽게 소리 내어 울기 시작했다. 두 사람은 서로의 아픔에 젖어들며 서로의 얼굴을 바라봤다.

리오… 이제 나 때문에 울지 마… 나 때문에 아파하지 마…….

끊임없이 쏟아지는 눈물이 리오의 얼굴을 가려 버렸다. 고통과 절망으로 얼룩진 그의 얼굴이 조금씩 조금씩 멀어졌다.

엘은 무릎을 세웠다. 리오를 찾기 위해, 그를 마지막으로 한 번 더 보기 위해 그녀는 고개를 높이 치켜들었다. 하지만 리오는 보이지 않았다.

나 정말 후회 안 해, 리오. 나한테 남겨진 추억 하나하나… 그게 너무 소중해서 도저히 후회할 수가 없어.

엘은 천천히 몸을 바로잡았다. 그리고 성큼성큼 다가오는 처형대를 똑바로 응시했다.

흔들림이 멈췄다. 빗장이 풀리고 문이 열렸다. 나오라는 목소리가 들렸다. 엘은 그 말을 좇아 수레에서 내려섰다. 차고 공허해 보이는 처형 집행인의 눈이 그녀를 맞았다.

대기하고 있던 두 명의 처형 집행인이 양쪽에서 그녀의 팔을 움켜잡았다. 그리고 제단같이 높이 솟은 화형대를 향해 거칠게 그녀를 끌어당겼다.

"뭘 저렇게 꾸물거리고 있는지… 화형식은 해가 저물어서야 시작하겠군."

불만스럽게 투덜거리는 남자를 보며 옆 자리에 앉은 여자가 생글생글 웃었다.

"금방 시작하게 될 것 같은데 이제 그만 보채는 게 어때요, 기데온?"

"보챈다고요? 상당히 귀에 거슬리는 말이군요, 알린느."

짐짓 인상을 쓰던 기데온이 말을 끝내며 눈을 찡긋거렸다. 알린느가 물방울이 톡톡 튀는 듯한 밝고 가벼운 웃음을 터뜨렸다.

"이럴 수가! 알린느, 웃는 모습이 너무나 아름답군요. 제발 평생을 저와 함께하며 절 세상에서 제일 행복한 남자로 만들어주십시오. 무릎이라도 꿇으라면 이 자리에서 지금 당장 꿇겠습니다."

"기데온, 또 시작이군요. 벌써 올해 들어서만 서른 두 번째 청혼이라는 거 알아요?"

알린느가 장난스럽게 눈을 흘겼다.

"가슴을 후벼 파는 잔인한 말투로 짐작하건대, 전 지금 막 서른두 번째 거절을 당한 것 같군요."

"제발 그만 해요, 기데온. 기데온이 내가 가장 좋아하는 친구를 사랑하고 있다는 걸 아니까 망정이지 몰랐다면 오래전에 결투라도 신청했을 거라고요."

"겨, 결투라고요?"

기데온이 과장되게 몸을 떨며 알린느의 반대쪽으로 바짝 붙어 앉았다.

"제 가련한 심장에 검을 박아 넣겠다는 말입니까?"

"이제 그만 하고 저거나 봐요, 기데온. 싫다는 날 억지로 끌고 왔으면서 처형식은 보지도 않고 괜한 말장난만 하는군요."

"아름다운 알린느의 말씀이라면 기꺼이 순종하겠습니다."

앞쪽으로 고개를 돌린 기데온이 눈을 빛내며 자세를 고쳤다. 두건을 눌러쓴 두 명의 처형 집행인이 죄인을 화형대에 묶으려 하고 있었다.

"이제 본격적인 처형식으로 접어들었군요."

"그렇네요."

알린느가 한숨 섞인 어조로 말을 받았다.

"기분이 별로인 것 같군요, 알린느. 분위기를 북돋는 데 가장 좋은 게 뭔지 아십니까? 그건 바로… 이겁니다."

기데온의 눈짓을 받은 하인이 재빨리 앞으로 나왔다. 그리고 은 쟁반에 받쳐진 술잔을 내밀었다. 미소로 감사를 표한 알린느가 잔을 집어 들었다.

"으음… 썩 괜찮군."

술을 한 모금 마신 기데온이 음미하듯 눈을 지그시 감았다.

"아니, 그 정도가 아니라 대단히 훌륭해. 이런 술은 여럿이 함께 나누며 즐겨야 더 제 맛이 나는 건데……."

기데온은 안면이 있는 사람을 찾기 위해 주위를 둘러봤다. 귀족과 일부 부유층을 위해 특별히 마련된 자리였지만 워낙 각 국에서 많은 사람들이 바드리오를 찾아오는 바람에 온통 낯선 얼굴들만 눈을 스쳐 갈 뿐이었다. 고개를 휘휘 돌리던 기데온은 찾기를 포기해야겠다는 생각을 하며 알린느에게 시선을 가져갔다. 그리고 그녀 뒤쪽으로 보이는 한 남자를 발견한 순간 눈을 가늘게 떴다.

"기데온, 무슨 일이에요? 아는 사람이라도 본 거예요?"

기데온은 그의 시선을 따라 고개를 돌리려는 알린느의 팔을 재빨리 잡았다.

"왜 그래요?"

알린느가 눈을 동그랗게 떴다.

"내 말이 좀 이상하게 들리겠지만 눈치 채지 못하게 살짝 곁눈질로 봐봐요. 알린느 바로 뒤에서 왼쪽으로 다섯 번째 의자에 앉아 있는 사람이에요. 누구인지는 모르겠지만 보통 사람이 아닌 건 분명한 것 같아요."

"그래요, 기데온 말이 맞을 것 같군요."

부자연스럽게 고개를 돌린 알린느가 귓속말을 했다.

"온몸을 가리는 것도 모자라 눈을 제외한 얼굴까지 몽땅 감춘 사람이라니… 대체 어떤 사람일까요? 호기심 생기지 않아요?"

"호기심이 생기긴 하네요. 어디 먼 나라에서 온 대상이 아닐까요? 아니면 단순히 얼굴에 심한 흉터가 생긴 사람일지도 모르겠군요."

"뭐, 그럴 수도 있을 것 같긴 하지만… 제 느낌으론 그렇게 단순한 사람일 것 같진 않아요. 이것 참, 점점 더 궁금해지는군요. 아무래도 안 되겠어요. 어떻게 해서든 호기심을 충족시켜야 되겠어요."

알린느가 기데온의 팔에 손을 얹었다.

"뭘 어떻게 하려고요?"

"가만히 보고만 있어요, 알린느. 내가 저 사람의 정체를 알아낼 테니까요. 화형대에 불이 붙기 전엔 임무 완수하고 돌아올 수 있을 테니 잠시만 기다려 줘요."

의자에서 일어난 기데온이 하인의 손에서 술잔 두 개와 병을 집어 들었다.

"기데온, 하지 않는 게 좋겠어요."

"걱정하지 말아요, 알린느."

기데온은 자신만만한 미소를 지어 보였다. 그리고 알린느가 걱정스럽게 지켜보는 가운데 검은 로브를 입고 있는 정체 불명의 남자에게 다가갔다.

"저와 한잔하시겠습니까? 낯선 얼굴이 불쑥 와서 말을 거는 바람에 많이 놀라지나 않으셨는지 걱정되는군요. 놀라셨다면 사과드립니다. 술맛이 너무 좋아 혼자 마시기엔 아깝다는 생각이 들어 이렇게 실례를 무릅쓰게 되었습니다."

유들유들할 정도로 매끄럽게 말한 기데온이 남자에게 술잔을 내밀었다.

"제 성의를 생각하셔서 부디 거절하지 말아주십시오."

"꺼져라."

남자가 낮지만 분명한 어조로 말했다. 자신이 들은 말을 도저히 믿을 수 없는 기데온은 어안이 벙벙한 얼굴로 입술을 움직였다.

"저 지금 뭐라고 하신……."

"꺼지라고 했다."

금속성을 띤 은회색 눈동자가 냉혹하게 눈을 파고들었다. 남자에게서 전해지는 섬뜩한 살기가 뒷덜미를 낚아채며 솜털을 곤두세웠다. 등

뼈를 따라 한기가 퍼지더니 이내 팔다리에서 힘이 빠져나갔다. 기데온은 비틀거리며 주춤주춤 물러섰다. 자신의 자리로 돌아오는 그의 얼굴은 핏기라곤 조금도 찾을 수 없을 만큼 하얗게 질려 있었다.

"무슨 일이에요?"

알린느가 엉거주춤 일어나 그를 맞았다.

"아무것도… 아무것도 아닙니다. 그저… 잠깐 현기증이 나서……."

기데온은 입에서 나오는 대로 대충 둘러댔다. 남자의 은회색 눈동자에서 느낀 소름 끼치는 두려움을 알린느에게 말할 수는 없었다.

"알린느, 저부터 돌아가야겠습니다. 급한 일이 있는데 깜박 잊고 있었습니다."

빠르게 중얼거린 기데온은 알린느가 채 입을 열기도 전에 의자를 박차고 일어났다.

"기데온!"

새된 고함이 터져 나왔지만 기데온은 돌아보지 않았다. 그는 무엇인가에 쫓기는 것처럼 사람들을 밀치며 입구 쪽으로 나아가고 있었다. 알린느는 기데온을 근심스럽게 쳐다보다 혼자 보내서는 안 되겠다는 생각이 들자 서둘러 그를 따라나섰다.

억센 밧줄이 살을 파고들었다. 몸이 떨릴 때마다 밧줄은 더욱 잔인하게 살갗을 후비며 고통을 안겨주었다. 불이 붙으면 밧줄이 조금 느슨해질지 모른다는 생각이 떠올랐다. 엘은 발작적으로 터지려 하는 웃음을 가까스로 참았다. 죽음에 대한 두려움이 그녀를 한 발 한 발 광기로 몰아넣고 있는지도 몰랐다.

차라리 미쳐 버리면 좋을 텐데… 아니, 아니야.

그걸 원했다면 약물을 토해내지 않았을 거란 생각을 하며 엘은 작게 머리를 흔들었다.

난 만들어진 거짓 웃음을 원하지 않아. 그걸 버리고 고통과 두려움을 택한 내 결정을 후회하지 않아……. 하지만 몸에 불이 붙어도… 살갗과 뼈가 녹아내려도… 후회하지 않을 수 있을까?

엘은 하늘을 올려다봤다. 창백한 하늘이 가늠할 수 없이 넓게 펼쳐져 있었다.

쿵쿵거리며 계단을 올라오는 소리가 들렸다. 곧 이어 흥분을 고취시키기 위한 북소리가 귀를 파고들었다. 몸을 울리는 진동이 잔인할 정도로 생생하게 느껴졌다. 엘은 숨을 헐떡이며 하늘 가장자리에 흩어져 있는 엷은 구름을 바라봤다.

할머니, 도와주세요. 제 선택을, 제 인생을 후회하지 않게 도와주세요. 후회를 되씹으며 죽고 싶지 않아요. 그러니 너무 고통스럽지 않게… 제가 견딜 수 있을 정도로만… 아프게 해주세요.

울림이 그쳤다. 보지 않아도 그녀 앞에 이글거리는 횃불이 있다는 걸 알 수 있었다. 엘은 눈을 꼭 감았다. 두려움 섞인 현기증이 났다. 무시무시한 속도로 깊고 어두운 심연 속으로 빨려드는 것 같았다.

매캐한 연기가 피어올랐다. 거무칙칙한 재들이 불꽃을 타고 올라와 엘을 둘러쌌다. 그녀는 숨을 멈췄다.

루드비히, 이제 시간이 없어요. 난 아직도 무서워요, 루드비히… 내게 힘을 줘요. 루드비히는 뭐든지 알고 있잖아요. 어떻게 하면… 용기를 낼 수 있을까요?

열기가 느껴졌다. 소름 끼치는 불꽃의 속삭임이 머리를 아득하게 만들었다. 엘은 번쩍 눈을 떴다. 불그스름하게 물든 하늘에서 죽음의 냄

새가 많아졌다.

죽고 싶지 않아! 죽고 싶지 않아! 죽고 싶지 않아!

엘은 몸을 뒤틀며 소리없는 비명을 토해냈다.

리자드! 이 나쁜 사람! 어디 있어요? 여기 있나요? 지금 날 보고 있어요? 조금이라도… 아주 조금이라도 날 좋아했나요?

옷자락에 불이 붙었다. 불꽃의 열기가 얼굴을 적신 눈물을 탐욕스럽게 핥기 시작했다.

처형 집행인이 주위의 시선을 의식한 듯 과장된 몸짓으로 횃불을 들이댔다. 그러자 기름 배인 나무에서 지글거리는 소리가 들리며 화형대 끄트머리에 불이 옮겨졌다. 주위를 가득 메운 사람들이 흥분에 찬 고함과 탄성을 터뜨렸다.

몸을 돌려가며 서너 군데 더 불을 붙인 처형 집행인이 탁한 연기 속으로 들고 있던 횃불을 던져 넣었다. 불이 급속도로 번지기 시작하자 점잔을 빼던 귀족들도 몸을 앞으로 쑥 내밀며 이리저리 고개를 움직였다.

그 소란 한가운데 딱딱하게 경직된 루드비히가 있었다. 그는 연기 속에서 보일 듯 말듯 아른거리는 엘에게 시선을 못 박은 상태로 의자에 고정되어 있었다. 그의 몸에서 유일하게 움직이는 건 의자 팔걸이를 틀어쥔 채 가늘게 경련하는 손가락밖에 없었다.

"불이 붙었다!"

누군가가 크게 소리쳤다.

마치 자신의 몸에 불이 붙기라도 한 듯 루드비히의 얼굴이 일그러졌다. 고통 속에서 몸부림치는 엘이 어둡게 물든 은회색 눈동자 속으로 투영됐다. 더 이상 견딜 수 없다는 듯 루드비히가 눈을 질끈 감았다. 이를 악문 입술에서 거친 신음 소리가 새어 나왔다. 그 순간 화형대 위에 거대한 막이 드리워졌다. 번쩍하는 섬광이 작렬하더니 하늘을 점령한 푸르스름한 빛이 꿈틀거리는 불꽃을 향해 곧장 내리꽂혔다.

빛은 눈 깜짝할 사이 허공에 희미한 반조(返照)만을 남긴 채 사라졌다. 그리고 불씨라곤 조금도 남아 있지 않은 반쯤 탄 화형대가 흉물스러운 모습을 드러냈다.

단 한 사람도 입을 열지 않았다. 완벽한 고요가 주위의 모든 것을 침묵시켰다.

*   *   *

"시간이 없는데… 이제 시간이 얼마 남지 않았는데…….."

칼 베리만은 계속해서 같은 말을 중얼거리며 주먹을 말아 쥐었다. 엉덩이까지 들썩이며 안절부절못하던 그는 더 이상 초조함을 참을 수 없게 되자 마차 창문을 열어젖히고 크게 소리쳤다.

"어서 서두르게! 대체 왜 이렇게 시간을 끄는 건가?"

"길이 막혔습니다, 각하. 처형식에 가려고 한꺼번에 몰려든 사람들 때문에 마차가 제대로 움직일 수 없게 되었습니다. 다른 길을 알아보라 시켰으니 조만간 해결 방법을 찾을 수 있을 것입니다. 조금만 더 기다려 주십시오. 죄송합니다, 각하!"

호위 기사 맥노트가 어쩔 줄 몰라 하며 머리를 숙였다. 그는 옆을 스치며 지나가는 말과 사람들 때문에 보고를 하는 내내 계속해서 비틀거려야 했다.

"알았네. 시각을 다투는 막중한 일이 있으니 최대한 빨리 황궁에 도착할 수 있게 해주게. 부탁하겠네."

"알겠습니다, 각하!"

칼 베리만은 창문을 닫고 침울하게 중얼거렸다.

"좀 더 빨리 출발했어야 하는데……."

사실 그는 이런 상황을 고려해서 보통 때보다 두 배 정도의 여유 시간을 갖고 저택을 나섰다. 하지만 거리로 나온 사람들은 그의 예상을 훨씬 초과하는 수였고, 그 결과 이렇게 오도 가도 못하는 신세가 되어 길 한복판에 잡혀 있게 된 것이다.

"내가 너무 어리석었어. 조금만 더 서둘렀어도 이런 처지가 되진 않았을 텐데… 왜 그렇게 안일하게 생각했는지……."

뒤늦은 후회를 곱씹던 칼 베리만은 힘없이 머리를 기댔다. 그때 마차가 덜컥 하며 크게 흔들렸다. 그는 미처 정신을 차릴 새도 없이 아차 하는 순간 바닥으로 넘어지고 말았다.

"각하, 괜찮으십니까?"

마차 문을 벌컥 연 호위 기사가 칼 베리만을 부축해 의자에 앉는 걸 거들어주었다.

"무슨 일인가?"

"옆을 지나던 수레가 마차에 부딪쳤습니다. 그 충격으로 인해 마차 바퀴가 파손되고 말았습니다."

"뭐, 뭐라고? 그럼 마차가 못 쓰게 되었다는 말인가?"

"지금 마차 바퀴를 갈고 있습니다, 각하. 조금만 기다려 주시면……."

"아니, 안 되겠네."

칼 베리만은 단호하게 호위 기사의 말을 끊었다.

"예에?"

"여기서 이렇게 허송세월할 수는 없단 말일세."

"그럼 어찌하시겠단 말씀입니까?"

"맥노트, 자네 말 좀 빌려야겠네."

칼 베리만은 할 말을 못 찾고 있는 호위 기사를 지나 서둘러 땅에 발을 디뎠다.

"어서 다시 불을 붙여라!"

거칠게 갈라진 고함이 터져 나왔다. 눈앞에서 일어난 믿기 힘든 광경에 넋이 나가 있던 사람들이 소스라치게 놀라 정신을 차렸다. 그들은 소리를 좇아 초고위층들을 위한 귀빈석으로 시선을 모았다.

"뭣들 하는 거냐? 내 말을 거역하는 거냐?! 어서 불을 붙이란 말이다!"

자일스가 더욱 사납게 소리쳤다.

"황태자 전하, 처형 집행인은 아시리움에 소속된 사람입니다. 따라서 오직 아시리움의 명령만을 따라야 합니다."

보르헤스 대사제가 놀라 울렁거리는 가슴을 진정시키며 말했다.

"아시리움의 명령만을 따른다고요? 그래서 일개 처형 집행인이 제 말을 무시하는 게 타당하다는 말씀입니까? 지금 그런 말씀을 하신 겁니까?"

자일스가 으르렁거리는 맹수처럼 이를 드러냈다.

"아니, 그런 것이 아니라……."

"어서 답변해 보시오, 대사제. 몹시 궁금하군. 그런 것이 아니라면 조금 전의 말은 무슨 뜻이었소?"

황제인 마르키젤까지 끼어들자 보르헤스의 이마에 진땀이 배기 시작했다. 이제 막 대사제의 자리에 오른 그로서는 리아잔 제국의 황제와 황태자를 어떻게 다뤄야 할지 감을 잡을 수 없었다. 또한 이런 상황을 부드럽게 풀어 나갈 수 있는 대처 방법이 무엇인지에 대해서도 그저 막막할 따름이었다. 난감해 안절부절못하던 보르헤스는 도움을 바라는 시선을 옆에 앉은 니제르 대사제에게 던졌다.

"니제르 대사제, 뭐라 말씀 좀 해주십시오."

보르헤스가 바라는 조력의 손길은 나오지 않았다. 그의 말을 못 들었는지 니제르 대사제는 핏기가 가실 정도로 입술을 꾹 다문 채 오직 화형대만을 뚫어져라 바라보고 있었다.

"니제르 대사제, 어디 몸이 불편하신 겁니까?"

"이런 변괴가… 이런 변괴가 있다니……."

"갑자기 화형대의 불이 꺼져 많이 놀라셨나 보군요. 기괴한 일인 건 사실이지만 갑자기 세찬 역풍이 불었을 수도 있고, 아니면, 불로 인해 대기에 급격한 변화가 생겨 이상한 기류가 형성되었을지도 모르는 거 아닙니까?"

"아니오! 그런 게 아니오!"

니제르 대사제가 보르헤스에게 휙 고개를 돌렸다.

"화형대 주변엔 보호막이 둘러싸져 있었소. 열 손가락 안에 드는 마법사 여덟 명이 누구도 뚫을 수 없는 강력한 보호막을 쳤단 말이오."

"니제르 대사제, 어찌 그런 경솔한 말씀을!"

놀란 보르헤스가 버럭 소리쳤다. 그제야 자신이 아시리움의 극비를 입 밖에 냈다는 사실을 깨달은 니제르 대사제가 숨을 들이켰다. 그는 창백한 얼굴로 마르키젤과 자일스의 눈치를 살피다 기어들어 가는 어조로 말했다.

"저… 제 말은 못 들으신 걸로 해주시면 감사하겠습니다."

"대사제는 이게 애들 장난으로 보이오?"

마르키젤이 눈을 부라렸다.

"저 역시 애들 장난과 크게 다르지 않다는 생각이 드는군요, 아버님. 훌륭하신 아시리움의 대사제님들에게 한말씀 드리겠습니다. 조금 전 물음에 대한 답변을 하시든지 저 우스꽝스러운 처형식을 바로잡으시든지 둘 중 하나는 해야 되지 않겠습니까? 지금도 아까운 시간이 계속해서 흘러가고 있습니다."

자일스가 입술을 뒤틀며 빈정거렸다. 두 대사제들의 얼굴에 슬며시 불쾌감이 나타났다.

"어서 다시 진행시켜라!"

보르헤스 대사제가 단호하게 명령했다.

"알겠습니다."

대기하고 있던 고위 사제가 머리를 숙였다. 그가 처형 집행인에게 간단한 고갯짓을 하자 북소리가 다시 공기를 울리기 시작했다. 그 소리에 맞춰 횃불을 치켜든 처형 집행인이 화형대가 놓인 단을 올랐다.

"이것 하나만 약조해 주십시오, 대사제님."

"무슨 말씀이십니까, 전하?"

경계심을 드러내며 조심스럽게 묻는 보르헤스를 향해 자일스가 은밀한 미소를 지었다.

"만약 다시 한 번 변괴가 일어나 불이 꺼진다면 죄인의 목숨을 제게 넘겨주십시오. 리아잔의 황궁을 제공하는 대가로 제가 요구한 것, 기억나십니까?"

당황한 두 대사제가 서로를 마주 봤다.

"뒷문으로 몰래 넘겨달라는 뜻은 아닙니다. 지금 이 자리에서 제 손으로 죄인을 처단하겠다는 의미입니다."

"알겠습니다, 전하. 부족한 저이지만 아시리움을 대표하여 전하의 요청을 받아들이겠습니다. 이미 한 번 전하와의 약조를 어긴 마당에 어찌 거절의 말을 입에 담을 수 있겠습니까. 전하의 말씀대로 다시 한 번 불이 깨졌을 때라는 단서가 붙겠지만 말입니다."

니제르 대사제는 수락의 말을 하면서도 끝까지 신중한 태도를 고수했다.

불만스럽게 얼굴을 찌푸린 자일스가 화형대로 시선을 돌렸다. 한쪽 옆에 대기하고 있던 처형 집행인이 반쯤 탄 나무 더미에 기름을 뿌리고 있었다. 그 위에 매달린 죄수는 정신을 잃었는지 머리를 떨군 채 몸을 늘어뜨리고 있었다.

기름이 충분히 배어들자 횃불을 든 처형 집행인이 앞으로 걸어나왔다. 그가 긴장한 듯 어정쩡한 자세로 불을 붙이려 했을 때 요란하던 북소리가 별안간 사라졌다. 주춤거리던 처형 집행인이 단 아래를 내려다봤다. 찢겨져 너덜거리는 북 앞에 검을 뽑아 든 기사가 서 있었다. 그는 칼 베리만과 함께 방금 말에서 내린 호위 기사 맥노트였다.

칼 베리만은 맥노트에게 고맙다는 눈길을 던진 후 처형대를 오르기 시작했다.

"대체 저 늙은이가 무슨 짓을 하려는 거야?"

자일스가 이를 갈며 중얼거렸다.

"뭣들 하는 거냐? 어서 식을 진행시켜라!"

성질을 못 참은 자일스가 분통을 터뜨렸을 때, 뒤를 이어 칼 베리만이 근엄한 목소리로 으름장을 놨다.

"멈춰라! 화형대에 작은 불씨 하나 떨어뜨린다면 널 참형으로 다스리겠다!"

움찔한 처형 집행인이 주춤주춤 뒤로 물러섰다.

"재상, 무슨 이유로 아시리움 종단의 일을 방해하는 겁니까?"

니제르 대사제가 눈썹을 치켜 올리며 물었다. 그의 어조엔 노기가 아닌 호기심이 담겨 있었다.

"전 리아잔 제국의 재상이 아닌 예언자로서 이 자리에 선 것입니다."

웅성거림이 급속도로 커졌다.

"조용!"

마르키젤이 짜증스럽게 소리쳤다.

"재상, 그럼 예언을 하기 위해 처형대에 오른 거란 말이오?"

"그렇습니다, 폐하."

"예언 따위야 나중에 해도 충분하지 않소?"

자일스가 주먹으로 의자 팔걸이를 내려쳤다.

"자일스."

마르키젤이 미간을 찌푸리며 자일스에게 엄중한 시선을 던졌다. 찔끔한 자일스가 마지못해 성질을 누그러뜨렸다.

"말이 지나쳤소, 재상."

"아닙니다, 전하. 제가 처형식을 중단시킨 이유로 내민 예언이란 말이 납득하기 힘드시리란 건 저도 알고 있습니다. 하지만 예언의 내용을 알게 되시면 이럴 수밖에 없었던 절 이해하실 수 있을 겁니다."

"알아들었으니 더 이상 시간 끌지 말고 어서 그 예언이란 걸 발표하시오."

"알겠습니다."

정면을 향해 선 칼 베리만이 숨을 크게 들이쉰 다음 쩌렁쩌렁 울리는 어조로 말을 시작했다.

"나, 카를 블리어드 베리만의 이름과 영혼을 걸고 내 생애 서른 번째 예언을 발표하겠소! 이 자리에 있는 모든 이가 내 예언의 증인이 될 것이오!"

칼 베리만은 말을 끊고 호흡을 가다듬었다. 그리고 더 한층 목소리에 무게를 실어 누구도 상상하지 못한 예언을 만천하에 공개했다.

"위대한 리아잔 제국의 피를 이어받은 진정한 후계자가 나타나리라! 그래서 리아잔의 이름을 더욱 찬란하게 빛내리라!"

청천벽력 같은 선언이 거친 탁류처럼 주위에 모인 수만 명을 휩쓸었다.

"뭐, 뭐라고… 뭐라고?"

눈을 부릅뜬 채 혼이 나간 표정을 짓고 있던 마르키젤이 거칠게 속삭였다. 그의 말은 자일스에게만 겨우 들렸을 뿐 칼 베리만에게 전해지지 않았다.

"여기 처형대에 묶여 계신 분은 거짓 왕족도, 아시리움의 죄인도 아니오! 리아잔 제국의 전 황제이셨던 페르가몬 폐하의 따님이신 엘리시엔 마그누스 차르 드 칼리트라바 전하시오!"

"페르가몬의 딸……."

입속말을 중얼거리던 마르키젤이 벌떡 일어서며 서슬 퍼렇게 소리쳤다.

"그 아이는 죽었어! 태어난 지 한 달 만에 죽었다고!"

"저도 지금껏 그렇게 알고 있었습니다, 폐하. 바로 오늘 새벽까진 말입니다."

칼 베리만의 말이 끝나자마자 자일스가 악을 써댔다.

"거짓말! 저놈은 더러운 죄인일 뿐이야! 천하디천한 버러지일 뿐이라고!"

"말씀을 삼가십시오, 전하!"

칼 베리만이 꾸짖듯 엄격한 목소리로 말했다. 그를 노려보던 마르키젤이 거친 숨결을 진정시키려 애쓰며 입을 열었다.

"재상이 죄인이 아니라 주장하는 저 아이는 사내아이오. 물론 엘리시엔은 당연히 여자 아이였고. 말이 된다 생각하오, 재상? 어떻게 설명하겠소?"

"폐하께선, 아니, 모든 사람이 마찬가지겠지만 잘못 알고 계십니다. 하지만 이분의 성별을 함부로 입에 담진 않겠습니다. 제가 할 수 있는 유일한 말은, 이분은 분명히 엘리시엔 전하시고 리아잔 제국의 정통 후계자시라는 것. 세상에 단 한 분뿐인 유일한 달의 아이시라는 것뿐입니다."

칼 베리만의 침착한 어조엔 누구도 감히 반박할 수 없는 강한 힘이 깃들어 있었다.

"좋소, 칼 베리만. 훌륭한 헛소리 잘 들었소. 내 언제까지 그렇게 터무니없는 말을 지껄일 수 있을지 두고 보겠소."

물어뜯을 듯 뱉어낸 마르키젤이 자일스를 돌아봤다.

"따라오너라, 자일스!"

칼 베리만은 사납게 걸음을 옮기는 두 사람에게서 대사제들 쪽으로 시선을 가져갔다.

"두 분께서도 제 예언을 믿지 못하시겠습니까?"

"제가 섣불리 입에 담을 수 있는 말이 아닙니다, 재상. 아시리움 종단의 입장은 차후에 알려 드리겠습니다."

신중한 태도를 보인 보르헤스 대사제가 몸을 세웠다.

"어차피 처형식의 진행이 불가능해졌으니 이만 돌아가겠습니다. 물론 바드리오에 있는 신전으로 가겠다는 말입니다. 이런 일이 벌어진 마당에 성전으로 돌아갈 수는 없으니까요. 일어나십시오, 니제르 대사제."

니제르 대사제는 걸음을 때는 보르헤스를 따라 발을 내디디려다 충동적으로 본심을 내보였다.

"그 예언을 믿는다 안 믿는다 단정해 말할 수는 없지만 개인적인 입장에선 사실이길 바라고 있습니다."

"마음 써주셔서 감사합니다."

칼 베리만이 점잖게 답례했다.

"저… 재상, 제 말은 못들은 걸로 해주십시오."

자신의 경솔한 행동을 후회하는 듯 니제르가 대사제가 꺼림직한 기색을 내보였다.

"알겠습니다. 마음 놓으십시오."

"그럼 이만 가보겠습니다. 으음… 부디 몸조심하십시오, 용감하신 예언자님."

칼 베리만은 복잡한 심경을 드러낸 채 니제르 대사제의 뒷모습을 바라봤다. 그러다 자신이 중요한 걸 잊고 있었다는 사실을 깨닫자 소스라치게 놀라 크게 외쳤다.

"어서 엘리시엔 전하를 뫼셔라!"

"이 일을 어떻게 합니까? 대체 이 일을 어떻게 하면 좋겠습니까? 아버님, 뭐라 말씀 좀 해주십시오!"

정신없이 융단 위를 걸어다니던 자일스가 마르키젤을 향해 격렬하게 팔을 흔들었다.

"진정해라, 자일스. 그렇게 날뛴다고 이미 벌어진 일이 없어지기라도 하느냐?"

극도의 초조와 흥분에 몰려 있는 자일스와 달리 마르키젤은 이제 웬만큼 냉정을 찾은 상태였다.

"진짜 그놈이 페르가몬의 핏줄이라면 전 어찌 되는 겁니까? 이대로 물러나야 되는 겁니까? 놈이 리아잔을 차지하는 꼴을 이 눈으로 봐야만 하는 겁니까?"

"자리에 앉아라, 자일스."

마르키젤이 위엄을 담아 명령하자 자일스가 마지못해 의자에 몸을 묻었다.

"제 질문에 답해주십시오."

"좋다, 자일스. 그 아이가 진짜 달의 아이가 맞다면 넌 결코 리아잔의 황제가 될 수 없다."

"아버님!"

마르키젤이 손을 들어 자일스의 말을 막았다.

"최악의 경우 나 또한 황제의 자리를 지킬 수 없게 될지 모른다."

자일스의 얼굴이 새파랗게 질렸다.

"하지만 중요한 건 그게 아니다. 가장 중요한 건, 절대 잊지 말아야 할 건… 결코 그런 일은 일어나지 않으리란 것, 오직 그거 하나다. 자일스, 넌 그것만 명심하고 있으면 된다."

자신만만하게 말한 마르키젤이 입귀를 비틀어 올렸다. 그때 문 두드리는 소리가 들리더니 야노쉬 공작이 안으로 들어섰다. 공작이 도착하면 보고하지 말고 즉시 들여보내라는 명령을 내렸던 마르키젤은 침착한 얼굴로 그를 마주했다.

야노쉬 공작은 아르벨라 황녀와의 혼인을 앞두고 있었지만 쉰한 살인 마르키젤보다도 다섯 살이 더 많았다. 그는 느슨해 보일 정도로 긴 팔과 다리를 늘어뜨리고 약간 구부정한 자세로 걸어다녔는데, 그 때문인지 실제 나이보다 더 들어 보였다. 물론 거기엔 외모도 빼놓을 수 없었다.

야노쉬 공작은 간단히 말해 볼품없이 생긴 사람이었다. 완전히 세어 버린 머리카락은 듬성듬성 빠져 두피가 훤하게 드러나 보였고, 길쭉한 얼굴엔 심한 검버섯이 피어 있었다. 또 탁한 잿빛 눈은 쏟아질 듯 불룩 튀어나왔으며 두툼한 입술은 커튼처럼 늘어져 화가 나 있는 듯한 인상을 풍겼다. 그뿐 아니라 탄력을 잃은 지 오래인 턱살은 억지로 달아놓은 고깃덩어리처럼 그가 움직일 때마다 이리저리 흔들리곤 했다. 마르키젤이 야노쉬 공작을 자신의 사위로 결정한 이유에 그의 외모가 포함되지 않는다는 건 그를 한 번이라도 본 사람이라면 쉽게 알 수 있는 사실이었다.

외모는 보잘것없었지만 야노쉬 공작은 황제와 황태자를 제외하곤 리아잔 제국에서 가장 막강한 권력을 가진 사람이었다. 약소국의 왕이 그에게 머리를 조아리는 건 그리 드문 일이 아니었고, 웬만한 나라의 국왕조차 그를 만나면 아부의 말을 늘어놓기 바빴다. 하지만 마르키젤이 그를 선택한 가장 큰 이유는 권력이 아니라 그가 가진 재력에 있었다. 그는 마르키젤조차도 혀를 내두를 수밖에 없는 어마어마한 재력가였다.

"폐하, 늦어서 죄송합니다. 찾으신다는 연락을 받자마자 황급히 출발했는데도 이제야 폐하를 배알하게 되었습니다."

"이러쿵저러쿵 인사말은 필요없소, 공작. 어서 이쪽으로 와서 앉으시오."

"예, 폐하."

공작이 자일스와 나란히 자리 잡았다.

"오늘 공작도 그 자리에 있었으니 내가 왜 보자고 했는지 짐작할 수 있을 거요."

"조금은 그렇습니다, 폐하."

"야노쉬 공작, 어떻게 하면 그 늙은이의 예언을 한낱 휴지 조각으로 만들 수 있겠소?"

마르키젤이 곧장 본론으로 들어갔다.

"사실 이곳으로 오면서 그 문제를 심사숙고해 보았습니다, 폐하. 그리고 고민할 필요도 없는 하찮은 일이라는 결론을 내렸습니다."

눈이 휘둥그레진 자일스가 와락 얼굴을 들이밀었다.

"그게 정말이오? 무슨 방법이 있다는 얘기요?"

"그렇습니다, 황태자 전하."

"자일스, 넌 끼어들지 마라. 잠자코 옆에서 듣기만 하란 말이다."

"알겠습니다, 아버님."

자일스는 야노쉬 공작의 말을 빨리 듣고 싶은 마음에 고분고분 대답했다.

"어서 말해 보시오, 공작."

"예, 폐하. 사실 말씀드릴 만한 것도 없습니다. 지금 눈앞에 나타난 말썽거리는 오직 칼 베리만의 예언 하나뿐입니다. 즉, 그 어떤 증거나 증인도 없다는 말입니다. 제가 생각해 낸 방법은 지극히 단순합니다. 칼 베리만에게 증거를 요구하십시오, 폐하. 진짜 달의 아이가 틀림없음을 입증할 수 있는 증거를 대라 명령하십시오. 단, 따로 불러서 내리시는 명이 아니라 공식적인 황명으로 발표하셔야 됩니다."

자일스의 얼굴에 희색이 떠올랐다. 마르키젤 또한 넌지시 안도의 숨을 내쉬었지만 그는 여전히 신중한 태도를 버리지 않았다.

"그거 좋은 생각이오. 그 아이가 진짜라 해도 증거가 존재할 리 없을 테니까. 하지만 말이오, 공작. 예언자로서 그 늙은이의 명성은 지나칠 정도로 높소. 더군다나 페르가몬을 추앙하는 자들이 아직도 곳곳에 널려 있단 말이오. 귀족은 물론 평민들에 이르기까지. 그러니 예언을 입증하라는 황명은 강한 반발을 불러일으키게 될 거요."

"물론 어느 정도의 반발은 예상하셔야 됩니다. 하지만 다행스러운 건 칼 베리만이 내세운 달의 아이가 아직 어리다는 사실입니다. 페르가몬 전 폐하를 추종하는 자들이라 해도 아직 스무 살도 안 된 소녀에게 리아잔 제국을 맡긴다는 생각은 하기 힘들 것입니다. 아마 그들은 다음 황위를 잇게 하는 편이 낫다는 결론을 내릴 수밖에 없을 겁니다."

"뭐라고? 그럼 내 자리를 내주란 말이오, 공작? 지금 그렇게 말한 거요?"

발끈한 자일스가 소리를 높였다. 야노쉬 공작의 잿빛 눈에 살짝 경멸이 스쳐 갔다.

"그런 뜻이 아닙니다, 전하. 전 그저 사실을 말한 것뿐입니다. 우선 급히 꺼야 할 불은 황제 폐하의 자리를 굳건히 지키는 일입니다. 그것만 확실히 잡을 수 있다면 그 다음 일은 그리 어렵지 않게 풀 수 있을 겁니다."

"공작의 말이 옳다, 자일스. 그러니 얌전히 듣고 있으란 말이다."

마르키젤이 탐탁지 않은 얼굴로 자일스를 노려봤다. 자일스가 야단 맞은 어린아이처럼 입술을 비죽이며 털썩 등을 기댔다.

"계속해 보시오, 공작."

"사실 워낙 중대한 일이라 어느 쪽에도 들어가지 못하고 중간에서 갈팡질팡하는 귀족들이 부지기수일 것입니다. 또한 페르가몬 전 폐하와 칼 베리만의 예언을 추종하는 자라 해도 쉽게 마음을 결정할 수 없을 겁니다. 귀족들은 어떤 계층보다 보수적이고 변화를 두려워합니다. 그렇기 때문에 가장 중요한 것은 확실한 증거일 수밖에 없습니다."

"하지만 만약 그 아이가 달의 아이라는 증거가 있다면 큰일이지 않소?"

은근히 마음이 불안해진 마르키젤이 몸을 숙이며 목소리를 낮췄다.

"심려하지 마십시오, 폐하. 만약 증거가 있었다면 칼 베리만은 수만의 시선이 몰려 있던 처형대에서 밝혔을 겁니다. 그보다 더 훌륭한 장소는 없을 테니까요. 하지만 이런 어림짐작만 믿고 마음을 놓고 있는 것 또한 어리석은 짓일 겁니다."

"그럼 어떻게 하는 게 좋겠소?"

"제가 자세히 말씀 올리겠습니다, 폐하. 우선 가장 먼저 하셔야 할 건 그 소녀를 외부와 철저히 차단시키는 일입니다. 오늘 일로 많이 다쳤을 테니 치료와 요양을 위해서란 그럴듯한 명분은 이미 준비돼 있는 셈입니다. 하지만 소녀는 이차적인 문제입니다. 이번 일의 가장 중요한 열쇠는 칼 베리만입니다, 폐하. 그의 일거수일투족을 낱낱이 감시하셔야 됩니다. 물론 이미 아시겠지만 그 소녀에게도 감시를 붙여야 합니다. 혈혈단신으로 황궁에 들어왔으니 그 소녀에겐 눈치 빠른 시종과 시녀 몇 명을 붙여주는 것으로 충분할 것입니다. 하지만 굳이 칼 베리만을 못 만나게 하실 필요는 없을 겁니다. 긴요한 정보를 손에 넣을 수도 있으니까요."

신중하게 경청하고 있던 마르키젤이 고개를 끄덕였다.

"어려운 일은 아니군. 다음으로 해야 될 일은 뭐요?"

"조금 전에 말씀드린 대로 칼 베리만에게 예언을 입증할 수 있는 증거를 요구하십시오. 물론 사람들의 눈이 있으니 시간은 그럭저럭 넉넉히 주셔야 할 것입니다. 제 생각엔 저와 아르벨라 황녀님의 혼인식까지 말미를 주는 게 어떨까 싶습니다."

마르키젤이 이맛살을 찌푸렸다.

"혼인식은 보름이나 남았지 않소? 한 닷새 정도만 주어도 충분할 텐데 왜 그리 길게 잡는 거요?"

"폐하, 사실 보름은 최소한으로 잡은 것입니다. 이런 상황에선 불필요한 반발은 되도록 피하셔야 합니다."

"알겠소, 공작과 아르벨라의 혼인식까지."

마지못해 받아들인 마르키젤이 갑작스레 의자 팔걸이를 내려쳤다.

"내 그 재상 놈을 예전에 제거했어야 하는데!"

"보름만 참으십시오, 폐하."

"그게 무슨 뜻이오, 공작?"

마르키젤이 귀가 솔깃한 얼굴로 재빨리 물었다.

"보름 후 증거를 내밀지 못하면 거짓 예언을 했다는 이유를 들어 칼베리만을 처형하시면 되지 않습니까? 물론 거기엔 그 소녀도 포함되어 있겠고요."

자일스가 철썩 허벅지를 내려쳤다.

"맞아! 그러면 되겠군요!"

"마침 제 혼인식이 열리는 날이니 각 국의 권력자들이 리아잔의 황궁으로 모여들 것입니다. 그보다 더 좋은 무대는 찾기 힘들 것입니다, 폐하."

"그래, 그 말이 맞소!"

마르키젤이 흡족한 웃음을 터뜨리자 야노쉬 공작도 답례의 미소를 건넸다.

"과연 공작은 다르오. 공작의 말을 듣고 나니 노기도 근심도 다 날아간 것 같소. 내가 사위 복은 있는 모양이오."

"과찬의 말씀이십니다, 폐하."

"저 역시 이젠 그리 걱정할 일은 아니라는 생각이 듭니다, 아버님. 흥분해 어쩔 줄 몰라 했던 제 자신이 부끄럽기까지 합니다."

자일스가 한결 가벼워진 얼굴로 말했다.

"전하의 말씀대로 두려워할 일은 아니지만 그렇다고 경솔하게 처리해선 안 되는 문제입니다. 명심하셔야 됩니다. 상대는 페르가몬 폐하의 따님일지도 모르는 소녀입니다. 어쩌면 진짜 달의 아이일 수도 있단 말입니다."

"아까부터 그 말이 상당히 귀에 거슬리던데, 그 달의 아이란 무슨 뜻이오? 대체 뭘 말하는 거요?"

야노쉬 공작이 자일스를 향해 몸을 비스듬히 돌렸다.

"역시 전하께선 나이가 어리신 관계로 모르고 계시는군요."

어리다는 말에 기분이 상한 자일스가 눈을 부릅떴다. 하지만 불쾌감보다 호기심이 더 강했기 때문에 입을 열진 않았다.

"황제 폐하께서는 저보다 더 잘 알고 계시겠지만 말이 나온 김에 제가 설명해 드리겠습니다. 전하께서도 리아잔 제국의 상징이 달과 바람이라는 것은 알고 계실 겁니다. 이건 좀 엉뚱한 말이지만 반면 아시리움 종단은 태양과 불꽃이지요. 상반되는 이미지라 전부터 재미있다는 생각을 하고 있었습니다. 각설하고, 달과 바람의 신이 리아잔을 세웠다는 전설 때문에 상징이 그 두 개가 되었다는 것도 물론 알고 계시겠지요. 또 페르가몬 전 폐하께서 전설의 제왕, 시조(始祖)의 현신(現身)으로 불리셨다는 말도 들어보신 적이 있으실 겁니다."

마르키젤이 마음에 들지 않는다는 듯 눈썹을 치켜세우며 비스듬하게 몸을 틀었다.

"페르가몬 전 폐하께선 달과 바람의 현신이라는 말을 들으실 때마다 그저 재미있는 우스갯소리 정도로 여기셨습니다. 그런데 어쩐 일이신지 황후께서 수태를 하시자 복중 태아를 달의 아이라 부르겠다는 황명을 공표하셨습니다. 곧 그 황명은 리아잔은 물론 타국에까지 널리 퍼져 황후께서 출산을 하셨을 땐 달의 아이가 태어났다고 온 세상이 떠들썩했습니다."

야노쉬 공작이 입을 다물자 자일스가 비꼬는 말을 꺼냈다.

"공작은 그때가 절절히 그리운 것 같소. 그윽해 보이는 눈빛도 그렇고. 페르가몬 폐하, 폐하하며 공경을 담아 말하는 것으로 봐도 그렇고."

"그렇지 않습니다, 전하. 제가 페르가몬 전 폐하를 공경한다는 전하의 말씀은, 죄송하지만 어불성설입니다. 한때 리아잔 제국의 황제이셨던 분을 존칭 없이 거론할 수는 없지 않습니까? 더군다나 실성한 나머지 부인과 어린 딸을 자신의 손으로 살해했다는 말까지 들으시는 불쌍한 분을 말입니다. 이제 오해가 풀리셨습니까, 전하?

자일스가 내키지 않는 얼굴로 대답했다.

"어느 정도는 그렇소."

야노쉬 공작이 한층 여유있는 미소를 지으며 말을 보탰다.

"제가 페르가몬 전 폐하께 갖고 있는 감정은 경멸과 약간의 연민일 뿐입니다."

*　　　　*　　　　*

"정신이 드십니까?"

눈을 가늘게 뜬 엘은 인자한 미소를 짓고 있는 칼 베리만을 보며 배시시 웃었다.

"제가 아는 분과 너무 똑같아요. 칼 베리만이시라는 분인데… 얼마나 좋은 분인지 몰라요. 죽어서 칼 베리만과 똑같이 생긴 분을 만날 줄 알았으면 그렇게 무섭진 않았을 거예요."

"엘은 죽지 않았습니다. 몸이 나른하고 정신이 몽롱한 건 약 기운 때문입니다."

칼 베리만은 측은한 눈으로 진갈색 약초 즙을 바른 화상 자국을 바라봤다. 화상의 흔적은 손과 팔, 다리는 물론 엘의 머리카락과 목에도 선명하게 나 있었다.

"내가 죽지 않았다고요? 그럼 칼 베리만도 진짜 칼 베리만이겠네요."

자신의 말이 우습게 느껴지는지 엘이 약한 웃음을 흘렸다.

"반가워요, 칼 베리만. 다시 만나서 정말… 정말 기뻐요."

"저도 기쁩니다, 엘. 다시 만나게 돼서 정말 기쁩니다. 하마터면 엘을 구하지 못할 뻔했습니다. 그것만 생각하면 눈앞이 캄캄해집니다."

칼 베리만은 농담처럼 가벼운 어조로 말했다.

"여긴 어디예요? 칼 베리만의… 저택인가요?"

"아니오, 아닙니다. 여기가 어디인지는 완전히 정신을 차리신 후 알게 되시는 게 좋을 겁니다. 그때까진 그저 편히 쉬십시오."

엘이 졸린 미소를 지었다.

"네… 너무 피곤해요… 자고 싶어요… 칼 베리만……."

"아무 생각 마시고 편안하게 주무십시오, 엘. 깨어나시면… 지금처럼 편히 주무실 수 없으실 겁니다."

착잡함이 담긴 한숨을 흘리던 칼 베리만이 번쩍 정신이 든 얼굴로 다급히 소리쳤다.

"한 가지만 말씀해 주십시오! 시간이 없어서 그럽니다, 엘!"

그는 황제가 예언을 입증할 수 있는 증거를 요구하리라 확신하고 있었다. 그렇기 때문에 앞으로의 일이 어떻게 전개될지 모르는 상황에서 엘과 단둘이 있는 시간을 헛되이 흘려보낼 수 없었다. 칼 베리만은 망설이다 엘의 어깨를 흔들었다.

"엘, 잠깐이면 됩니다! 혹시 어렸을 때부터 갖고 있던 물건 같은 거

없습니까?"

엘이 속눈썹을 파르르 떨며 힘겹게 눈꺼풀을 들어 올렸다.

"물건… 이요? 무슨… 물건이요?"

"그러니까 어렸을 때부터 몸에 지니고 있었거나, 아니면 주위와 어울리지 않는 고급스럽고 귀해 보이는… 뭐, 그런 물건 없었습니까?"

"아아… 그 물건이요… 반지… 반지……."

"반지라고요? 엘, 반지라고 한 겁니까? 어디 있습니까? 아시리움 신전에 있습니까? 아시리움에서 그걸 몰수한 겁니까?"

"리오… 리오에게… 리… 오……."

그 말을 끝으로 엘은 깊은 무의식 세계로 빠져들었다.

"리오, 리오라니? 리오라는 사람에게 반지를 주었다는 말인가?"

암담한 눈으로 엘을 바라보던 칼 베리만은 고개를 설레설레 저으며 괴로운 탄식을 토해냈다.

"대체 누군지도 모르는 리오라는 사람을 어디에서 찾는단 말인가?"

*   *   *

"가까이 와봐라."

잔뜩 웅크리고 있던 시녀가 맹수에게 다가가는 어린 들짐승처럼 한 발 한 발 조심스레 다리를 움직였다.

"이름이 무어냐?"

"샤, 샤론이라 합니다, 황제 폐하."

"그래, 샤론… 네가 무슨 중요한 말을 들었다고 하던데, 소상히 고해봐라."

시녀가 침을 꿀꺽 삼킨 다음 용기를 내어 입을 열었다.

"중요한 말인지 아닌지 미천한 소녀는 알지 못합니다, 폐하. 그저 제가 들은 말은 반지라는 것과 그걸 리오라는 사람이 갖고 있을지 모른다는 것뿐입니다."

"반지라⋯⋯."

마르키젤이 낯빛을 흐렸다.

"그 반지라는 말이 어떻게 나온 것이냐?"

"재상께서 혹시 어렸을 때부터 갖고 있던 물건이 있느냐는 질문을 하셨습니다. 그러니까⋯⋯."

"그러니까 반지라는 말이 나왔다는 말이냐?"

자일스가 앞으로 나서며 시녀의 말을 가로챘다.

"예, 전하. 제가 들은 건 그게 전부입니다."

"알았으니 그만 물러가라. 내 너의 공로는 충분히 생각해 주겠다. 하지만 철저히 입 단속하는 게 좋을 거다. 이번 일에 대해 한마디라도 혀를 놀린다면 너뿐만 아니라 네 핏줄들 모두 극형에 처하겠다. 알아들었느냐?"

"알겠습니다, 폐하. 무슨 일이 있어도 비밀을 지키겠습니다."

핏기 가신 시녀가 숨을 헐떡이며 대답했다.

"앞으로도 주의 깊게 그 아이를 살펴라. 지금처럼만 하면 큰 상을 내려주겠다."

"황공합니다, 폐하."

시녀가 무릎 꿇고 머리를 조아린 다음 뒷걸음질쳐 밖으로 나갔다.

"반지라니⋯ 대체 무슨 반지를 말하는 걸까요, 아버님?"

"증거가 될 만한 반지는 딱 하나밖에 없다. 후계자의 반지⋯ 바로 후계자의 반지일 것이다."

"후계자의 반지라 하셨습니까? 아니오, 아닙니다! 그럴 리 없습니다! 후계자의 반지일 리 없습니다! 그건 바다에 빠지지 않았습니까, 아버님? 페르가몬이 직접 자신의 입으로 그렇게 말하지 않았습니까?"

흥분한 자일스가 침을 튀기며 반박했다.

"넌 그저 전해 들은 얘기라 나만큼 세세히 알지 못한다, 자일스. 페르가몬은 가벼운 농담을 즐기는 사람이었다. 그날도 반지가 눈에 보이지 않는다는 어느 귀족의 말에 장난처럼 바다에 빠뜨린 것 같다는 말을 한 것뿐이다. 그때는 모두 농담으로 받아들여 웃어넘겼지만, 페르가몬이 죽은 후 어디에서도 반지가 나타나지 않자 그 말이 사실일지 모른다는 견해가 나왔다. 그리고 점차 시간이 흐름에 따라 후계자의 반지는 바다에 빠져 영영 떠오르지 않는다는 말이 정론으로 굳어지게 된 것이다."

"그렇다면 그 더러운 자식이 언급한 반지가 바로 후계자의 반지라는 말씀입니까?"

"그럴 가능성도 있다는 말이다. 그땐 아직 달의 아이가 태어나기 전이지만, 자신의 소중한 어린 딸에게 선물하기 위해 페르가몬이 일찌감치 준비하고 있었는지도 모른다. 그래… 그럴 수도 있어……."

마르키젤이 혼잣말을 중얼거리며 느릿느릿 바닥을 걸어다니기 시작했다.

"무슨 일이 있어도 그 반지를 손에 넣어야 한다. 만약 그 반지가 후계자의 반지고, 그걸 칼 베리만이 먼저 찾게 된다면……."

자일스를 바라보는 마르키젤의 눈동자가 어둡게 일렁였다.

"그 다음 말은 굳이 하지 않아도 알 것이다. 자일스, 네게 맡기겠다.

넌 그 반지를 찾는 일에만 전심전력을 다해라. 반드시, 무슨 일이 있어도 칼 베리만보다 먼저 손에 넣어야 한다. 알겠느냐?"

"알겠습니다, 아버님. 무슨 수를 써서든 그 반지를 손에 넣겠습니다. 그리고 제 손으로 직접 형체도 알아볼 수 없게 부숴 버리겠습니다."

자신 만만한 말투에 마르키젤이 엄격한 표정을 지었다.

"경솔해선 안 된다, 자일스. 그렇다고 몸을 사리란 말은 아니다. 신중하게 판단하고 일을 진행시키다가 이때다 싶을 때 무자비하게 낚아채야 하는 것이다. 물론 철저히 비밀을 유지해야 한다. 누구도 이 일 뒤에 네가 있다는 걸 눈치 채게 해선 안 된다. 다시 말해, 우린 겉으로나마 그 달의 아이란 하찮은 계집애를 반기는 척해야 한다는 말이다."

"그런 말씀 안 하셔도 잘 알고 있습니다."

"그래, 내 너를 믿지 않았다면 너에게 이런 중요한 일을 맡길 수 없었을 거다."

자일스가 숙연할 정도로 진지하게 눈을 빛냈다.

"예, 절 믿어주십시오. 절대 실망시켜 드리지 않겠습니다. 그리고 이건 제 생각인데, 칼 베리만과 그 계집애를 더 이상 만나지 못하게 하는 것이 좋을 듯싶습니다."

마르키젤이 수긍하는 얼굴로 말을 받았다.

"나도 너와 같은 생각이다, 자일스. 칼 베리만에게 무슨 꿍꿍이속이 있는 게 분명하다. 혼인식까지 예언을 증명하라는 내 명령을 군소리없이 받아들인 이유도 거기에 있을 거다. 그러니 서로 단 한 마디도 나누지 못하도록 그 둘을 철저히 떨어뜨려 놔야 한다. 그 문젠 내가 알아서 할 테니 넌 그만 나가봐라. 나가서 그 리오란 자를 어떻게 찾을지 생각해 봐라. 물론 그자의 정체부터 알아내는 것이 순서일 것이다."

흡족함을 드러내며 자일스의 입술이 헤벌쭉 벌어졌다.

"리오가 누구인지는 이미 알고 있습니다. 그리고 그 빨간 머리 놈이 지금 어디 있는지도 대충 짐작할 수 있습니다. 놈은 이곳 바드리오에 있을 겁니다. 처형식을 보러 왔을 테고, 칼 베리만이 예언이랍시고 헛소리를 지껄여 댄 지금은, 뭐 작은 빵 부스러기라도 얻을까 싶어 황궁 주변을 맴돌고 있을 겁니다."

자일스가 한층 여유있는 미소를 지었다.

"놈을 잡는 건 시간문제입니다, 아버님."

엘은 비명을 지르며 미친 듯이 몸부림을 쳤다. 하지만 아무리 팔을 휘젓고 몸을 뒤틀어도 질척한 피 웅덩이에서 한 발도 벗어날 수 없었다. 살아 있는 듯 꿈틀거리는 선혈이 순식간에 가슴까지 기어올랐다. 곧 끈적끈적한 손길이 목을 휘감아왔다. 다시 한 번 비명이 터져 나왔다. 무력하게 벌려진 입으로 뭉클거리는 핏덩어리가 파고들었다.

날카로운 외마디 소리에 놀라 엘은 번쩍 눈을 떴다. 그녀는 사지를 부들부들 떨며 초점없는 눈으로 천장을 노려봤다.

"괜찮으십니까?"

낯선 음성이 조금 떨어진 곳에서 들려왔다. 엘은 고개를 돌려 걱정스럽게 그녀를 살펴보고 있는 젊은 여인을 마주했다.

"무슨 악몽을 꾸신 것 같은데……."

엘은 낮게 가라앉은 어조로 속삭이듯 말했다.

"괜찮으시다면 저 혼자 있고 싶습니다."

여인이 큰 잘못이라도 저지른 사람처럼 펄쩍 뛰어올랐다.

"물론 괜찮다마다요. 그럼 편히 쉬십시오."

여인이 허겁지겁 문을 나섰다. 엘은 그녀에게서 시선을 떼며 식은땀이 흥건한 이마에 팔을 얹었다. 격한 진저리가 몸을 훑어 내렸다. 그와 동시에 끔찍한 악몽이 되살아났다. 붉은 방에 갇혀 피 웅덩이에 잠기는 소름 끼치는 꿈. 다시 찾아온 피비린내 나는 망령은 조금씩 엷어져 가던 두려움을 고스란히 되돌리고 그녀의 가슴 한구석에 자리 잡았다.

왜 붉은 방을 다시 본 거지? 왜 그 꿈을 떨쳐 내지 못하는 거지? 대체 붉은 방이 뭐기에 날 놓아주지 않는 거지?

해답을 알 수 없는 혼란스런 질문들이 줄을 이었다. 그 꿈이 시작된 건 오래전 아시리움 성전에서였다. 그때부터 며칠 동안 밤낮을 가리지 않고 그녀를 괴롭혔던 악몽은 여러 가지 사건을 겪으면서 서서히 과거 속으로 묻혀갔다. 엘은 붉은 방이 다시 찾아오리라곤 상상조차 해본 적이 없었다.

어떻게 하면 악몽을 완전히 몰아낼 수 있을까? 아시리움 성전에 다시 돌아가 봐야 하나? 하지만 악몽이 시작된 서관엔 아무것도 없었는데… 그래, 어디에서도 붉은 방은 보이지 않았어.

어떤 생각이 뇌리를 스치자 엘은 흠칫하며 눈을 동그랗게 떴다.

잠깐! 내가 확인한 건 겨우 방 하나뿐이었잖아. 붉은 방은 다른 곳에 있을지도 몰라. 그래, 서관에 붉은 방이 존재하지 않는다고 단정할 순 없어. 만약 그곳에 다시 가본다면 악몽 속의 방을 찾을 수 있을지 몰라.

당장 서관으로 달려가기라도 할 듯 주먹을 움켜쥔 엘이 별안간 눈살을 찌푸렸다. 아시리움 성전에 다시 발을 들여놓는다는 건 하늘이 무너져도 불가능하리라는 뒤늦은 분별이 맥을 쭉 빠지게 만들었다.

"그걸 이제야 깨닫다니……."

그녀가 길고 긴 신음을 터뜨리며 베개에 얼굴을 묻었을 때였다. 스무 명에 달하는 사람이 안으로 들어왔다. 엘은 경계심 어린 눈으로 그들을 살피며 일어나 앉았다. 땀에 젖은 잠옷이 기분 나쁘게 살갗에 달라붙었다.

무리 중 가장 앞에 있던 여인이 엘과 눈이 마주치는 순간 벼락이라도 맞은 듯 꼿꼿이 몸을 세웠다.

"보라색 눈동자… 정말 보라색 눈동자로군요."

여인의 나직한 목소리엔 가냘픈 떨림이 스며들어 있었다. 엘은 떨어질 줄 모르는 파란 눈동자에 마음이 불편해지자 슬그머니 시선을 피했다.

"알리지도 않은 채 다짜고짜 문을 열고 들어왔으니, 이보다 더한 실례는 없겠군요. 하지만 깨어났다는 말이 너무 반갑고 기뻐 다른 생각을 할 겨를이 없었습니다. 불쾌하게 여기지 말아주십시오."

"아… 예."

엘은 정중한 사과를 도저히 무시할 수 없어 어색하게 미소 지었다.

"정말 페르가몬 전 폐하를 많이 닮으셨군요."

"그분이 누구신데요?"

잠시 침묵이 흐르더니 여인의 뒤에 서 있던 사람들이 엘을 흘긋거리며 소곤대기 시작했다.

"조용히 해라."

여인이 위엄있게 명령을 내리자 사람들이 일제히 입을 다물었다. 이로써 엘은 파란 눈동자의 여인이 상당한 지위에 있는 사람이란 걸 확신할 수 있었다. 사실 그녀가 보통 사람이 아니라는 건 외모만 봐도 쉽게 알 수 있었다. 화려함보다는 우아함을 강조한 남보랏빛 드레스, 높이 틀어 올린 검은 머리카락을 돋보이게 하는 장신구와 여인에게 완벽히 어울리는 아름다운 보석들.

"모두 물러가라."

엘은 단호한 목소리에 놀라 고개를 들었다. 그제야 그녀는 자신이 넋을 잃은 채 여인을 관찰하고 있었다는 걸 깨닫게 되었다. 엘의 얼굴이 발갛게 달아올랐다.

사람들이 모두 밖으로 나가고 두 사람만 남게 되자 여인이 다가와 엘을 비스듬히 마주 보고 앉았다.

"열일곱 살 이후 침대에 이런 식으로 앉아보는 건 처음입니다. 어렸을 땐 무지한 평민들이나 하는 행동이란 꾸지람을 들으면서도 몰래 침대에 걸터앉곤 했었답니다."

여인이 눈을 아련하게 빛내며 고른 이를 드러냈다. 부드러운 미소에 이끌린 엘도 살짝 입꼬리를 들어 올렸다.

"엉뚱한 얘기만 하고 있었군요. 낯선 환경 때문에 많이 놀라셨을 분 앞에서 말입니다."

"저… 전 그런 경어를 받을 만한 사람이 아닙니다."

엘은 마님이란 호칭을 붙여야 되는 건가 생각하며 여인을 곁눈질했다.

"물론 지금은 이런 말투가 편하지 않으실 겁니다. 하지만 제 얘기를 듣고 나시면 그런 마음을 가지실 이유가 전혀 없다는 걸 알게 되실 겁니다. 그럼 우선 가장 중요한 것부터 말씀드리겠습니다."

여인이 정색을 하고 말을 이었다.

"전하께선 리아잔 제국의 전 황제이셨던 페르가몬 폐하의 단 한 분뿐인 따님이십니다. 성함은 엘리시엔 마그누스 차르 드 칼리트라바이십니다."

할 말을 찾지 못한 엘이 입술을 달싹였다. 그러자 여인이 자신의 말을 믿으라는 듯 고개를 주억거렸다.

"제 말을 의심하시는 건 당연합니다. 사실 전하뿐만 아니라 세상의 모든 이들이 혼란을 느낄 겁니다. 하지만 전 전하께서 달의 아이이심을 믿어 의심치 않습니다. 칼 베리만께서 거짓 예언을 하실 리 없다는 걸 잘 알고 있으니까요."

"말도 안 돼요… 이건 말도 안 돼요. 전 그런 사람이 아니에요. 뭔가 잘못 알고 계신 게 틀림없어요."

"제가 두서없이 말을 꺼내는 바람에 혼란만 더 가중시켜 드리고 말았군요. 이제 차근차근 설명해 드리겠습니다."

생각을 정리하듯 잠시 말을 멈추고 있던 여인이 꿈에서나 있을 법한 얘기를 시작했다. 엘은 여인의 말을 들으며 숨도 크게 쉬지 못한 채 그저 눈만 깜박이고 있었다.

"그 후 칼 베리만께서 전하를 이곳 별궁으로 모시게 한 다음 어의들을 불러 화상을 치료하게 하셨습니다."

여인은 엘의 신분이 확실하게 증명되지 않아 본궁으로 들어가지 못했다는 말은 입에 담지 않았다.

"지금은 많이 고통스러우실 겁니다. 하지만 리아잔 제국의 실력있는 어의들이 총동원되었으니 곧 완치될 수 있으실 겁니다. 또, 화상으로 인한 흉터도 걱정하실 필요 없습니다. 이건 전하께만 알려 드리는 건데, 흉터를 감쪽같이 없앨 수 있는 신비한 능력을 지닌 치료사를 알고 있습니다."

"전 도무지 믿어지지 않아요. 제가 그… 폐하의 따님이란 거 말이에요."

"믿으십시오."

여인이 숙연하게 말했다. 그리고 조금 누그러진 어조로 또 한 가지 놀라운 사실을 털어났다.

"제가 누군지 아시면 조금은 확신을 가질 수 있으실 겁니다. 왜냐하면 전하와 전 혈연관계로 이어져 있으니까요. 정확히 말해 전 전하를 낳아주신 헤르티아 황후의 언니, 즉 엘리시엔 전하의 이모가 되는 사람입니다."

엘은 고개를 설레설레 흔들었다. 여인의 말을 부정하려는 것이 아니라 연이어 쏟아진 충격을 감당하기 힘들어 나온 작은 몸짓이었다.

"전하께선 헤르티아보다는 페르가몬 황제 폐하를 더 많이 닮으셨습니다. 사실 검은 머리카락과 선이 고운 얼굴 윤곽을 빼곤 모든 걸 황제 폐하께 물려받으신 것 같습니다. 우리 집안 피가 좀 약한지도 모르겠다는 생각이 드는군요. 제 아들도 절 거의 닮지 않았답니다."

"아, 아드님이 있으세요?"

엘은 눈을 커다랗게 뜨며 소리 높여 물었다. 가슴이 울렁거리고 입술이 말라왔다. 여인의 말처럼 그녀가 전 황제의 딸이고 눈앞의 아름다운 여인이 이모라면, 그녀는 이모뿐 아니라 사촌까지 갖게 되는 셈이었다.

그녀의 마음을 아는지 여인이 상냥한 미소를 그렸다.

"예, 아들이 한 명 있습니다. 자식이라고는 오직 그 아이뿐입니다. 두 달 전에 생일을 치러 스무 살이 되었으니 전하와는 두 살 차이가 나겠군요."

"그럼 저한테……."

엘의 얼굴 가득 환한 웃음이 피어올랐다.

"저한테 사촌 오빠가 있다는 말씀이신가요? 두 살 위의 사촌 오빠가 있다는 말씀이죠?"

"그렇습니다, 전하. 전하께서 기뻐하시니 저도 마음이 놓입니다. 싫어하실까 봐 은근히 가슴을 졸이고 있었거든요."

"제가 왜 싫어하겠어요? 아무도 없던 저에게 이모님과 사촌 오빠가 생겼는데요. 사실 지금 좀 무섭기까지 해요. 화형대에서 살아남은 것도 믿기지 않을 만큼 기쁜데… 이제 가족이… 제게도 가족이 생겼다니……."

말을 끝맺기 힘들 만큼 벅찬 감격이 밀려왔다. 엘은 떨리는 입술에 한껏 미소를 담은 채 수줍게 여인을 쳐다봤다. 여인의 손도 잡아보고, 고운 얼굴도 만져 보고, 또 그녀의 따뜻한 품에 안겨보고도 싶었다. 하지만 아직 서먹서먹한 여인에게 자신의 감정을 내보인다는 게 쑥스럽고 조금은 두렵기까지 했다.

"많이 궁금하시겠군요. 그러실 줄 알고 이곳으로……."

"폐하, 전하께서 도착하셨습니다."

조심스런 목소리가 여인의 말을 끊었다.

"때마침 왔군요."

엘이 여인의 눈길을 좇자마자 문이 열리며 밝은 금발 머리를 가진 남자가 들어왔다. 옅은 초록빛 눈동자와 보라색 눈동자가 정면에서 마주쳤다. 그 순간 엘의 얼굴에서 핏기가 완전히 사라졌다.

"사촌 오라버니를 만나신 소감이 어떠십니까, 전하?"

여인이 사뭇 기대된다는 듯 들뜬 어조로 물었다.

"꿈에도 그리던 오라버니를 만나서 할 말을 찾지 못할 만큼 감격스러운 것 같구나."

경멸이 담긴 눈으로 그녀를 내려다보던 자일스가 입술을 비틀며 말했다. 그는 무섭도록 창백한 얼굴로 부들부들 떨고 있는 엘을 향해 잔인한 미소를 지어 보인 후 즐기는 듯한 음조로 말을 붙였다.

"나 역시 널 만나게 돼서 얼마나 기쁜지 모르겠다, 귀여운 누이 동생아."

리반은 한 발에 서너 단씩 쿵쾅거리며 층계를 뛰어올랐다. 복도를 달리던 그는 바닥에 패인 옹이 틈새에 발이 걸려 넘어질 뻔한 위기를 간신히 넘기고 방문 앞에 도착했다.

"리오!"

버럭 소리치며 안으로 뛰어든 리반은 모습이 보이지 않는 리오를 찾아 고개를 두리번거렸다.

"리오, 어디 있는 거야?"

리반은 침대 아래 구석진 곳에 삐죽 나와 있는 붉은 머리카락을 발견하자마자 한걸음에 다가갔다.

"야, 리오! 내가 지금 무슨 얘길 들었는지 알아?"

달뜬 어조로 소리치던 그는 걱정스런 마음에 푹 꺾인 리오의 고개를 들어 올렸다. 리오가 눈물 범벅이 된 얼굴을 옆으로 돌렸다.

"아직까지 울고 있다니. 그만하면 눈물이 마를 때도 되지 않았어?"

"그냥 내버려 둬… 울든 미쳐 버리든 그냥 내버려 두라고……."

리오가 목메인 어투로 가만가만 속삭였다.

"내 말부터 들어봐, 리오. 알렉스는 살아 있어! 죽지 않았어! 내 말 들었어? 알렉스, 아니, 엘은 죽지 않았단 말이야! 살아 있다고!"

기쁨에 겨운 리반이 리오의 어깨를 잡고 마구 흔들어댔다. 멍한 얼굴로 눈을 깜박이던 리오가 그의 팔을 덥석 움켜쥐었다.

"뭐? 그게 정말이야? 정말, 정말 엘이 살아 있는 거야?"

"그래, 한두 사람에게 들은 게 아니야! 지금 이 일 때문에 난리도 아니더라고!"

"살아 있구나. 그 불 구덩이에서 죽지 않고 살아남았구나."

리오의 얼굴이 다시 젖어들었다.

"슬퍼도 울고 기뻐도 울고, 아무튼 일관성있어 좋다!"

장난스럽게 말한 리반이 리오의 어깨를 툭 치더니 소리 내어 웃었다.

"좀 자세히 말해 봐, 리반. 아직 믿어지지가 않아서 그래. 어떻게, 그러니까 어떤 일이 일어난 거야?"

"우리가 황궁을 빠져나온 다음 기적이 일어났나 봐. 그것도 두 가지나. 갑자기 하늘에서 이상한 빛이 내려와 화형대의 불을 순식간에 꺼 버렸대. 정말 신기하지? 난 처음에 그 말을 한 사람이 제정신이 아닌 줄 알았다니까? 다음으로… 너도 들어본 적 있을 거야, 워낙 유명한 예언자니까. 카를 블리어드 베리만이라고, 들어본 적 있지?"

충혈된 눈을 크게 뜨고 경청하고 있던 리오가 열심히 고개를 끄덕였다.

"그 유명한 예언자가 처형대에 올라 리아잔 제국의 진정한 후계자가 나타나… 뭐라더라? 의견이 분분하던데… 이름을 빛낸다는 사람도 있고, 모든 사람이 다 잘살게 된다고 하는 사람도 있어. 심지어 어떤 사람은 페르가몬 황제가 환생하셨다는 예언을 들었다고 우기더라고. 아무튼 중요한 건 그 이상한 빛과 예언 때문에 알렉스가 살게 되었다는 거야."

리반은 말을 하는 내내 싱글벙글 입을 다물지 못했다.

"엘이 진짜 달의 아이가 맞았구나, 네 생각처럼."

"다른 사람도 아니고 카를 블리어드 베리만의 예언인데 틀림없겠지. 하지만 난 솔직히 말해 아닐 거라는 마음이 더 강했어. 받아들이기엔 워낙 엄청난 사실이라서."

"그래, 정말 믿기지 않는 일이야. 엘이 리아잔 제국의 정통 후계자라니……."

자랑스러움과 왠지 모를 쓸쓸함이 섞인 목소리였다. 리반의 눈에 이해의 빛이 어렸다. 그는 기운을 북돋아주기 위해 일부러 리오의 등을 철썩 내려쳤다.

"또 죽상하고 있을래? 알렉스가 무사하다는 말 못 들었어? 어쨌든 중요한 건 그거잖아, 그렇지?"

"그거야 물론이지!"

리오가 딱 부러지게 말했다. 그 말이 끝나고 눈이 마주치는 순간 두 사람은 커다랗게 웃음을 터뜨렸다. 그리고 방 안을 정신없이 돌아다니며 환호성을 질렀다. 그들은 서로를 장난스럽게 툭툭 건드리기도 하고 머리를 헝클어뜨리기도 하며 마음껏 벅찬 기쁨을 발산했다.

"시끄러워! 대체 뭐 하는 거야? 조용히 하지 못해!?"

사나운 고함 소리와 함께 옆방과 이어진 벽이 쿵쿵 울리기 시작했다.

신이 난 어린아이처럼 펄쩍펄쩍 뛰고 있던 리오가 찔끔한 얼굴로 리반을 돌아봤다. 둘은 짜기라도 한 듯 동시에 씩 웃었다.

"리반, 나가자. 이런 일이 생겼는데 답답한 방 안에만 박혀 있을 수는 없잖아. 나가서 축배라도 들자."

"그래, 누가 널 말리겠니."

리반은 피식 웃으며 문가에 서서 헤벌쭉 입술을 벌리고 있는 리오를 향해 걸어갔다.

"리반, 축배를 든 다음엔 엘을 만나러 갈까? 아니, 차라리 지금 즉시 황궁으로 가는 건 어때?"

"그건 좀… 내 생각엔 그러지 않는 게 좋을 것 같아."

"왜? 엘이 우릴 만나주지도 않을 것 같아서? 그 녀석은 절대 그럴 녀석이 아니야. 아마 지금쯤 우릴 기다리고 있을걸?"

"아니, 내 말은 그게 아니라……."

리반이 시선을 피하자 리오의 얼굴이 금세 어두워졌다.

"내가 모르는 무슨 일이 있는 거야?"

"알렉스가 좀 다쳤나 봐."

"얼마나? 많이 안 좋은 거냐?"

리오가 바짝 다가섰다.

"그건 잘 모르겠어. 그저 화상을 입었다는 거하고 그것 때문인지 정신을 잃었다는 말만 들었어."

"그럼 이러고 있을 때가 아니잖아? 빨리 가봐야지!"

"안 돼, 리오!"

리반은 밖으로 뛰어나가려 하는 리오의 팔을 재빨리 낚아챘다. 리오가 영문을 모르겠다는 듯 이마에 주름을 잡았다.

"왜? 엘이 다쳤다는데 안 가볼 생각이야? 넌 걱정도 안 돼?"

"나도 너만큼이나 알렉스가 걱정돼. 하지만 이런 상황에서 무조건 황궁으로 갈 수는 없어. 그건 뭐라 그럴까… 아주 위험한 행동이야. 잘못되면 우린 굉장히 심각한 일에 휘말릴 수도 있어, 리오."

입술을 질끈 깨물고 있던 리오가 핵심을 찔러왔다.

"황권 다툼을 말하는 거야?"

리반이 잠자코 고개를 끄덕였다.

"그렇겠지, 현 황제와 자일스에겐 그야말로 청천벽력 같은 일일 테니까. 어떻게 해서든 엘을 몰아내려 할 거야. 하지만 우리 두 사람이 엘을 만나는 건 그거완 별개의 일이잖아. 우리가 엘을 받쳐 줄 수 있는 권력자도 아니고. 인정하긴 싫지만 말이야."

리오가 씁쓰레한 표정을 지었다.

"그건 네 말이 맞아, 리오. 하지만 알렉스의 약점을 잡으려고 혈안이 되어 있을 사람들은 그렇게 생각하지 않을지도 몰라. 아무것도 알지 못하는 상태에서 황궁으로 가는 건 알렉스에게 치명적인 해를 끼칠 수도 있어."

한쪽 발로 바닥을 툭툭 치면서 골똘히 생각에 잠겨 있던 리오가 반대 의견을 내놨다.

"우린 어차피 엘을 만나야 돼. 그리고 그 시기는 빠르면 빠를수록 좋아."

"그건……."

"내 말부터 들어봐, 리반."

리오가 서둘러 리반의 입을 막았다.

"넌 중요한 걸 잊고 있어. 반지가 우리한테 있다는 걸 생각하지 않고 있어. 네 말대로 반지가 정교하게 만든 모조품이 아니라면, 또 그 예언이 사실이라면 그건 책에 적혀 있던 것처럼 후계자의 반지일 거야. 그리고 엘은 리아잔 제국의 황권 다툼, 그 한가운데 서 있게 됐어. 이제 내가 무슨 말 하는지 알겠지?"

"되도록 빨리 알렉스한테 반지를 전해주어야 한다는 말이겠지."

고개를 크게 끄덕인 리오가 한층 진지해진 목소리로 말을 받았다.

"그래, 리반. 우린 되도록 빨리 엘을 만나야 돼."

"나도 네 말에 대부분 동의하지만, 되도록 빨리란 말엔 반대야. 지난번 바르테즈에서 있었던 일을 생각해 봐, 리오. 그때 우린 그저 알렉스를 만나고 싶다는 마음, 그거 하나만 갖고 행동했어. 조심해야 한다는 생각은 했지만 제대로 지키지 않았어. 그래서 어떤 일이 벌어졌는지… 알지?"

리오의 푸른 눈이 어둡게 그늘졌다. 괜한 얘길 꺼낸 건 아닌가 하는 생각이 잠깐 들었지만 리반은 말을 계속했다.

"알렉스가 화형대에 매달리게 됐잖아. 기적적으로 목숨을 구하긴 했지만 그건 말 그대로 기적일 뿐이야, 리오. 그런 기적은 이제 다시 찾아오지 않을 거야."

"네가 뭘 말하고 싶어하는지 알겠어. 신중하게 행동해야 된다는 거겠지."

"맞았어, 구체적인 방법은 모르겠지만……."

지끈거리는 관자놀이를 문지르던 리반이 걸음을 옮겨 침대에 내려 앉았다.

"내 생각엔 우선 일이 어떻게 흘러가는지 시간을 두고 지켜봐야 할 것 같아. 황궁에서 벌어지는 일을 자세히 알긴 힘들겠지만, 지금 모든 사람들의 시선과 관심이 알렉스에게 쏠려 있으니 웬만한 정보는 어렵지 않게 들을 수 있을 거야. 또 한 가지 다행스러운 건 네가 반지를 갖고 있다는 사실을 알고 있는 사람이 너와 나, 그리고 알렉스뿐이라는 거야. 그러니까 우린 그만큼 좋은 위치에 서 있다는 말이지."

"그 생각도 섣부른 판단일 수 있어."

리오가 리반의 의견에 제동을 걸었다.

"너무 지나친 비약일지 모르지만 그 반지의 존재를 꼭 우리 셋만 알고 있다고 결론지을 수는 없어."

심각한 표정을 짓고 리오의 말을 되새겨 보던 리반이 수긍하고 나왔다.

"그래, 그럴 수도 있다는 생각이 들어. 만약을 위해 대비책을 세워놓는 게 좋겠어."

"대비책? 무슨 대비책?"

"대충 말하자면 몸을 숨길 수 있는 그럴듯한 장소라든가, 비상 식량이라든가, 뭐 그런 거 말이야. 바드리오에서 많은 시간을 보내게 될지도 모르니까 안전을 위해 몇 가지 준비해 놓는 게 좋을 것 같아."

리오가 뒤숭숭한 얼굴로 문에 등을 기댔다.

"난 아직도 엘에게 반지를 빨리 건네주어야 한다는 쪽에 더 가까워. 하지만 네 의견을 반대하진 않겠어. 나 때문에 엘이 위험해지는 건 두 번 다시 보고 싶지 않으니까."

"나도 그래서 신중하게 행동하자는 말을 한 거야. 알렉스의 그런 모습… 떠올리는 것만으로도 숨이 막히는 것 같아."

"그럼 골치 아픈 문젠 대충 해결됐으니 아까 말한 대로 축배나 들러

가자."

"그래, 알렉스가 새 생명을 얻은 날인데 흐지부지 흘려보낼 수야 없
지."

리반이 흔쾌히 대답하며 걸음을 옮겼다.

"그런데 말이야."

문을 반쯤 열던 리오가 뒤돌아봤다.

"너, 언제까지 엘을 알렉스라 부를래?"

주춤한 리반이 곧장 반격을 가했다.

"그러는 엘은 제대로 된 호칭인 줄 알아? 알렉스는 이제 전하라고
불리는 위치에 올랐단 말이야."

"전하든 폐하든 나한테 엘은 언제까지나 엘일 뿐이야. 그렇지, 엘의
본명! 그것 좀 말해 봐, 리반."

리반이 피식거리며 입을 열었다.

"엘리시엔 마그누스 차르 드 칼리트라바."

입속말로 천천히 따라해 보던 리오가 부드러운 미소를 지었다.

"왜 그래? 그렇게 이름이 마음에 들어?"

"그래, 마음에 들어. 전에 엘이 자신은 이것저것 붙은 거 없는 그냥
엘이라고 한 말이 떠올라서… 자신의 이름이 그렇게 길다는 걸 알았을
때 그 녀석이 어떤 표정을 지을까 하는 생각을 하니 웃음이 나와."

"내 생각엔 이걸 다 외어야 하는 건가 하며 잔뜩 얼굴을 구길 것 같
아."

"그러기 쉽겠지?"

두 사람은 소리 맞춰 웃으며 나란히 복도를 걸었다.

"내가 이긴 거지?"

계단에 발을 디디던 리오가 엉뚱한 말을 꺼냈다.

"무슨 소리야? 이기긴 뭘 이겨?"

"엘 이름 말이야. 본명도 알렉스보단 엘에 더 가깝잖아."

리반이 어이없다는 듯 픽 웃었다.

"그래, 이겨서 기쁘겠다. 하지만 난 그냥 내가 좋은 대로 알렉스라 부를란다."

"하여튼 꽉 막힌 녀석이라니까."

두 사람은 앞서거니 뒤서거니 하며 여관을 나섰다. 싱거운 농담을 건네며 발을 놀리던 리오가 갑자기 벽에 가로막히기라도 한 듯 멈춰 섰다.

"왜 그래?"

"거짓말 아니지? 엘은 진짜 살아 있는 거지?"

갑작스런 불안에 사로잡힌 그의 마음을 어느 정도 이해할 수 있는 리반은 진지하게 입을 열었다.

"엘은 분명히 살아 있어. 지나가는 사람 아무나 붙잡고 물어봐도 나와 같은 대답을 할 거야."

안도의 한숨을 푹 내쉰 리오가 머쓱한 웃음을 지어 보였다.

"네 말을 못 믿어서 그런 건 아니야. 그냥……."

"알아, 내가 너와 붙어 다닌 게 몇 년째인데 그걸 모르겠어?"

"붙어 다니긴 내가 너하고 언제 붙어 다녔냐?"

리오는 퉁명스럽게 반박하고 나서 이내 은근한 얼굴로 말을 이었다.

"하지만 앞으론 마음을 바꿔 종종 붙어 다닐 생각이야."

와락 달려든 리오가 뒤에서 리반의 어깨를 감싸 안았다.

"이게 무슨 짓이야? 빨리 놔, 사람들이 쳐다보잖아."

리반이 화끈 달아오른 얼굴로 주위를 두리번거렸다.

"쳐다보면 어때서? 형이 동생 좀 귀여워해 주겠다는데 누가 뭐라 그래?"

"형 좋아하네! 빨리 이거 못 놔?"

"반항하지 말고 얌전히 따라오렴, 귀여운 아우야."

리오는 바르작거리는 리반을 더욱 힘껏 끌어안고 행진하듯 씩씩하게 걸음을 옮겼다.

*   *   *

별안간 문에 세찬 충격이 가해졌다. 끄덕끄덕 졸거나 잠을 자지 않으면 서너 명씩 모여 얘기를 나누고 있던 기사들이 요란한 소리에 놀라 밖으로 뛰어나갔다.

다시 한 번 문을 걷어차기 위해 발을 들고 있던 에지몬트가 기사들에게 밀려 뒤로 넘어졌다.

"젠장!"

그의 입술에서 욕설이 튀어나오자 어처구니없어진 기사들이 혀를 차댔다.

"뭘 잘했다고 욕을 하고 난리야? 얼씨구! 아주 술독에 들어앉았다 나왔구만."

"술에 취했으면 얌전히 자빠져 잠이나 잘 것이지, 대체 문은 왜 걷어찬 거야? 얼마나 놀랐는지 알아?"

"나도 마찬가지야! 뭐가 무너진 줄 알고 서둘러 나오다가 탁자에 발가락을 짓찧기까지 했단 말이야."

"그건 약과야. 난 술 한 잔 홀짝이다가 놀라는 바람에 그 독한 걸 코로 들이마셨어! 숨이 막혀 죽는 줄 알았다고!"

목부터 귀까지 벌겋게 달아오른 기사가 발을 사납게 굴렀다.

"그게 자랑이냐? 기사 숙소에서 왜 몰래 술을 마셔? 걸리면 무슨 좋은 꼴을 보려고? 경칠 일 있어? 하여튼 저 녀석은 지난번에 그렇게 당했으면서도 아직까지 정신을 못 차리고 허구한 날 술타령이라니까."

"지금 중요한 건 그게 아니잖아? 엉뚱하게 왜 날 걸고넘어져?"

"시끄러워! 조용히 해!"

일어날 생각도 안 하고 마냥 하늘을 보고 누워 있던 에지몬트가 고래고래 소리를 질렀다.

"듣기 싫어! 제발 귀에 대고 쫑알거리지 말고 들어가!"

"뭐야? 저 자식이 누구한테 쫑알거린다는 거야?"

"너, 지금 뭐라고 했어?"

"건방진 애송이 녀석, 다시 말해 봐!"

분위기가 급속히 험악해지자 벽에 기대 눈을 굴리고 있던 제러드가 서둘러 앞으로 나섰다.

"자자, 다들 진정해. 보아하니 제 몸도 못 가눌 정도로 술에 취한 것 같은데 한 살이라도 더 먹은 우리가 봐주자고."

"제러드 선배님… 아니, 제러드 형님……."

에지몬트가 처량하게 제러드를 불렀다.

"선배님도 형님도 다 듣기 싫으니까 빨리 일어나. 더 이상 소란 피우지 말고 들어가 잠이나 자란 말이다."

"그게 사실이에요? 정말로 그 꼬마가… 저한테 바락바락 덤비던 그 건방진 꼬마가 리아잔의……."

번개같이 에지몬트를 덮친 제러드가 그의 입을 단단히 막았다. 그리고 어느새 움직인 카셀과 세르피언, 이케르가 에지몬트를 번쩍 들어 올렸다.

"아무래도 술을 좀 깨워줘야 할 것 같아서……"

궁색한 변명을 끝으로 얼굴을 구긴 네 명의 기사들이 어둠 속으로 사라졌다. 그들이 몸부림치는 에지몬트를 데리고 간 곳은 기사 숙소 뒤쪽에 위치한 마구간이었다.

"이게 뭐 하는 짓입니까?"

입에서 제러드의 손이 떨어지자마자 에지몬트가 고함을 질렀다.

"뭐 하는 짓이냐고? 그걸 몰라서 물어?"

지긋지긋하다는 표정을 짓고 있던 선배들이 앞에 놓인 말구유에 그를 빠뜨렸다. 마치 벽에 부딪친 것 같은 퍽 소리와 함께 반쯤 차 있던 물이 밖으로 흘러넘쳤다.

"젠장! 그 꼬마 얘기를 했다고 이러나 본데, 그 얘길 모르는 사람은 아마 한 명도 없을 겁니다!"

꿀릴 것 없다는 듯 기세등등하게 소리친 에지몬트는 뒤를 이어 나온 제러드의 말에 꼬리를 내릴 수밖에 없었다.

"그래, 그 예언에 대해선 다들 알고 있겠지. 하지만 아까 모인 기사들 중에 네가 엘과 개인적인 친분이 있다는 사실을 아는 사람은 한 명도 없을 거다. 우리를 빼곤 말이다. 이제 네가 무슨 잘못을 저질렀는지 이해가 좀 되냐?"

풀죽은 에지몬트가 물이 줄줄 흐르는 머리를 힘없이 숙였다. 그만할까 고민하던 제러드는 흐지부지 넘어가선 안 되는 실수란 생각에 마음을 고쳐먹고 본격적으로 꾸짖기 시작했다.

"네가 정말 생각이 있는 녀석이냐?"

"생각이 없으니 그런 말을 함부로 꺼낸 거겠지."

"목에 칼이 들어와도 누설하지 말아야 할 비밀을 그렇게 경솔히 입에 담다니."

"정말 웃긴 녀석이라니까."

"도대체 왜 그런 멍청한 짓을 한 거냐?"

"술에 취해 정신이 홀딱 나간 거겠지."

제러드는 말끝마다 끼어들어 토를 다는 카셀에게 매서운 시선을 날렸다. 카셀이 멋쩍은 표정을 지으며 코끝을 비볐다.

"잘못했습니다. 다신 이런 일 없을 겁니다. 저도 제가 왜 그렇게 멍청한 짓을 했는지 모르겠습니다. 그냥… 그 꼬마 얘길 들으니까… 괜히 기분이… 기분이 좀……."

침울한 목소리가 힘없이 사그라졌다.

"엘이 죽지 않았다는 얘기를 듣고 기분이 나빴단 말이야?"

카셀이 침을 튀기며 앞으로 한 발 나섰다.

"그런 게 아니라 그 뒤에 나온 엄청난 이야기 때문이겠지. 나도 한동안은 머리가 띵했으니까. 카셀, 너는 씹고 있던 음식을 내뿜기까지 했잖아, 지저분하게."

카셀이 진지하게 고개를 끄덕였다.

"맞아, 나도 엄청 놀랐어. 엘이… 이제 엘이라고 부르면 안 되겠지? 으음… 에라, 모르겠다. 엘이 그렇게 엄청난 사람일 줄은 몰랐어. 세상에, 다른 데도 아니고 어떻게……."

"이제 그만 하는 게 좋겠어. 여길 안전하다 생각하는 건 아니겠지?"

따끔하게 주의를 상기시킨 이케르가 마구간을 나갔다. 멀뚱히 그를 바라보던 세르피언도 어슬렁어슬렁 뒤를 좇아갔다.

"어서 나와라. 그러다 감기 걸리겠다."

에지몬트는 제러드의 손을 잡고 비좁은 구유에서 벗어났다. 그리고 철벅철벅 소리를 내며 걷기 시작했다. 서너 발 뒤에선 제러드와 카셀이 걸음을 옮기고 있었다.

"혹시 말이야, 저 녀석 엘한테 딴마음 먹고 있었던 거 아닐까?"

기사 숙소가 눈에 들어왔을 때 카셀이 제러드에게 넌지시 물었다. 그의 말을 알아들은 에지몬트가 세차게 몸을 돌렸다.

"뭐라고요? 제가 누구한테 딴마음을 먹고 있었다고요? 그게 말이 된다 생각하십니까? 어디 여자가 없어서 그런 선머슴 같은 녀석을! 내 평생 이렇게 황당한 말을 들어본 건 오늘이 처음입니다! 빨리 그 말 취소하십시오! 빨리요!"

에지몬트의 격한 분출에 기가 눌린 카셀이 얼떨결에 입을 열었다.

"알았어, 취소할게."

세찬 콧바람을 내뿜은 에지몬트가 기사 숙소를 향해 퍽퍽 발을 구르며 걸어갔다.

"아니면 아니라고 조용히 말을 하지, 되게 살벌하게 구네."

"아픈 곳을 찔러봐라. 넌 아마 더할 거다."

"뭐? 그럼 너도 내 생각과 같은 거야?"

"생각하고 자시고 할 것도 없지. 옥신각신, 티격태격하며 정이 든 것 같은데… 불쌍한 녀석… 하필이면 그런……."

혀를 차던 제러드가 말을 이었다.

"그래도 지금 밝혀진 게 다행이야. 어차피 가망없는 거 한시라도 빨리 접는 게 나을 테니까."

"네 말을 들으니 정말 저 녀석이 안돼 보인다. 사실 나만큼 에지몬트를 이해할 수 있는 사람은 없을 거야. 내가 말했던가? 아델하고 하마터면 헤어질 뻔했다는 거."

카셀이 수십 번도 더 들었던 얘길 꺼내려 하자 제러드는 몸서리를 치며 발걸음을 빨리했다. 걸음을 재촉해 바짝 따라붙은 카셀이 기어코 자신의 연애담을 떠벌리기 시작했다.

"그때가 그러니까 내가 기사단에 들어온 지 얼마 되지 않아서일 거야. 노을이 짙게 깔린 어느 날 저녁 무렵 갑자기 아델이 날 만나러 왔어. 노을에 비친 아델이 얼마나 예쁜지……."

열정적인 카셀의 목소리 위로 괴로운 신음이 길게 흘러나왔다.

*   *   *

"비켜라! 어딜 들어오려고?"

마체라타는 버럭 소리치는 남자를 밀치고 거리낌없이 문을 열어젖혔다. 그리고 비밀스런 동굴처럼 구불구불 이어진 복도에 발을 디뎠다. 복도 바닥엔 붉은 융단이 깔려 있었고, 양편으로 다닥다닥 붙어 있는 수십 개의 방엔 문 대신 검은 휘장이 내려져 있었다.

마체라타는 여기저기서 새어 나오는 음탕한 신음 소리를 들으며 실소를 지었다. 복도 벽에 기댄 채 낄낄거리며 남자와 엉켜 있던 여인이 그녀를 발견하고 눈을 동그랗게 떴다. 마체라타는 계속하라는 뜻으로 여인을 향해 한쪽 눈을 찡긋했다. 여인이 불쾌한 듯 입술을 비죽이며 그녀를 노려봤다. 매춘굴도 어지간히 재미있는 곳이라는 생각이 들자 마체라타는 가벼운 웃음을 터뜨렸다.

"저 계집을 잡아라!"

"멈춰라! 여긴 네까짓 게 기어들 곳이 아니다!"

어깨가 떡 벌어진 건장한 남자 두 명이 달려오며 크게 소리쳤다. 마체라타는 걸음을 멈추고 뒤를 돌아봤다. 남자들은 사납게 번득이는 붉은 눈동자에 흠칫했지만 곧 여유를 되찾았다. 무엇을 믿고 혼자 몸으로 이곳에 들어왔는지는 몰라도 여자 한 명은 그들에게 작은 강아지만큼의 상대도 되지 못했다.

"대체 어떤 계집이기에 감히 이곳에서 소란을……."

채 말을 끝맺지 못한 남자가 허공으로 번쩍 들렸다. 그를 잡아주기 위해 반사적으로 팔을 뻗었던 다른 남자도 천장에 닿을 듯 둥실 떠올랐다.

"일을 조용히 처리해야 한다는 사정만 없었다면 네놈들을 갈기갈기 찢어버렸을 것이다. 경고하는데, 앞으로는 주둥이를 잘 간수하는 게 좋을 거다. 다시 한 번 내 성질을 건드리면 이것저것 생각하지 않고 네놈들을 곱게 갈아 저 밖에 있던 귀여운 개들에게 먹이로 줄 테니까."

마체라타는 남자들을 받치고 있던 힘을 일시에 풀었다. 그들이 비명을 지르며 곤두박질쳤다. 충격을 이기지 못한 복도 바닥이 엄청난 굉음을 내며 부서졌다.

"무슨 일이야?"

"이게 무슨 소리야?"

"내 옷, 내 옷 어디 있어?"

놀란 사람들이 옷을 반쯤 걸친 채 밖으로 뛰어나왔다. 개중엔 아무것도 입지 않은 이들도 심심찮게 눈에 띄었다. 건물이 무너져 내리는 줄로 오해한 사람들이 이리 뛰고 저리 뛰며 새된 고함을 질러댔다. 하지만 정작 사건의 주범인 마체라타는 전혀 동요하지 않았다. 오히려 그녀는 팔짱을 낀 채 복도 구석에 기대서서 눈앞에 펼쳐진 아수라장을 한껏 즐기고 있었다.

대부분의 사람들이 부랴부랴 매춘굴을 나서고, 남은 이들도 하나둘 방으로 돌아가자 언제 그랬느냐는 듯 복도엔 엷은 정적마저 흐르게 되었다.

마체라타는 주춤거리며 서 있는 다섯 명의 남자들을 향해 다가갔다. 두려움 서린 눈으로 그녀를 살필 뿐 접근은 생각도 못하고 있던 남자들이 기가 질린 듯 물러서기 시작했다.

"난 너희들에겐 관심없다. 너희들의 대장을 만나러 온 것이니까. 뭐라 하더라⋯ 오메른이라 했나? 아무래도 좋으니 어서 그에게 날 안내해라."

"하, 하지만 오메른님은 아무나 만날 수 있는 분이 아니신데⋯ 요."

마체라타와 눈이 마주치자 남자가 어색하게 말을 높였다.

"그렇다면 너희들을 죽이고 이곳을 완전히 박살 내야 그를 만날 수 있는 거냐?"

궁지에 몰린 남자들이 어쩌면 좋으냐는 시선을 주고받았다.

"더 이상 말썽 피우지 말고 이쪽으로 오시오."

마체라타는 귀에 거슬리는 투박한 목소리를 좇아 몸을 돌렸다. 등이 구부정한 백발노인이 예닐곱 걸음쯤 떨어진 곳에 서 있었다. 그는 마땅찮은 얼굴로 그녀를 흘끔 보더니 다리를 절뚝이며 앞서가기 시작했다. 마체라타는 잠자코 노인을 따라나섰다. 복도 끝에 이른 노인이 그녀를 좁고 가파른 계단으로 이끌었다. 한 발을 디딘 후 다른 쪽 발을 힘겹게 끌어 올리며 한 계단 한 계단 나아가는 노인 때문에 층계를 다

오르기까지 상당한 시간이 걸렸다. 마체라타는 한숨을 푹푹 내쉬면서도 더 이상의 소란을 피우면 안 된다는 생각에 짜증을 참았다.

계단 위에 도착한 두 사람은 아래층과 별다를 거 없는 복도를 걸었다. 그리고 마침내 으슥한 구석에 위치한 문 앞에 이르렀다.

"여기요."

마체라타는 뚱한 표정을 짓는 노인을 무시하고 안으로 들어갔다. 커다란 책상 뒤에 앉은 남자가 다가오는 그녀를 흥미롭게 지켜봤다. 흑갈색 머리카락을 가죽 끈으로 묶고 있는 남자는 광대뼈가 도드라진 희고 갸름한 얼굴로 인해 까다롭고 날카로워 보였다. 가느다랗게 뜬 짙은 흑안, 길게 내리 뻗다 새의 부리처럼 구부러진 코, 흉할 정도로 힘줄이 튀어나온 목줄기 등 그의 얼굴 어디에서도 호락호락한 구석을 찾기 힘들었다.

"네가 오메른인가?"

"그렇다면?"

"네가 오메른인지 아닌지 정확하게 밝혀라."

마체라타가 거만하게 명령했다. 자리에서 일어난 남자가 책상을 돌아나와 그녀를 마주 보고 섰다.

"내가 오메른이다. 네 요구대로 정확히 밝혔으니 이제 네가 용건을 밝힐 차례 같군. 시간이 많이 걸리는 일인가?"

"글쎄, 네 태도에 따라 달라지겠지만 일의 성격으로 봐서 그리 짧게 끝나지는 않을 거다."

"그렇다면 좀 더 편안한 상태에서 얘길 시작하는 게 좋겠군."

의자에 앉은 오메른이 팔을 들어 마체라타에게 자리를 권했다.

마주 앉은 두 사람은 잠시 입을 열지 않은 채 견제하고 평가하는 눈으로 상대방을 주시했다.

"이제 날 찾은 이유가 뭔지 말해 봐라."

"네 힘을 빌리려고 왔다. 즉, 어떤 특정인을 찾아달라는 요구라고나 할까?"

오메른이 입꼬리를 치켜 올렸다.

"요구라… 거래는 여러 번 해봤지만 요구를 받아보는 건 처음이군."

"받아들일 거냐, 거절할 거냐?"

"누구를 찾는지는 모르지만 난 지저분하고 보잘것없는 매춘굴 몇 개를 갖고 있을 뿐인 그저 평범한 사람이다. 그런 요구는 다른 곳에 가서 하는 게 나을 거란 얘기다."

마체라타가 높은 음조로 짧게 웃었다.

"그저 평범한 사람이라고? 네가 바드리오 일대를 손에 넣고 있다는 사실을 이미 알고 왔다. 뭐라 하더라… 그림자의 황제라고 했나? 난 전혀 어울리지 않는 말이란 생각이 강하지만, 아무튼 그렇게 불리는 것 같더군."

살짝 비꼬는 말이 끝나자 오메른이 웃음을 터뜨렸다.

"나 역시 그림자의 황제니 어둠의 지배자니 하는 말을 들을 때마다 너와 같은 생각을 했다. 동료를 만난 것 같은 기분이 드는구나."

"마음에도 없는 그럴듯한 말은 집어치워라. 난 네가 내 요구를 받아들이느냐 아니냐에만 관심있으니까."

일순 웃음을 멈춘 오메른이 마체라타를 빤히 쳐다봤다.

"요구를 들어주면 난 무엇을 얻게 되는 거냐?"

"만 큐어."

오메른이 팔짱을 끼며 등을 기댔다.

"만 큐어라… 그리 만족스럽진 않지만 그렇다고 섭섭한 금액도 아니군."

"물론 실패하면 단 한 푼도 받지 못할 것이다. 어떻게 하겠느냐?"

"받아들이겠다. 하지만 거래가 성립된 이상 그 조건을 지키지 않는다면… 쥐도 새도 모르게 목이 따져 시궁창에 처박히게 될 것이다. 내 별명이 괜히 생긴 게 아니라는 걸 명심하는 게 좋을 거다."

"머리에 단단히 새겨놓지."

두 사람은 의미심장한 미소를 주고받았다.

"그런데 난 누구를 찾아야 하는 거냐?"

마체라타는 대답하지 않고 한쪽 팔을 내밀었다.

"잠깐 손 좀 빌릴 수 있을까?"

오메른의 눈꼬리가 가늘게 좁혀졌다.

"너와 연애하고 싶은 생각은 없지만… 뭐, 좋다."

가볍게 수락한 오메른이 스스럼없이 마체라타의 손바닥 위에 손을 얹었다. 마체라타가 그의 손을 자신의 이마로 가져갔을 때도 검은 눈동자엔 약간의 호기심만이 어려 있었다. 하지만 손이 그녀의 이마에 밀착되고, 그 순간 머리에 어떤 소년이 떠오르자 오메른의 얼굴에도 놀라움이 나타났다.

"사소한 것 하나도 빠뜨리지 말고 자세히 보고 기억해라. 네가 찾아야 할 사람이니까. 이름은 리오고 리반이라는 쌍둥이 형제와 함께 있을 것이다. 구별하기가 쉽지 않을 테니 반드시 둘을 함께 잡아야 한다."

마체라타는 오메른의 손을 놓아주며 말을 계속했다.

"이미 눈치 챘겠지만 쌍둥이 형제는 지금 이곳 바드리오에 있을 거다. 하지만 워낙 많은 사람들이 몰려드는 통에 변두리로 빠져나갔을 가능성도 있다. 그건 네가 알아서 조치해라. 중요한 건 무슨 수를 쓰든, 어떤 방법을 동원해서든 반드시 찾아내야 한다는 거다."

"찾아낸 후엔 죽여야 하는 건가?"

"아니, 몸에 손을 대선 안 된다. 몸수색도 철저히 금지시켜야 한다. 그 소년을 찾으면 도망가지 못하게 잡아놓은 뒤 즉시 나에게 알려라."

"몸수색도 하지 말라… 그 소년의 몸에 꽤 재미있는 것이 있나보지?"

마체라타가 날이 선 눈초리로 노려보자 오메른이 씩 웃으며 자세를 고쳐 앉았다.

"물론 그 소년이 누구이고 몸에 뭘 지니고 있는지 따위엔 흥미없다. 난 그저 사랑스러운 만 큐어만 손에 넣으면 그걸로 족하니까. 좋다, 충분히 알아들었다. 일이 성공하면 마렌 광장 깃대에 붉은 기를 달아놓겠다."

"붉은 기는 고위 귀족이 죽었을 때 걸리는 거로 아는데… 기를 달기 위해 귀족을 죽이겠단 말이냐?"

오메른이 뭐면 어떠냐는 듯 어깨를 으쓱했다.

"넌 그 깃발이 눈에 띄면 와서 소년을 데려가면 그만이다."

"그것도 그렇군. 그럼 난 이만 가보겠다. 여기 온 목표는 그럭저럭 달성한 것 같으니까."

마체라타가 유연하게 몸을 세웠다. 오메른이 탐난다는 표정을 지으며 그녀를 아래위로 훑어봤다.

"이곳에서 일할 생각 없나?"

"이곳이라면 매춘굴을 말하는 거냐?"

마체라타가 피식 웃으며 가볍게 되물었다.

"그래, 네가 온다면 최고의 대우를 해주겠다. 겉으로 보기엔 천하고 지저분해 보이지만 이곳에도 왕비 못지않은 칭송을 받으며 화려한 생활을 맘껏 즐기는 여자들이 많다."

"구미가 당기긴 하지만 난 사내놈들을 자근자근 짓밟은 걸 유난히 즐겨서 말이다. 혹시 그런 걸 원하는 자가 나타나면 마렌 광장에 붉은 기를 달아라. 장담은 못하지만 마음 내키면 한 번 와볼 수도 있으니까."

"그렇게 하지."

요염한 미소를 지어 보인 마체라타가 문밖으로 사라졌다.

"붉은 머리카락과 붉은 눈을 가진 여인이라……."

오메른은 탁자 위에 다리를 올리고 등을 편안히 기댔다. 그리고 생각에 잠긴 어투로 낮게 중얼거렸다.

"왜 황태자가 기를 쓰고 그 소년을 찾으려 하는 걸까?"

*　　　　*　　　　*

"대공, 어서, 어서 이리 오십시오."

칼 베리만은 침착하던 평소와 달리 허둥대며 리자드를 맞아들였다. 그리고 그가 의자에 앉자마자 다급함이 고스란히 느껴지는 어조로 곧장 용건을 꺼냈다.

"대공의 도움이 필요합니다."

"마음을 가라앉히시고 차근차근 말씀해 보십시오."

리자드의 권유를 받아들인 칼 베리만이 심호흡을 한 다음 입을 열었다.

"아르벨라 황녀님의 혼인식 날까지 제가 한 예언이 진실임을 입증해야 합니다. 만약 증명하지 못한다면 말 그대로 모든 게 끝장입니다, 대공. 너무 비관적이라 생각하실지 모르지만… 부인할 수 없는 사실입니다."

리자드의 짙은 눈썹이 살짝 찌푸려졌다.

"그 아이는 만나보셨습니까?"

"예, 대공. 처형식이 있던 날 저녁에 잠깐 동안이긴 하지만 만나보긴 했습니다. 겨우 정신을 차린 엘과 한두 마디 말도 나눌 수 있었습니다. 전 엘이 다시 깊은 잠에 빠져들기 직전, 어렸을 때부터 지니고 있던 물건이 있느냐고 물었습니다. 그 질문에 엘이 어떤 대답을 했는지 아십니까, 대공? 바로 반지입니다. 반지라는 말을 제 귀로 똑똑히 들었습니다."

"후계자의 반지를 염두에 두고 계시는군요."

들뜬 칼 베리만의 목소리와 달리 리자드의 음조는 담담했다.

"그렇습니다, 대공. 만약 엘이 진짜 달의 아이라면 후계자의 반지를 말한 게 틀림없습니다. 워낙 옛날 일이라 대공께선 잘 모르시겠지만 후계자의 반지는 세상 사람들의 눈에서 사라진 거지 통설처럼 바다에 가라앉은 게 아닙니다. 제가 대공께 드릴 부탁이 바로 그것입니다. 반지를 찾아주십시오, 대공. 혼인식 전까지 후계자의 반지를 무슨 일이 있어도 찾아야 합니다. 그것만이 저는 물론 엘이 살 수 있는 길입니다."

칼 베리만이 절절한 마음을 담아 리자드를 바라봤다.

"후계자의 반지……."

리자드가 음미하듯 천천히 발음했다.

"처음엔 제가 직접 나서서 찾아보려 했습니다, 대공. 하지만 너무 위험하다는 생각에 시도해 볼 엄두조차 낼 수 없었습니다. 대공께서도 짐작하시겠지만 전 지금 철저히 감시당하고 있습니다. 문밖으로 한 발만 내밀어도 십여 명의 사람들이 나타나 어느새 뒤를 따라붙습니다. 더 기막힌 건 집 안이라고 안전한 게 아니란 사실입니다. 정확한 수를 알 수는 없지만 매수당한 자들이 제 일거수일투족을 낱낱이 감시하고 있다는 게 느껴집니다. 솔직히 털어놓자면 눈에 띄는 모든 사람이 다 수상하고 의심스러운 것 같아 아무것도… 심지어는 식사조차 마음 편히 할 수 없을 정도입니다."

칼 베리만이 탄식하듯 무거운 한숨을 토해냈다.

복잡한 심경을 희미하게 드러낸 채 칼 베리만을 응시하고 있던 리자드가 말머리를 다시 본론으로 돌렸다.

"그 반지에 대한 정보는 없습니까?"

"아, 리오!"

칼 베리만이 버럭 소리쳤다. 그는 자신의 목소리에 놀라 흠칫하며 경계심을 담아 재빨리 주위를 둘러봤다.

"이런이런, 흉한 모습을 보여 드렸군요. 이곳은 안전하다는 걸 잘 알면서도… 저도 모르게 그만."

겸연쩍은 표정을 짓고 있는 칼 베리만을 편하게 해주려는 듯 리자드가 씩 웃어 보였다.

"괜찮습니다, 칼 베리만. 저는 그보다 더한 모습도 많이 보여 드렸잖습니까? 그건 절 아기 때부터 지켜보신 칼 베리만께서 더 잘 아실 겁니다."

"듣고 보니 그것도 그렇군요."

칼 베리만이 너털웃음을 터뜨렸다. 그는 잠시나마 시름을 잊을 수 있었다.

"계속 말씀드리겠습니다, 대공."

한결 긴장이 풀렸는지 칼 베리만의 입술엔 엷은 미소가 배어 있었다.

"엘이 잠들기 직전 리오라는 말을 했습니다. 제 생각엔 그에게 후계자의 반지가 있는 것 같습니다. 그러니 우선 리오란 사람이 누구인지 알아내는 것이 급선무입니다."

"리오란 체르몬 국의 리오카사이 왕자를 말하는 것입니다."

"체르몬 국의 왕자라고요?"

칼 베리만이 눈을 둥그렇게 떴다.

"예, 칼 베리만께선 잘 모르시겠지만 그 아이와 체르몬의 왕자는 꽤 가까운 사이입니다."

이제야 알겠다는 듯 칼 베리만이 탄성을 터뜨렸다.

"그렇군요, 아시리움 성전에서 함께 교육을 받았을 테니. 전 그런 쪽으로는 전혀 생각지 못했습니다."

"리오카사이 왕자를 제외하고 다른 말은 하지 않았습니까?"

"예, 잠이 드는 바람에 그 길로 곧장 나와야 했습니다. 반지에 대해 좀 더 물어보고, 또 안부도 살피기 위해 어제오늘 연이어 별궁에 가보았지만 발 한쪽도 들여놓지 못했습니다. 겹겹이 둘러싸인 경비병과 기사들이 앞을 막아서더군요. 빠른 회복과 안정을 위해서라는 그럴듯한 이유를 대면서 말입니다. 하지만 바보가 아닌 이상에야 그것이 저와 엘의 접촉을 막고, 그녀를 고립시키기 위한 황제 폐하의 술책이라는 걸 모를 수 없을 겁니다. 아마 엘은 저보다 몇 배는 더한 감시에 시달리고 있겠지요."

칼 베리만이 씁쓰레한 표정을 지었다.

"그 아이가 별궁에 있다 하셨습니까?"

리자드가 조금 빠르게 물었다.

"예, 대공. 기가 막히지 않습니까? 후궁들이 머물던 곳에, 그것도 가장 구석진 작은 별궁에 엘리시엔 전하를 머무르시게 하다니… 아직 달의 아이임이 명확히 밝혀지지 않았다는 걸 그런 식으로라도 알리고 싶었나 봅니다. 그보다는 철저한 고립과 감시가 더 큰 이유였겠지만 말입니다. 그나저나 꿋꿋하게 잘 견디셔야 할 텐데… 걱정입니다, 대공."

옅은 그림자가 덮인 청회색 눈동자로 칼 베리만을 바라보던 리자드가 침착하게 말했다.

"그들이 원하는 대로 해주십시오. 굳이 그 아이를 만나려 하지 마십시오. 하지만 아무것도 시도하지 않은 채 그냥 손놓고 있다는 인상을 주어서는 안 됩니다. 그건 오히려 의심을 사게 되는 빌미가 될 것입니다."

"무슨 말씀을 하시는지 잘 알겠습니다. 엘이나 저는 걱정하지 마시고 대공께선 체르몬 국의 왕자를 찾는 데 주력해 주십시오."

말을 멈춘 칼 베리만은 팔꿈치를 탁자에 대고 지끈거리는 머리를 눌렀다.

"문제가 한두 가지가 아닙니다, 대공. 과연 이 난관을 잘 헤쳐 나갈 수 있을지… 그나마 다행인 것은 그 왕자에게 후계자의 반지가 있을지 모른다는 걸 알고 있는 사람이 저와 대공, 그리고 엘밖에 없다는 사실입니다. 물론 체르몬 국의 왕자도 자신이 갖고 있는 반지가 평범한 게 아니라는 사실을 눈치 챘을지 모르지만 말입니다."

리자드가 생각에 잠긴 얼굴로 반대 의견을 내놨다.

"그렇게 단정지을 수 없는 문제입니다. 마르키젤은 모든 수단을 동원해 자신의 자리를 지키려 할 것입니다. 칼 베리만과 그 아이에게 철저한 감시를 붙인 그라면 이미 반지에 대한 정보를 손에 넣었을 가능성이 큽니다."

칼 베리만이 느닷없이 탁자를 내려쳤다.

"이럴 수가! 이렇게 어리석을 수가 있다니! 대공의 말씀이 옳습니다! 폐하께서도 그 사실을 알고 계실 겁니다! 틀림없습니다! 분명히 저와 거의 동시에 그 정보를 입수하셨을 겁니다!"

벌떡 일어난 칼 베리만이 이리저리 걸음을 옮기기 시작했다.

"그토록 안일한 생각을 하고 있었다는 게 믿어지지 않습니다. 대공께 이제야 연락을 취한 것도 반지를 찾는 일이 그리 어렵지 않으리라는, 대공이시라면 쉽게 성공하실 거라는 판단 때문이었습니다."

자책 어린 말이 연이어 쏟아졌다.

"어떻게 이 정도로 생각이 짧을 수 있는지… 폐하께선 이미 행동으로 들어가셨을 텐데… 저란 작자는 그동안 엘에게 좀 더 정보를 알아낸 다음 대공께 알리는 게 나으리라는 천하태평한 생각을 하고 있었습니다. 그 한심한 착각이 이틀이란 귀중한 시간을 허무하게 흘려보내게 만들었습니다."

"칼 베리만, 이제 됐습니다. 그만 하십시오."

리자드가 단호하게 말했다.

"확실한 건 아무것도 없습니다. 결정된 것 역시 전무합니다. 모든 건 얼마 뒤 열리게 되는 혼인식에서 판가름날 것입니다. 칼 베리만 말씀대로 귀중한 시간이 흘러갔습니다. 하지만 아직도 그것과 비교할 수 없이 긴 시간이 남아 있습니다. 결코 짧지 않은 십삼 일 중 단 하루도 아직 놓치지 않았습니다."

"대공께선 언제나 절 깨우쳐 주시는군요. 예, 그 말씀이 옳습니다. 아직도 우리에겐 십삼 일이 온전히 남아 있다는 걸 잠시 잊고 있었습니다."

진지하게 말한 칼 베리만이 슬그머니 농담을 꺼냈다.

"이런 일이 생길 줄 미리 알았다면 일찌감치 폐하께 혼인식을 늦춰 달라는 상소라도 올릴 걸 그랬습니다."

리자드의 단정한 입매에 미소가 그려졌다.

"사실 혼인식은 지금이라도 마음만 먹으면 얼마든지 늦출 수 있습니다."

"마음만 먹으면 얼마든지라고요? 정말 궁금하군요, 대공. 대체 어떤 방법을 말씀하시는 겁니까?"

"간단합니다. 리아잔 제국에게 선전 포고를 하면 될 테니까요."

장난기 어린 말이 끝난 후 두 사람은 친밀감이 담긴 웃음을 나눴다. 미소 띤 얼굴로 다시 의자에 앉은 칼 베리만이 화제를 바꿨다.

"그런데 대공께선 아르벨라 황녀님의 혼인식에 참석할 생각이십니까?"

리자드의 얼굴이 희미하게 굳어졌다.

"아직 결정하지 않았습니다."

"참석하셔서 엘을 만나시는 게……."

"전 이만 가보겠습니다."

리자드가 칼 베리만의 말을 끊으며 의자에서 일어섰다.

"그러십시오, 대공."

한숨을 섞어 말한 칼 베리만이 리자드를 배웅하기 위해 의자를 밀었을 때였다. 이미 문을 향하고 있던 리자드가 조금 망설이는 기색을 보이며 걸음을 늦췄다.

"그 아이는… 어떻습니까?"

"괜찮으십니다, 대공. 화상을 조금 입으시긴 했지만 크게 우려할 만한 정도는 아닙니다. 그러니 걱정하지 마십시오."

리자드가 짧게 웃었다.

"제가 그 아이를 걱정하는 것처럼 보이십니까?"

에, 대공. 제 눈에는 그렇게 보이는군요.

칼 베리만은 쓴웃음을 지으며 속마음과 달리 완곡한 말을 내뱉다.

"잘 모르겠습니다. 하지만 전혀 걱정하지 않으시는 것처럼 보인다 하면 거짓말일 테니, 조금은 그러신 것 같다는 말 정도로 끝내겠습니다."

칼 베리만을 돌아보는 리자드의 눈엔 고마움이 어려 있었다.

"몸조심하십시오, 칼 베리만."

리자드는 마음을 담아 정중히 고개를 숙였다.

"성하, 송구스런 말씀이지만 가까운 시일 내에 아시리움의 입장을 밝히셔야 될 것 같습니다. 이런저런 뒷말들이 많아지는 것 같은데, 더 시간이 지체되었다간 아시리움의 이름에 심각한 상처를 입게 될 것 같다는 우려 때문에 드리는 말씀입니다."

니제르 대사제는 말을 끝내고 조심스럽게 루드비히의 눈치를 살폈다. 하지만 창밖을 바라보며 서 있는 그의 뒷모습에서 어떤 감정을 알아낸다는 건 불가능했다.

"이런저런 뒷말들이란 어떤 걸 말하는 겁니까?"

루드비히가 생각지 못한 질문을 던졌다. 어떻게 말을 꺼내야 할지 막막한 니제르 대사제가 이마에 깊은 주름을 잡았다.

"저… 좀 노골적인 말입니다, 성하. 괜히 저 때문에 성하께서 마음 상해하실 것 같아 근심이 됩니다."

"그런 걱정 마시고 아시는 그대로 말씀하시면 됩니다."

"그러니까… 만 큐어까지 걸며 쫓았던 죄인이 리아잔 제국의 후계자라 밝혀졌으니 아시리움… 꼬, 꼴만 우습게 되었다느니… 또, 화형대의 불을 끈 신비로운 빛은 오만한 아시리움을 벌하기 위해 내려진 신의 손길이라느니… 또, 앙심을 품고 있을 게 분명한 달의 아이가 황제의 자리에 오르면 아시리움과 대대적인 전쟁을 벌일 거라느니……."

루드비히가 낮은 웃음을 터뜨렸다. 그는 재미있다는 얼굴로 쩔쩔매고 있는 니제르 대사제를 돌아봤다. 니제르 대사제는 오싹할 만큼 흐렸던 법황의 심기가 많이 풀어진 것 같다는 생각을 하며 조심스레 미소를 지었다. 하지만 그는 아시리움의 입장이 상당히 곤란해진 이때 오히려 법황의 기분이 나아졌다는 사실에 적지 않은 당혹감을 느끼고 있었다.

"그것 외에 또 있습니까?"

"아, 예. 정말 말씀드리기 힘든… 그러니까 말도 안 되고 터무니없는 더러운 오물 같은 헛소리, 아, 아니, 풍문이 하나 남았습니다, 성하."

찔끔한 니제르 대사제가 재빨리 말을 바꿨다.

"가장 심각한 얘기가 아닐 수 없는데, 다름 아니라 이미 달의 아이임을 알고 있던 리아잔의 황제가 아시리움과 결탁해 아무 죄 없는 사람을 화형대에 매달았다는 말이 돌고 있습니다, 성하. 정말 송구스럽습니다."

미간을 살짝 찌푸렸을 뿐 루드비히의 얼굴 어디에서도 노여움은 보이지 않았다. 그걸 확인한 후에야 니제르 대사제는 조여들었던 가슴을 쓸어 내릴 수 있었다. 그는 이왕 내친 김이라는 생각을 하며 몹시 궁금했던 질문을 넌지시 꺼냈다.

"저, 성하. 그 예언이 사실이라 생각하십니까? 다시 말해 그 소녀가 정말 페르가몬 황제의 따님이 맞다 생각하십니까?"

루드비히가 가벼운 말투로 되물었다.

"대사제께선 어찌 생각하십니까?"

진지한 얼굴로 생각에 잠겨 있던 니제르 대사제가 솔직히 마음을 털어놨다.

"전 잘 모르겠습니다, 성하. 처형식에서 일어났던 두 가지 기적을 떠올리면 그 소녀가 틀림없이 달의 아이일 거란 확신이 듭니다. 그런 기적이 아무 이유 없이 일어나진 않을 테니까요. 하지만 조금만 깊이 들어가면 자꾸만 의혹이 생깁니다. 왜 그 소녀는 아시리움 성전에서 가짜 왕자 노릇을 한 것일까… 왕족이 되어 화려한 생활을 해보고 싶었다는 이유를 대긴 했지만 대체 누가 그 말을 믿을 수 있겠습니까? 천하의 석두나 멍청이가 아닌 이상 말입니다. 이, 이런 죄송합니다, 성하. 제 말투가 원래 좀 거친지라 조심하려 해도 자꾸 제 말에 취해 실수를 저지르게 되는군요. 정말 죄송합니다."

"상관없으니 계속 말씀하십시오."

루드비히가 조용히 재촉했다.

"알겠습니다. 다른 의문은 카를 블리어드 베리만의 예언 내용입니다. 그의 예언 어디에서도 화형대에 묶여 있는 소녀가 달의 아이라는 구절은 나오지 않습니다. 그는 그저 진정한 리아잔의 후계자가 나타나 그 이름을 더욱 빛내리라는 말만 했습니다. 그런데 그 내용만 갖고 어떻게 처형식에 나타날 수 있었는지, 무슨 수로 그 소녀를 정확히 지목할 수 있었는지 도무지 이해되지 않습니다. 그 자리에선 미처 생각지 못한 까닭에 그냥 신전으로 돌아왔지만, 언제 기회가 되면 직접 물어보고 싶기까지 합니다."

생각에 몰두했을 때의 버릇인 듯 니제르 대사제는 말을 하는 내내 턱을 만지작거리고 있었다.

"그것 외에 다른 의문은 없습니까?"

"사실 저를 은근히 괴롭히는 것이 있습니다, 성하. 이번 일이 너무 작위적이라는 느낌이 그것입니다. 모든 것이 그럴듯하게 짜 맞추기라도 한 듯 맞아떨어집니다. 소녀가 잡히는 과정도 왠지 석연치 않고… 세 명의 신고자들도 수상쩍다는 생각이 듭니다. 신고 경위를 묻자 우연히 죄인과 한 번 스치는 순간 단번에 알아봤다는 말을 하다가, 조금 추궁해 들어가자 정체 불명의 남자가 나타나 여관 이름을 알려주었다는 말을 늘어놨다고 하더군요. 또, 소녀를 비호하려 했다는 젊은 남자도 상당한 호기심을 유발시킵니다. 그 젊은이가 루벤스타인 대공 전하를 모신다는 사실도 궁금증을 부추기고 말입니다."

니제르 대사제가 골치 아프다는 얼굴로 고개를 절레절레 흔들었다.

"이러다간 끝이 없을 것 같습니다. 허락하신다면 이제 그 건에 대한 말은 더 이상 입에 담지 않겠습니다."

그의 요청을 받아들인 루드비히가 말머리를 돌렸다.

"리아잔의 황제가 예언자에게 그의 말이 진실임을 입증하라는 황명을 내렸다는 말을 들었습니다. 기한이 황녀의 혼인식 날까지라 하던데, 제가 알고 있는 게 사실입니까?"

"예, 성하. 저도 그렇게 들었습니다."

"아시리움의 입장은 바로 그날 밝히겠다는 공문을 리아잔 측에 보내십시오."

"알겠습니다, 성하. 즉시 성언을 받들겠습니다. 그리고 승낙하신다면 아시리움의 입장을 발표하는 일은 제가 하고 싶습니다. 전 이미 바드리오에 머물고 있는 상태이니 굳이 다른 대사제를 불러올 필요도 없고, 또 어차피 황녀의 혼인식에 가려던 참이었으니 겸사겸사 일을 처리하면 될 것 같습니다."

루드비히가 망설임없이 요청을 받아들였다.

"그렇게 하십시오."

"감사합니다, 성하. 그건 그렇고… 몹시 궁금해서 드리는 말씀인데 어떤 결정을 내리실지 귀띔이라도 해줄 순 없으신지요?"

어딘지 모르게 복잡하고 심란해 보이던 루드비히가 싱거울 정도로 덤덤하게 말했다.

"차후에 알려 드리겠습니다."

니제르 대사제는 눈을 휘둥그렇게 떴다. 무슨 일이든 망설이거나 미루는 법이 없었던 법황에게서 나온 대답이라고는 도무지 믿기 어려웠다.

그의 마음을 읽은 듯 루드비히가 의미를 짐작하기 어려운 미소를 지었다. 그리고 더욱 종잡을 수 없는 말을 꺼냈다.

"한 가지 확인해 볼 것이 있습니다."

*　　　　*　　　　*

"이제 됐어요."

엘은 거의 손대지 않은 음식상을 뒤로 밀었다. 그러자 옆에서 대기하고 있던 시녀가 다가와 상을 들고 문으로 향했다. 엘은 씁쓸한 표정을 지은 채 하녀의 뒷모습을 바라봤다. 모든 게 이런 식이었다. 주위에 있는 사람들 모두 그녀의 말에 무조건 복종했다. 불편한 드레스를 물리치고 편한 복장을 고집했을 때도 그들은 난처하다는 기색만을 보였을 뿐 엘의 요구를 군말없이 들어줬다. 지금처럼 그녀가 음식을 뒤적거리다 치우라고 해도, 또 올려진 약을 한 모금도 마시지 않은 채 물려도, 그들은 그저 조용히 따를 뿐 건강을 위해 꼭 먹어야 한다는 식의 말은 입에 담지 않았다.

무서울 만큼 철저한 복종에 예외가 있다면 혼자 있게 해달라는 말과 밖으로 나가고 싶다는 요구, 두 가지였다. 사람들은 그녀가 무슨 말을 해도 감시하듯 곁을 떠나려 하지 않았다. 엘이 완강한 태도로 관철시킨 목욕 시간과 잠깐 동안의 낮잠 시간을 제외하면 그녀는 항상 두세 명 내지는 일고여덟 명의 시녀들과 붙어 있어야 했다. 심지어는 밤에 잠을 잘 때도 그녀를 지켜보는 시선을 견뎌내야 했다.

참다 참다 폭발한 엘이 문을 열어젖히고 밖으로 나간 건 어제 정오 무렵의 일이었다. 그녀는 절대 안정이 필요하다는 시종들의 만류를 뿌리치고 별궁을 둥글게 싸고 있는 정원을 거닐었다. 아니, 거닐려고 했다는 말이 더 진실에 가까울 것이다. 뒤꽁무니에 따라붙은 사십여 명의 시종과 시녀들에게 기가 질려 몇 걸음 채 떼어보지도 못한 상태로 발길을 돌려야 했으니 말이다. 상황이 이러니 별궁을 나선다는 건 꿈도 못 꿀 일이었다.

무엇보다 엘을 가장 괴롭히는 건 불안감이었다. 철저하게 고립된 상태로 밖에서 무슨 일이 벌어지는지 전혀 알 수 없다는 사실은 참기 어려운 괴로움을 주었다. 더군다나 처형식 이후 연이어 몰아친 충격의 여파는 그녀를 더욱 힘들게 만들었다.

엘은 아직도 자일스가 그녀의 사촌이라는 사실을 받아들이지 못했다. 그에 대한 거부 반응은 그녀의 마음은 물론 육체에서도 일어나 그 일만 생각하면 속이 울렁거리며 욕지기가 치밀어 올랐고 한기가 느껴졌다. 비웃음과 만족감으로 번들거리던 초록빛 눈동자가 떠오르자 엘은 몸서리를 쳤다.

"어디 불편하십니까?"

티끌 하나 없는 의자를 문지르며 엘을 곁눈질하고 있던 중년의 시녀가 말을 걸었다. 걱정스럽다는 목소리와 달리 그녀의 눈엔 엘이 지금 당장 죽어도 상관없다는, 아니, 오히려 쓰러지는 꼴을 보고 싶다는 적의가 감춰져 있었다.

거짓된 친절, 미소 띤 얼굴 뒤에 감춰진 위선. 차라리 눈을 감아버리고 싶었다. 엘은 이미 대부분의 시종과 시녀들이 그녀에게 시기심을 갖고 있다는 걸 느끼고 있었다. 그녀는·벽을 보고 누워 머리 위까지 시트를 올려 썼다.

"한숨 자고 싶어요."

머뭇거리는 기척이 느껴진 후 그녀를 지켜보던 두 개의 시선이 사라졌다. 엘은 그제야 시트를 내리고 똑바로 누웠다.

칼 베리만은 왜 날 만나러 오시지 않는 걸까? 그분도 나처럼 옴짝달싹 못하는 상황에 처해 계신 건가? 그래, 그럴 가능성이 커. 그렇다면 난 어떻게 해야 하지?

어지러운 상념에 빠져 있던 엘은 입속말로 답을 중얼거렸다.

"분명한 건 이대로 있을 수 없다는 거야. 그래, 어떻게 해서든 이곳을 나갈 방법을 찾아야 돼."

*　　　　*　　　　*

사일러스는 요란한 발소리를 내며 계단을 뛰어올랐다. 단정하게 묶은 머리가 말꼬리처럼 이리저리 흔들렸다. 3층에 발을 디딘 사일러스는 복도를 걷고 있는 아몬을 발견하고 그를 소리쳐 불렀다. 그리고 뒤돌아보는 그에게 빠르게 다가갔다.

"오랜만이다."

"사일러스, 중요한 일 때문에 지금은 얘기 나눌 시간이 없어."

"그건 나도 마찬가지야."

아몬이 눈매를 좁히며 사일러스를 쳐다봤다.

"혹시 너도 리자드님을 뵈러가는 거야?"

"그럼 너도?"

두 사람은 진지한 시선을 주고받은 후 누가 먼저랄 것 없이 속도를 높였다. 그들이 집무실 앞에 도착하자 기다리고 있었다는 듯 시종이 즉시 문을 열고 한쪽으로 비켜섰다.

안으로 들어선 두 사람은 집무실 중간에 서서 그들을 바라보고 있는 리자드에게 고개를 숙였다.

"의자에 앉아라."

리자드의 목소리에서 심상치 않은 기미를 느낀 아몬과 사일러스가 서둘러 명령을 따랐다.

"짧게 말하겠다. 이곳을 나가는 즉시 믿을 수 있는 기사 몇 명을 추려 바드리오로 가라. 너희는 바드리오에서 최대한 빨리 체르몬 국의 리오카사이 왕자를 찾아야 한다. 왕자는 자신의 쌍둥이 동생과 함께 황궁에서 그리 멀지 않은 곳에 있을 가능성이 높다. 만약 황궁 근처에서 그를 발견하지 못한다면 바드리오 전역을 뒤져서라도 찾아내라. 시간은 열이틀이다. 그 안에 반드시 임무를 완수해야 한다. 알았느냐?"

"알겠습니다, 리자드님."

"충심을 바쳐 명을 받들겠습니다, 전하."

두 사람이 단호한 의지를 드러내며 대답했다.

"왕자를 찾자마자 가장 먼저 확인할 것은 그가 후계자의 반지를 가지고 있느냐, 아니냐의 여부다. 후계자의 반지가 어떻게 생겼는지는 알고 있을 거다."

"반지를 찾은 다음엔 어떻게 해야 하는 겁니까, 전하?"

"왕자를 무사히 리아잔의 황궁으로 들여보내라."

예상하지 못한 말에 아몬이 눈을 둥그렇게 떴다.

"반지를 리자드님께 갖다 드리는 게 아니라 체르몬의 왕자 전하와 함께 황궁으로 들여보내라는 말씀입니까?"

"그렇다, 아몬. 후계자의 반지가 내 손에 들어온다면 그 즉시 무용지물이 될 뿐이다. 반지는 엘의 손안에 직접 들어가야 한다. 내 손을 거쳐 그 아이에게 전해지는 건 불가능하다."

"하지만 왕자 전하께 맡기기엔 일이 너무 위험하고, 또 중대합니다. 후계자의 반지를 찾으라는 리자드님의 명령을 듣는 순간 그 반지에 엘의 목숨이, 그녀의 운명이 달려 있다는 걸 알 수 있었습니다. 주제넘은 말이지만 차라리 칼 베리만께 반지를 갖다 드리고, 그분으로 하여금 엘에게 전달하게 하시는 것이 더 안전한 방법이라 생각합니다, 리자드님."

리자드가 아몬에게 고정하고 있던 시선을 창밖으로 가져갔다.

"네 마음은 알겠다만 불가능하다. 내가 너희에게 열이틀이란 한정된 시간을 내린 건 그 다음날 그 아이의 생사가 결정되기 때문이다. 즉, 그전에 그 아이의 손에 반지가 쥐어져야 한다는 말이다. 또 하나 간과할 수 없는 건 이번 일에 칼 베리만이 깊숙이 개입되셨다는 거다. 칼 베리만은 그 아이에게 가까이 접근하실 수조차 없다. 접촉이 가능해지는 건 수많은 시선들이 두 사람에게 쏠려 있을 때, 다시 말해서 후계자의 반지를 세상에 드러내야 하는 그 순간일 것이다. 내가 왜 그런 명령을 내린 건지 이제 알겠느냐?"

아몬이 무거운 어투로 대답했다.

"예, 리자드님. 칼 베리만께서 직접 엘에게 반지를 건네주시면 세상 모두가 이번 일을 악랄한 사기극으로 치부하게 될 것입니다. 아시리움 종단의 죄인을 단번에 달의 아이로 만들어 버린 예언자가 자신의 손으로 직접 증거물을 전해준다는 건… 전혀 이치에 맞지 않으니까요. 그 장면을 본 사람은 칼 베리만께서 모든 걸 조작했다 여기게 될 게 분명합니다. 그리고 리아잔의 황제는 그 틈을 놓치지 않고 두 사람에게 죽음을 내릴 테지요."

아몬의 말에 귀를 기울이고 있던 사일러스가 훅 숨을 들이마셨다.

"잊지 말아야 할 것이 있다. 왕자를 찾는 건 너희뿐만이 아닐 것이다. 황제나 황태자가 직접 나서진 않을 테고, 아마 힘있는 제삼자를 내세워 일을 벌이기 쉬울 거다. 그렇기 때문에 너희는 남녀노소를 불문한 그 누구도 믿어서는 안 된다. 눈에 보이는 자는 물론 보이지 않는 상대까지 철저히 경계하고 주의를 기울여야 한다. 만약 수상한 움직임이 보인다면 그걸 쫓는 것도 하나의 방법이 될 수 있을 거다. 하지만 매우 신중하게 행동해야 한다."

"명심하겠습니다, 전하."

사일러스가 맹세하듯 결연한 표정을 지었다.

"알았으면 그만 나가봐라."

두 사람은 서둘러 몸을 움직였다. 문을 나서려던 아몬이 리자드를 향해 돌아서며 미처 묻지 못한 말을 꺼냈다.

"리자드님, 만약 왕자 전하께 반지가 없으면 어떻게 해야 하는지 말씀해 주십시오. 그대로 돌아와야 하는 겁니까?"

리자드가 낮은 한숨을 흘리며 아몬을 마주했다.

"왕자들을 보호해 줘라. 어떤 식으로든 일이 마무리될 때까지."

*　　　　　*　　　　　*

옷을 벗기기라도 하려는 듯 바람이 사나운 기세로 달려들었다. 리오는 반대쪽으로 몸을 돌리며 후드를 올려 썼다.

"넌 가발 때문에 잘 모르겠지만 바람이 머리 속을 파고드는 것 같아. 이럴 때는 정말 따뜻한 우리 체르몬이 그리워. 여긴 왜 이렇게 추운 건지."

훌쩍거리던 리오가 코끝을 문지르며 걸음을 빨리했다. 리반이 서둘러 그에게 발을 맞췄다.

"그래, 상당히 추워졌어. 되도록 빨리 두툼한 외투를 장만하는 게 좋을 것 같아."

"바드리오에 두툼한 외투가 있기나 할까? 우리 빼놓고는 다들 아무렇지 않은 얼굴이잖아. 홑옷 하나만 걸치고도 말이야. 옷감을 사서 우리가 직접 만들지 않는 이상 아무래도 힘들 것 같아."

"그럼 특별 주문이라도 하지 뭐."

리반이 뭐가 걱정이냐는 얼굴로 가볍게 받아쳤다.

"그럴 돈은 있어? 언제까지 여기 있어야 하는지도 모르는데 흥청망청 쓰면 안 될 거 아니야?"

"걱정하지 마. 최고급은 안 되더라도 웬만한 외투는 장만할 수 있으니까. 지금에서야 말하는 건데, 사실 알렉스가 헤어질 때 갖고 있던 돈을 몽땅 털어줬어."

리오가 눈썹을 치켜 올렸다.

"그래서 그걸 그냥 받았어? 혈혈단신으로 떠나는 애가 내미는 돈을 넙죽 받았단 말이야?"

"누가 혈혈단신이고, 누가 넙죽 받았다는 거야?"

마음이 상한 리반이 리오를 노려봤다.

"그래, 아닐 수도 있겠지. 그 녀석 고집에 싫다고 해도 억지로 쥐어 줬을 테고."

리오가 순순히 물러서자 리반이 의아한 눈으로 그를 살폈다.

"왜 그래? 어디 아프기라도 한 거야?"

"아프긴, 추운 거 빼고는 더할 나위 없이 좋다. 마음은 좀 불편하지만."

심술을 부리듯 땅을 걷어찬 리오가 말머리를 돌렸다.

"그런데 우린 언제까지 이렇게 기다리고 있어야 하는 거야? 지난번 황명 이후로 변변한 정보도 들리지 않는데. 빨리 엘을 만나야 한다는 건 너도 알잖아. 혼인식은 앞으로 열흘밖에 남지 않았어."

"나도 알고 있어, 리오. 사실 요 며칠간 어떻게 하면 황궁에 들어갈 수 있을까 궁리하고 있었어. 몇 가지 방법이 떠오르긴 했는데 썩 마음에 드는 게 없어 고민이야. 어쨌든 앞으로 삼사 일 안에 그럴듯한 묘안을 생각해 낼 테니까 너무 그렇게 안달복달하지 마. 그동안 더 들리는 게 없나 귀나 쫑긋 세우고 있으라고."

리오는 벗겨지려 하는 후드를 재빨리 잡으며 툴툴거렸다.

"귀 세우고 있어도 들리는 건 만날 똑같은 거더라. 진짜 달의 아이가 맞을까, 혼인식까지 진실임을 입증할 수 있을까 하는 것밖에 없더라고."

"그래도 모르는 거니까 오늘도 주의 깊게 사람들 얘기 좀 들어보자. 혹시 알아? 식사하다 괜찮은 걸 건지게 될지."

"알았으니까 서두르자. 빨리 가서 따뜻한 것 좀 먹어야겠어."

걸음을 재촉한 그들이 좁은 골목을 벗어나 큰길로 나갔을 때였다. 조금 떨어진 곳에서 가냘픈 목소리가 들려왔다.

"저… 10디센토만 주시면 안 될까요?"

소리를 좇아 고개를 돌린 리오와 리반은 작은 여자 아이를 발견하고 눈을 크게 떴다. 많이 봐야 일곱 살 정도로 보이는 아이는 앙상한 팔다리를 드러낸 채 다 떨어진 넝마를 걸치고 있었다. 비참할 정도로 초라해 보이는 아이의 모습에 두 사람의 인상이 절로 찌푸려졌다. 그러자 작고 지저분한 얼굴에 겁먹은 표정이 나타났다.

"죄, 죄송합니다."

아이가 슬금슬금 뒷걸음질쳤다.

"잠깐, 가지 마."

서둘러 아이를 불러 세운 리오가 주머니를 뒤지기 시작했다.

"10디센토라고? 아, 여기 있다."

선뜻 내밀어진 동전을 받아 든 아이가 크게 숨을 들이쉬었다.

"이, 이건 10큐어짜린데요."

"괜찮으니까 받아."

동그랗게 뜬 아이의 눈을 보며 씩 웃어 보인 리오가 갑자기 망토를 벗어 가녀린 어깨에 둘러주었다.

"자, 이것도 받고."

아이가 애처로워 보일 만큼 입술을 커다랗게 벌렸다. 그리고 따뜻한 온기가 믿어지지 않는 듯 천천히 눈을 깜박였다.

"그럼 우린 간다!"

쑥스러운 마음이 든 리오가 리반의 팔을 잡아끌며 빠르게 말했다. 그를 따라 말없이 걸음을 옮기던 리반이 고개를 갸웃거렸다.

"왜 안 하던 행동을 하고 그래? 돈은 그렇다 치고 망토까지 벗어주다니."

"글쎄, 나도 잘 모르겠어. 그냥 괜히 따뜻하게 해주고 싶다는 마음이 들더라고."

리반이 알 만하다는 미소를 지었다.

"그러고 보니 그 여자애 머리가 검은색이었지 아마? 솔직히 말해 봐. 너, 알렉스가 생각난 거지?"

"그런 거 아니야! 내가 왜 그 꼬마를 보고 엘을 떠올리겠어? 절대 그런 거 아니야!"

리오가 벌겋게 상기된 얼굴로 열심히 부인했다. 하지만 리반의 미소는 이제 얼굴 전체로 번져 있었다.

"그래그래, 알았으니까 이제 그만 해. 그나저나 온 세상의 검은 머리 여자애들을 따뜻하게 해주려면 그야말로 어마어마한 돈이 있어야겠다."

장난기 어린 리반의 말이 끝나자마자 리오가 그에게 확 달려들어 목을 휘어 감았다.

"우선 빨간 머리 녀석부터 따뜻하게 해주마!"

"어어, 너 이거 못 놔? 요새 왜 이렇게 자꾸 엉겨 붙는 거야?"

"추워서 그런다, 왜?"

길 한복판에 서서 낑낑대며 몸싸움을 하던 두 사람이 끝내 웃음을 터뜨렸다. 서로의 어깨에 팔을 두르는 그들의 머리 위로 투명한 햇살이 부서져 내렸다.

"찾았다! 저놈들이 틀림없어! 내가 그랬지? 붉은 머리카락을 본 것 같다고!"

신이 나 떠들어대는 오빠의 말을 들으며 이렌은 망토를 가만히 쓸어 보았다. 부드럽고 매끄러운 감촉에 손끝이 파르르 떨렸다.

"이러고 있을 때가 아니야! 이렌, 빨리 대장한테 가서 그 빨간 머리 놈을 찾았다고 전해. 난 저 두 놈들이 어디로 가는지 뒤쫓아야 하니까. 아니, 넌 걸음이 느리니까 대장한테는 내가 갔다 오는 게 좋겠다. 넌 저놈들을 쫓아가고. 어서 빨리 움직여! 그러다가 놓치면 어떡하려고 그래?"

"알았어, 오빠."

"그 망토는 벗어야지! 그래야 간 김에 대장한테 넘길 것 아니야."

"이, 이건 내 건데……."

이렌은 울상을 지으며 오빠를 올려다봤다.

"씨도 먹히지 않을 소리 하지 말고 빨리 벗어. 때 묻으면 괜히 값만 떨어진단 말이야."

이렌의 얼굴에 아이답지 않은 체념의 빛이 떠올랐다. 그녀는 조금이라도 더 온기를 느끼고 싶은 마음에 망토를 느릿느릿 벗어 오빠에게 내밀었다. 그녀의 굼뜬 동작이 답답한지 망토를 잽싸게 낚아챈 오빠가 등을 떠밀었다.

"어서 서둘러! 그러다 놓치겠어!"

이렌은 저만치에서 들리는 웃음소리를 따라 달리기 시작했다. 오래지 않아 그녀는 절대 놓치면 안 되는 두 사람을 발견할 수 있었다. 그녀는 서둘러 좁은 골목에 몸을 숨긴 채 고개를 내밀었다.

환하게 웃고 있는 그들을 보니 자꾸만 울고 싶어졌다. 대장한테 매를 맞는 두 사람의 모습이 떠오르자 이렌은 작은 입술을 꼭 깨물었다.

어쩌면 대장은 저 사람들을 죽일지도 몰라. 그래, 내 고양이를 죽였던 것처럼 벽에 힘껏 던질지도 몰라. 대장은 힘이 세니까. 그럼 저 사람들은 피를 흘리며 죽게 될 거야. 난 또 빨간 피를 닦아야 할 거고. 닦고… 또 닦고… 또 닦고…….

이렌은 울음이 터지려는 순간 골목에서 나와 막 걸음을 떼려 하는 두 사람에게 달려갔다. 그리고 자신에게 망토를 벗어준 사람의 팔 소매를 움켜잡았다. 놀란 얼굴이 그녀에게 돌려졌다.

"빨리 도망가야 해요! 이제 금방 오빠가 대장을 데리고 올 거예요! 어서요! 대장은 정말 무서운 사람이에요!"

"대장이 우리를 잡으러 온다고?"

리반이 빠르게 물었다.

"예, 빨리 가야 해요! 시간이 없단 말이에요!"

급한 마음에 이렌이 발을 동동 굴렀다.

"알았으니까, 대장이 무슨 말을 했는지 그것만 말해 줘."

"빨간 머리와 파란 눈동자를 가진 사람을 보면 즉시 알리라고요. 그럼 엄청난 돈을 벌 수 있다고 했어요."

"알았어, 고맙다!"

리반이 리오에게 서두르라는 눈짓을 한 후 앞으로 뛰어나갔다. 그를 따라가려던 리오가 멈칫하며 이렌을 돌아봤다.

"넌 괜찮은 거야? 우리한테 그런 말 했다고 혼나는 거 아니야?"

"그냥 몇 대 맞는 걸로 끝날 거예요. 그 정도쯤은 아무것도 아니에요."

이렌이 씩씩하게 대답했다.

"고맙다, 정말 고맙다. 잊지 않을게."

리오는 잠긴 목소리로 속삭이며 이렌의 어깨를 꼭 잡아주었다. 그리고 힘껏 내달리기 시작했다. 앞서 있던 리반이 그를 돌아봤다.

"우선 짐부터 찾아야 돼. 빨간 머리를 찾고 있을 테니 짐은 내가 찾아올게. 넌 지난번에 봐두었던 곳에 가 있어."

"조심해, 리반!"

긴박함이 담긴 두 사람의 시선이 마주쳤다. 리반이 짧게 고개를 끄덕이며 입을 열었다.

"너도, 너도 조심해야 돼."

*   *   *

살갗이 따끔거리는 이상한 감각이 잠을 깨웠다. 엘은 본능적으로 누군가의 시선이 자신에게 닿아 있음을 감지할 수 있었다. 잠 기운이 단숨에 빠져나가며 신경이 뾰족하게 곤두섰다. 엘은 공격 준비를 하듯 팔다리 근육을 단단히 수축시켰다. 그리고 두 눈을 활짝 열었다. 시리도록 아름다운 은회색 눈동자가 그녀를 내려다보고 있었다. 엘의 입술에서 놀란 숨결이 터져나왔다.

"루드비히!"

자신도 모르게 소리친 엘은 허겁지겁 입을 막았다. 그녀는 안락의자에 기대 세상모르고 잠들어 있는 두 명의 시녀를 확인한 다음에야 가슴을 쓸어 내릴 수 있었다. 엘은 루드비히에게 시선을 옮기며 일어나 앉았다.

"여긴 어떻게 들어온 거예요? 경비병들이 몇 겹으로 주위를 둘러싸고 있는데… 아, 그렇군요. 루드비히는 마법을 쓸 수 있으니까… 나와는 달리 이런 것쯤은 아무것도 아니겠군요."

목소리를 낮춰 속삭이던 엘이 침대를 툭툭 내려쳤다.

"여기 앉아요, 루드비히. 이번에도 거절할 거예요?"

루드비히가 아무 말 없이 침대에 걸터앉자 엘은 빙그레 미소 지었다.

"아무리 마법을 썼다지만 이렇게 한밤중에 불쑥 찾아오다니… 루드비히는 언제나 내가 예상하지 못한 행동을 하는 것 같아요."

그녀의 얼굴을 찬찬히 살피던 루드비히의 시선이 뺨을 타고 내려와 그늘진 목에 고정됐다.

"언제나 상처가 끊이지 않는군요."

"아아, 이거요?"

엘은 손을 올려 아직도 채 통증이 가시지 않은 상처를 만졌다.

"화상을 조금 입었어요. 처음엔 솔직히 말해 굉장히 아팠는데 이젠 괜찮아졌어요. 화형대에 매달렸던 사람들 중에 나처럼 멀쩡한 모습으로 살아남은 사람은 한 명도 없을 거예요. 앞으로 그슬린 머리도 정리하고 흉터도 없어지면… 끔찍했던 기억도 점점 사라지게 되겠죠. 시간은 좀 걸리겠지만."

"화상의 흔적을 지워 드리겠습니다."

엘은 목으로 다가오는 루드비히의 손을 거부하지 않고 순순히 받아들였다. 그녀는 치료하기 편하도록 고개를 비스듬히 치켜세운 채 진지하게 말했다.

"고마워요, 루드비히. 항상 루드비히에게 도움을 받게 되는군요. 정말 고마워요. 이번 일도 그렇지만… 그러니까 지난번 내 부탁 들어준 거요. 루드비히가 아시리움 측에 아무 말 안 한 거 알아요."

목에 닿은 그의 손끝이 살짝 굳어졌다. 엘은 괜한 말을 꺼내 그를 불편하게 만들었다는 자책을 하며 서둘러 화제를 돌렸다.

"요샌 황후 폐하와 얘기를 나누는 시간이 가장 즐거워요. 하루에 한 번씩 절 만나러 와주시거든요. 아직은 좀 서먹서먹하지만 그래도 그분이 좋아졌어요. 참, 흉터에 대해서는 황후 폐하께서 걱정할 필요 없다고 말씀해 주셨어요. 잘 아시는 치료사가 그런 걸 없앨 수 있는 능력이 있다 하시더라고요."

어느새 통증이 사라졌다. 엘은 계속해서 목을 어루만지는 부드러운 손길을 느끼며 말을 이었다.

"그러니까 루드비히처럼 상처를 낫게 해주는 마법이 아니라 흉터를 없애주는 마법을 할 수 있는 사람인가 봐요. 나도 여러 번 루드비히한테 치료를 받았지만 그때마다 신비롭다는 생각이……."

엘은 가까이 다가오는 루드비히의 얼굴을 보며 말끝을 흐렸다. 매끄러운 감촉의 머리카락이 그녀의 팔과 어깨를 스치더니 곧 목줄기를 부드럽게 쓸었다.

"루드비히, 왜 그래요……?"

엘은 숨죽여 속삭였다. 루드비히가 목덜미로 손을 미끄러뜨리더니 지그시 힘을 가해 앞으로 당겼다. 그리고 살짝 벌린 입술을 화상의 흔적이 사라진 피부에 밀착시켰다.

"루, 루드비히……."

돌덩이처럼 굳은 엘이 어색하게 그를 불렀다. 따뜻한 입술이 민감한 살갗을 더듬자 솜털이 파르르 떨며 일어섰다. 엘은 침을 꿀꺽 삼켰다. 루드비히가 음미하듯 천천히 입술을 움직였다. 촉촉하고 은밀한 감촉이 팔딱팔딱 뛰고 있는 가느다란 맥박을 다독거렸다. 그 순간 엘은 두 손으로 루드비히의 어깨를 밀며 뒤로 몸을 젖혔다.

"됐어요, 이제 됐어요. 이제 멀쩡해졌어요. 고마워요."

엘은 붉어진 얼굴로 숨 가쁘게 중얼거렸다.

"다른 곳도 치료해 드리겠습니다."

이 상황을 한껏 즐기기라도 하듯 루드비히의 목소리는 지극히 부드러웠다. 반사적으로 몸 여기저기에 남은 화상 자국을 떠올리게 된 엘은 도리질까지 하며 허겁지겁 입을 열었다.

"없어요, 상처는 이게 다예요. 정말이에요. 거짓말 아니에요. 다른 데는 그을음 하나 묻지 않았어요."

온몸이 화끈거리는 걸 느끼며 엘은 서툴게 웃었다. 루드비히가 짓궂게 입꼬리를 치켜 올려 미소를 되돌렸다.

"조금 섭섭하군요."

얄궂은 말에 가뜩이나 상기돼 있던 얼굴이 불이 붙은 듯 시뻘겋게 달아올랐다.

"하… 하… 그런가요?"

엘은 울상 같은 미소를 지어 보인 다음 허겁지겁 눈을 피했다. 쑥스럽고 부끄러운 마음에 몸이 배배 꼬이려고까지 했다. 자신이 왜 이렇게 루드비히 앞에서 수줍어 어쩔 줄 몰라 하는지 이해되지 않았다. 그녀가 아는 건 더 흉한 모습을 보이기 전에 빨리 그의 관심을 다른 곳으로 돌려야 한다는 것뿐이었다. 엘은 황급히 질문을 꺼냈다.

"그런데 무슨 일이에요?"

루드비히가 가만히 그녀의 눈을 들여다보며 차분하게 대답했다.

"묻고 싶은 게 있어 찾아왔습니다."

엘은 눈을 동그랗게 뜬 채 그의 말을 기다렸다.

"황제가 되고 싶으십니까?"

어안이 벙벙한 얼굴로 루드비히를 쳐다보던 엘이 픽 웃음을 터뜨렸다.

"그게 무슨 말이에요? 다짜고짜 황제가 되고 싶으냐니."

"그럼 다시 묻겠습니다. 여제(女帝)가 되어 리아잔을 갖고 싶으십니까?"

조금도 흔들림없는 잔잔한 어조였다.

"별 생각 없이 말하면 잘 모르겠고, 곰곰이 생각해 보면 싫다는 답이 떠올라요. 이 정도면 대답이 됐어요?"

"대답으로 받아들이기엔 미진합니다. 생각하실 시간을 조금 더 드리겠습니다."

"루드비히가 왜 그런 말을 하는지 모르겠어요."

엘은 이해할 수 없는 그의 말에 당혹감을 느꼈다.

"이곳 생활은 마음에 드십니까?"

루드비히가 돌연 화제를 바꿨다. 엘은 모난 눈으로 그를 흘겨본 다음 말을 받았다.

"아니오, 정말 끔찍해요. 밖으로 나간다는 건 꿈도 못 꾸는 데다 날 살피는 시선을 하루하루 견뎌야 해요. 루드비히도 봐서 이미 알겠지만 밤엔 혼자 잠을 잘 수도 없어요. 루드비히라면 이렇게 갇혀 지내는 게 마음에 들겠어요? 그리고 이곳엔 내 편이 한 명도 없어요. 어린애가 하는 투정같이 들릴지도 모르지만 그냥 내 마음을 솔직하게 말하는 거예요."

하소연하듯 처량한 목소리였다.

"항상 약을 가져다 주던 내 또래의 소녀와 얘길 나눈 적이 있어요. 이름이 아네스라는 소녀였어요. 아네스는 한숨만 푹푹 내쉬는 내가 안 돼 보였는지 어렸을 때 동생들과 싸웠던 얘기도 해주고 할머니에게서 배웠다는 노래도 가르쳐 줬어요. 그런데 다음날 어떤 일이 생겼는지 알아요? 아네스가 보이지 않는 거예요. 난 이리저리 아네스를 찾다가

하녀장에게 어떻게 된 거냐고 물었어요. 처음엔 모른다고 하더니 내가 강하게 나가자 다른 곳으로 보냈다고 하더군요. 귀하신 전하께 너무 무례하게 굴었다면서요."

엘은 쓸쓸한 미소를 지었다.

"그 다음부턴 사람들에게 되도록 말을 안 시키려고 노력해요. 나 때문에 다른 사람이 슬퍼하고 힘들어한다는 거… 그거 정말 재미없는 일이더라고요."

애써 가볍게 말을 끝낸 엘은 루드비히를 향해 괜스레 인상을 찌푸렸다.

"루드비히도 말씀 좀 하시죠? 왜 항상 나만 얘기해야 하는 거죠? 루드비히는 무게 잡은 얼굴로 근엄하게 앉아 있는데 말이에요. 언제나 이랬던 것 같아요. 루드비히는 짧게 묻고 난 구구절절이 다 털어놓고. 너무 일방적인 대화라는 생각 안 들어요?"

"그게 불만이시면 앞으로는 말씀하지 마십시오."

얄밉게 맞받은 루드비히가 그녀를 더욱 약 올리고 싶은지 입술가에 희미한 미소를 띠었다. 오기가 생긴 엘은 입술을 비죽이며 루드비히를 빤히 쳐다봤다. 두 사람의 시선이 맞닿았다. 시녀들의 깊은 숨소리를 제외하면 어떤 소리도 들리지 않았다.

엘은 시큰거리기 시작한 눈을 더욱 크게 부릅떴다. 힘들어하는 그녀와 달리 루드비히는 매우 편안해 보였다. 엘은 그의 차분한 은회색 눈동자에서 처음 시작했을 때와 달라진 점을 찾을 수 없었다.

눈에 물기가 차 올랐다. 자연스럽게 고통도 더 심해졌다. 하지만 시선을 피하거나 눈을 깜박일 수는 없었다. 엘은 루드비히에게 지고 싶지 않았다. 이 사소하다면 사소하고 중요하다면 중요한 대결에서 그를 이기고 싶었다. 물론 그녀도 처음부터 눈싸움을 할 생각을 갖고 루드비히를 마주 본 건 아니었다. 자신도 오랫동안 말을 하지 않을 수 있다는 걸 증명하고 싶은 단순한 생각에서 시작된 일이었다. 그랬던 것이 그 후 생겨난 이해할 수 없는 감정으로 인해 지금 같은 괴로운 상황으로 접어들게 된 거였다.

"루드비히, 힘들지 않아요?"

입을 여는 순간 하마터면 눈을 깜박일 뻔했지만 엘은 무사히 질문을 끝낼 수 있었다.

"괜찮습니다."

루드비히가 아무렇지 않게 응수했다. 여유마저 느껴지는 목소리에서 엘은 그가 거짓말을 하는 게 아니란 걸 알 수 있었다. 그러자 반사적으로 눈이 더욱 쓰려왔다.

"힘드시면 언제든지 말씀해 주세요."

엘은 가련할 만큼 풀 죽은 어조로 말했다. 웃음을 참는지 루드비히의 단아한 입매가 살며시 떨렸다.

충혈된 눈에서 참고 참았던 눈물이 기어코 나오려 하자 엘은 더욱 필사적이 될 수밖에 없었다. 궁지에 몰린 그녀는 루드비히의 어깨 너머를 바라보며 공포에 질린 표정을 지었다.

"어! 저, 저기!"

한숨을 내쉬며 잠자코 그녀를 바라보던 루드비히가 다소 체념 어린 얼굴로 뒤를 돌아봤다. 그사이 엘은 마음껏 눈을 깜박일 수 있었다.

"그렇게 절 누르고 싶으십니까?"

루드비히가 이상할 정도로 심각하게 물었다. 머쓱해진 엘이 겸연쩍은 미소를 지으며 입을 열었다.

"그런 게 아니에요, 루드비히. 왜 그렇게 어린애 같은 행동을 했는지 정확히는 모르겠지만 루드비히를 누르고 싶다는 생각은 하지 않았어요. 지고 싶지 않다는 생각이 들긴 했지만… 어쩌면 루드비히가 너무 편해서 일종의 어리광을 부리고 싶었는지도 몰라요. 뭐라고 할까… 그 동안 좀 힘들었거든요. 처형식도 그렇고… 그 이후의 일도 그렇고요. 그런데 그중에서도 가장 힘든 게 뭔지 알아요?"

엘의 얼굴에서 서서히 미소가 빠져나갔다. 루드비히는 그늘진 보라색 눈동자에 시선을 고정한 채 그녀의 말을 듣고 있었다.

"외톨이가 되었다는 거요. 창피한 말이지만… 나를 둘러싼 모든 게 무서워요. 이곳에 갇혀 있는 것도 무섭고, 날 전하라 부르며 머리 숙이는 사람들도 무서워요. 화형대에서 살아 돌아오면 아무것도 두렵지 않을 것 같았은데 실제는 그렇지 않아요. 앞으로 나에게 다가올 일들도 무서워요. 심지어는 내게 너무나 잘해주시는 황후님도요."

엘은 어느새 자신이 고개를 숙이고 있었다는 걸 깨닫고 머리를 쓸어 넘기며 자세를 바로했다.

"황후 폐하가 내 이모님이라니… 아직도 믿어지지 않아요. 그러니 자일스가 내 사촌이라는 걸 어떻게 믿고 받아들일 수 있겠어요?"

거칠고 허탈한 웃음이 터져 나왔다. 엘이 아차 하는 표정으로 시녀들을 살피자 루드비히가 조용히 말했다.

"아침까진 깨어나지 않을 겁니다."

"그렇군요, 다행이에요. 루드비히가 여기 있는 걸 보면 즉시 자일스나 황제에게 알릴 게 분명해요. 내게서 작은 것 하나라도 알아내기 위해 모든 불편을 감수하는 사람들이 그런 걸 놓칠 리 없을 테니까요. 저들은 내가 감시받고 있다는 걸 알고 있으리라는 생각은 하지 못할 거에요. 날 허수아비나 살아 있는 인형으로 알거든요. 마치 손대면 안 되는 값비싼 장식품 정도로요. 이런, 자꾸 신세 한탄만 늘어놓게 되는군요."

엘은 루드비히에게 구슬픈 미소를 지어 보였다. 신비스러운 그림자가 은회색 눈동자를 스쳐 갔다. 갑자기 루드비히가 몸을 일으켰다.

"시간이 늦었습니다. 전 이만 돌아가겠습니다."

"잠깐만요!"

엘은 서둘러 그의 옷자락을 잡았다. 야무지게 움켜쥔 손을 흘긋 내려다본 루드비히가 엘에게 시선을 올렸다.

"나도 이곳에서 나가야겠어요, 루드비히. 더는 있고 싶지 않아요. 아무 곳으로나 데려다 줘요. 황궁을 벗어난 곳이면 어디라도 좋아요."

침대에서 내려오던 엘은 자신의 옷차림을 깨닫고 서둘러 옷가지들을 챙겨 들었다. 그녀는 목이 높고 장식이 없는 옅은 푸른빛의 긴 잠옷을 입고 있었다.

"잠시만 기다려 줘요. 금방 갈아입을게요."

"그러지 마십시오."

"시간없으니까 그냥 가져가라는 말이에요? 그래요, 루드비히 말이 맞아요. 이런 데다 시간을 낭비할 수는 없죠."

"아닙니다. 이곳을 나가는 건 저 혼자라는 뜻입니다."

엘은 귀를 의심하는 표정으로 커다랗게 뜬 눈을 깜박였다.

"루드비히 혼자 간다고요? 나까지 함께 이동하는 게 힘들어서 그래요?"

"물론 그건 아닙니다."

잘난 체하는 말투가 아닌, 그저 사실을 인정하는 듯한 담담한 목소리였다.

"이건 말도 안 돼… 왜요? 왜 날 도와주지 않는다는 거예요? 이유가 뭐예요?"

"특별한 이유는 없습니다. 단지 마음이 내키지 않을 뿐입니다."

그녀는 놀랍도록 솔직한 답변에 할 말을 못 찾고 입술을 벙긋할 수밖에 없었다. 루드비히가 그런 그녀에게 작별 인사를 대신하듯 조금 비딱한 미소를 건넸다.

엘은 그가 사라지려 하는 찰나를 놓치지 않고 단호하게 입을 열었다.

"루드비히 라스카 반 리오넨, 어서 날 밖으로 인도하시오. 명령이오."

루드비히가 미끄러지듯 서서히 얼굴을 돌렸다. 두 사람의 눈이 뒤엉켰다. 망자의 숨결처럼 차디찬 은회색 눈동자가 엘의 뇌리 속으로 곧장 파고들었다.

"명령이라… 내가 그 말을 따라야 하는 이유는?"

엘은 흠칫했다. 가슴이 방망이질 치기 시작했다. 루드비히에게서 전해지는 어떤 압도적인 느낌 이 그녀를 바짝 긴장시켰다. 그녀를 위압하고 무릎 꿇리려 하는 듯한 강한 힘이 눈에 보이는 것처럼 또렷이 다가왔다.

"루드비히는 평범한 사제님이 아니에요, 그렇죠?"

엘은 깊이 생각하지 않고 표면에 떠오른 느낌 그대로 말했다.

루드비히는 입을 열지 않았다. 엘도 대답을 듣지 못하리란 걸 이미 사실로써 받아들이고 있었다.

"루드비히가 내 말을 따라야 하는 이유에 대해 물었죠? 지금 답변해 드리죠."

엘은 루드비히의 시선을 단단히 붙잡았다. 그리고 강경하게 말했다.

"왜냐하면 내가 달의 아이이기 때문이에요."

왜 이런 터무니없는 억지를 부리는 건지, 그녀 자신조차 알 수 없었다. 엘은 그저 그녀를 누르려 하는 압력에 굴복하고 싶지 않았을 뿐이다.

"그렇기 때문에 루드비히는 내 요구를 거절하면 안 되는 거예요. 루드비히가 아무리 높은 사제님이라 해도, 아니, 설령 법황 성하시라 해도 마찬가지예요. 설마 치사하게 내 말을 법황 성하께 이르는 건 아니겠죠? 아무튼 여긴 아시리움이 아니라 리아잔 제국의 황궁이니까 이곳에선 싫든 좋든 내 말을 따라야 하는 거예요."

루드비히의 눈에 묘한 이채(異彩)가 반짝였다.

"따르지 않으면 어떻게 되는 겁니까?"

"따르지 않으면 당장 이곳에서 나가야 하는……."

실수를 깨달은 엘이 혀를 깨물었을 때 루드비히의 입술엔 어느새 미소가 그려져 있었다. 엘은 바보 같은 자신을 향해 욕을 퍼부어야 할지, 예전처럼 편안한 모습으로 돌아온 루드비히를 보며 기뻐해야 할지 갈피를 잡을 수 없었다.

"재미있는 궤변 잘 들었습니다. 그럼 지체 높으신 달의 아이 말씀을 받들어 전 이만 여길 나가겠습니다."

약 올리듯 입귀를 들어 올린 루드비히가 한순간 모습을 감췄다.

"제기랄! 루드비히, 돌아와요! 명령이에요! 명령이라고요!"

나지막한 웃음소리가 희미하게 울리더니 이내 사라져 버렸다.

엘은 자신이 왜 안도감을 느끼는지 모르겠다는 말을 투덜대며 지금껏 방패처럼 가슴에 꼭 안고 있던 옷가지들을 떨어뜨렸다.

"무슨 중요한 일이 있다고 여기까지 찾아온 거냐?"

마르키젤이 굵은 눈썹을 꿈틀거리며 성가시다는 표정을 지었다. 가프네는 한 대 얻어맞기라도 한 듯 움찔하며 구부정하게 어깨를 좁히고 고개를 숙였다. 그녀는 마르키젤을 쳐다보기도 힘들 만큼 겁에 질려 있었지만 사실 그는 여자에게 폭력을 휘두르는 사람이 아니었다. 더군다나 마르키젤은 자신이 한 번도 여자를 손찌검하지 않았다는 걸 은근히 자랑스러워하고 있었다. 비록 황제란 지위에 따른 여자들의 순종적인 태도와 여자는 남자보다 열등한 존재라는 편견에서 기인한 거라 해도 그의 자부심은 흔들리지 않았다. 때문에 그는 가프네의 답답한 행동으로 인해 짜증이 치밀어 올랐음에도 불구하고 그걸 내색하지 않으려 일부러 점잖은 어조를 사용했다.

"무슨 일로 날 만나러 왔는지 묻고 있지 않소. 어서 말해 보시오,

황비."

"저… 폐하, 올리고 싶은 청이 있습니다."

"그게 뭐요?"

가프네 황비는 용기를 내기 위해 바짝바짝 타 들어가는 입술을 축이고 싸늘한 손을 맞잡았다.

"야노쉬 공작과 아르벨라의 혼인을 취소해 주십시오, 폐하."

"뭐, 뭐… 뭐라고?"

입을 크게 벌리고 있던 마르키젤이 목에 커다란 덩어리가 걸린 것처럼 꺽꺽대는 어조로 물었다.

"아르벨라의 혼인을 없었던 일로 해주십시오. 제발, 제발 부탁드립니다, 폐하."

"말도 안 되는 헛소리 집어치워라! 혼인을 취소하라니! 이제 사흘밖에 남지 않은 혼인을 취소하라니! 네가 지금 제정신인 거냐?!"

마르키젤이 거칠게 역정을 냈다.

"폐하, 아르벨라는 야노쉬 공작을 싫어합니다. 아니, 싫어하는 것 정도가 아니라 소름 끼치게 혐오스러워합니다."

"철딱서니없는 것! 야노쉬 공작이 그럴듯한 미남이 아니라서 투정하나 본데, 그는 웬만한 왕들은 따라오지 못할 권력과 재력을 갖고 있단 말이다. 더군다나 날 뒷받침해 주는 가장 든든한 조력자이기도 하고. 이번 혼인이 성사되면 난 더욱 강력한 힘을 갖게 될 테고, 그로 인해 리아잔을 완벽하게 내 뜻대로 통치할 수 있게 되는 거다. 내가 그토록 원하던 바르테즈를 손에 넣을 수 있는 기반이 마련……."

자신이 불필요한 말을 늘어놓고 있었다는 걸 깨달은 마르키젤이 입을 다물었다.

"폐하께서 심사숙고하셔서 내린 결정임을 잘 알고 있습니다. 하지만 제발 아르벨라의 마음도 헤아려 주십시오. 폐하께선 그 아이의 군주가 아니십니다. 부디 그 불쌍한 아이의 아버지이심을 기억해 주십시오."

마르키젤의 얼굴이 검붉게 물들며 일그러졌다.

"감히 너 따위가 날 가르치려 드는 거냐? 페르가몬의 딸이라며 나타난 계집애 때문에 가뜩이나 심기가 불편한 내게 그 따위 말을 지껄이다니! 명색이 어미라는 게 이토록 한심하고 멍청하니 아르벨라까지 앞뒤 구분 못하는 게 아니냐? 썩 나가라! 네 얼굴만 보면 울화가 치밀어 오른다! 어서 꺼져라!"

"폐하, 아르벨라가 야노쉬 공작을 싫어하는 이유는 그의 외모가 마음에 들지 않아서도, 나이가 많아서도 아닙니다."

"닥쳐라! 듣기 싫다!"

사납게 책상을 내려친 마르키젤이 손을 위협적으로 치켜들고 가프네에게 돌진했다.

"아르벨라는 여섯 살 때 겁탈당했습니다!"

가프네가 절박하게 부르짖었다. 마르키젤이 천천히 팔을 내렸다.

"지금 뭐라고 한 거냐?"

"야노쉬 공작이… 그 짐승 같은 놈이 여섯 살, 그 어리고 연약한 아르벨라를… 내 딸을 겁탈했단 말입니다."

"좀 더 자세히 말해 봐라."

"야노쉬 공작은 시녀들과 숨바꼭질하며 놀고 있던 아르벨라를 감언이설로 꼬여 아무도 없는 온실로 데려갔습니다. 그리고 거기서… 아르벨라의 옷을 강제로 벗기고… 그 아이를… 아르벨라… 내 어린 아기를……."

뼛속까지 곪아버린, 결코 치유될 수 없는 상처가 되살아나자 가프네는 가슴을 부여잡고 흐느끼기 시작했다.

"아무한테도… 말할 수 없었습니다… 밤마다… 비명을 지르며… 몸부림치는… 그 아이의 입을… 제 손으로… 막아야 했습니다……."

마르키젤이 부들부들 몸을 떨며 이를 갈았다.

"어린아이를 좋아한다는 건 알고 있었지만 감히 내 딸에게까지 손을 대다니! 야노쉬, 내 이놈을!"

"폐하, 혼인을 취소해 주십시오!"

쓰러지듯 무릎을 꿇은 가프네가 절절한 아픔이 배어든 얼굴을 치켜들었다.

"간절히 부탁드립니다. 아르벨라는 야노쉬 공작과 혼인하느니 차라리 목을 매겠다는 말까지 했습니다. 폐하, 그 가련한 아이를 불쌍히 여기시어 우리 아르벨라를 사지로 밀어 넣지 말아주십시오."

"아니, 그럴 수 없다. 이제 와서 혼인을 취소하는 건 불가능하다. 아니, 오히려 두 사람의 혼인을 무슨 일이 있어도 성사시켜야 한다는 생각이 강해졌다."

가프네가 숨을 헐떡였다.

"그, 그게 무슨 말씀이십니까, 폐하?"

"그럼 그 더럽혀진 아이를 야노쉬 공작이 아니면 누가 거둔단 말이냐?"

마르키젤이 잔인한 말을 내뱉었다.

"더럽혀졌다니요? 폐하, 그렇지 않습니다! 절대 그렇지 않습니다! 아르벨라는 상처 입은 것뿐입니다! 조금도 더럽혀지지 않았습니다! 더러운 건, 진짜 더럽고 추악한 건 바로 야노쉬 공작입니다!"

새된 외침이 쏟아졌다.

"내 마음은 절대 변하지 않을 것이다. 그러니 더 이상 귀찮게 하지 말고 어서 나가라."

가프네는 모든 얘기가 끝났다는 듯 걸음을 떼는 마르키젤의 다리에 필사적으로 매달렸다.

"제발 다시 한 번만! 혼인을 취소할 수 없으시다면 조금만 늦춰주십시오, 폐하. 제가 그동안 아르벨라를 달래보겠습니다. 제발 그것만이라도 허락해 주십시오."

마르키젤이 거칠게 다리를 빼냈다.

"밖에 누구 없느냐?!"

시종과 시녀들이 허겁지겁 안으로 들어왔다.

"부르셨습니까, 폐하?"

"황비를 거처로 데려가라."

마르키젤이 가프네에게 등을 돌리고 섰다. 가느다란 흐느낌만이 무거운 침묵 위를 떠다녔다. 황비의 몸에 손을 댈 수 없는 시종들이 뒤로 물러서자 네 명의 시녀들이 가프네를 부축해 몸을 일으켜 세웠다. 그리고 휘청거리는 그녀를 단단히 지탱한 채 조심스럽게 걸음을 옮겼다. 모든 걸 잃어버린 사람처럼 하얗게 색이 바랜 얼굴을 타고 서러운 체념의 눈물이 끊임없이 흘러내렸다.

*   *   *

감시의 눈길이 모두 사라지자 엘은 재빨리 침대에서 내려와 옷을 갈아입었다. 그리고 카펫에 주저앉아 등을 곧추세우고 눈을 감았다. 기회는 단 한 번밖에 없었다. 그것을 잡지 못하면 계획은 먼지처럼 흩어져 버릴 테고, 그로 인해 그녀는 더욱 현실과 멀어지고 세상에서 고립될 것이다.

엘은 마음을 진정시키기 위해 깊이 숨을 들이마셨다. 그리고 오직 한곳에 모든 정신을 집중시켰다. 어느새 익숙해진 감각이 몸 구석구석을 휘돌기 시작했다. 엘은 충분하다는 판단이 설 때까지 긴장을 늦추지 않았다.

마침내 이제 됐다는 확신이 들었다. 그 즉시 엘은 지체하지 않고 움직여 미리 준비해 둔 물건들을 허리춤에 찔러 넣었다. 그리고 그 위에 긴 외투를 걸쳤다. 이것으로 모든 준비가 끝났다. 남은 건 갖추어진 것들을 그녀가 잘 실행하고 제어할 수 있느냐의 문제뿐이었다.

엘은 당당한 태도로 문을 열었다. 문밖을 지키고 있던 경비병과 시종들이 놀란 눈으로 그녀를 살폈다.

"잠이 오지 않으니 잠깐 정원을 산책해야겠어요."

"전하, 그건 그리 좋은 생각이 아니신 것……."

엘은 시종의 말을 뒤로하고 정원으로 나 있는 출구를 향해 걸어갔다. 급한 마음에 자꾸만 걸음이 빨라지려 했다. 그녀는 마음속으로 숫자를 세며 그것에 발을 맞췄다. 그녀의 행동을 수상쩍게 보는 사람이 한 명이라도 있다면 계획은 실패로 돌아갈 것이다.

정원으로 나서자 별궁 주변을 지키고 있던 기사들까지 그녀를 뒤따르는 무리에 합세했다. 엘은 아름다운 풍경을 음미하는 것처럼 천천히 움직이며 사람들의 얼굴을 살폈다. 다행히 미심쩍은 기색을 드러낸 사람은 보이지 않았다. 사실 엘은 그들의 의심을 잠재우기 위해 사흘 전부터 하루에 두세 번씩 정원을 거닐다 얌전히 들어가곤 했다.

"어, 이게 무슨 소리지?"

젊은 시녀가 옆에 서 있는 비슷한 연배의 다른 시녀를 향해 소곤댔다.

불분명하던 소리가 양철 그릇을 서로 맞부딪치는 것같이 요란하게 변하더니 급속도로 커지기 시작했다. 사람들이 머리를 갸우뚱거리며 소리가 들려오는 먼 하늘을 바라봤다. 희미한 산 자락 쪽에서 기다란 선이 나타나는가 싶더니 곧 거대한 물결이 서서히 하늘을 덮어왔다. 급속도로 넓어지고 가까워지는 무시무시한 장막이 해를 가리며 대지를 검게 물들였다.

"저, 저건 새야. 새 떼야."

한 기사가 넋이 나간 어조로 중얼거렸다. 그는 계속해서 입술을 움직였지만 나머지 말은 섬뜩할 정도로 다가든 새들의 날갯짓과 울음소리에 삼켜지고 말았다. 황궁의 하늘을 온통 점령한 수만 마리의 새 떼가 빛덩어리처럼 땅을 향해 곤두박질치다 사람들을 스치며 힘차게 비상했다.

공포에 질린 비명이 곳곳에서 터져 나왔다. 미처 별궁으로 몸을 피하지 못한 사람들이 머리를 감싸며 바닥에 엎드렸다.

엘은 말 그대로 새 떼를 헤치며 침착하게 나아갔다. 사람들에게서 웬만큼 떨어진 곳에 이르자 그녀는 허리춤에서 단도를 빼어 들었다. 그리고 머리카락을 한 움큼 잡은 다음 날카로운 칼날을 들이댔다. 서너 번 같은 행동이 이어지자 어느새 엘의 머리는 목에 닿을 정도로 짧아지게 되었다.

그녀는 단도를 제자리에 집어넣고 작은 주머니에 넣어둔 야크 다섯 개를 손바닥에 쏟았다. 엄지 손톱만한 크기의 야크는 귀족들이 주로 간식으로 즐기는 값비싼 나무 열매였는데 초록빛을 띠고 있는 껍질 속엔 진한 붉은색 알맹이가 들어 있었다. 엘은 야크를 짓이긴 다음 선혈처럼 흘러내리는 즙을 얼굴과 목에 발랐다. 그런 다음 저만치 보이는 궁문을 향해 헐레벌떡 달려갔다.

"도와주세요! 도와주세요! 새가, 새 떼가 사람들을 공격하고 있어요!"

엘은 숨을 헐떡이며 다급하게 소리쳤다.

궁문을 지키고 있던 기사들이 피투성이처럼 보이는 그녀의 얼굴을 대하고 창백하게 질렸다.

"제발 도와주세요, 기사님들!"

"우린 이곳을 떠날 수 없다. 하지만 도와줄 기사들이 이미 안으로 들어갔으니 이제 곧 괜찮아질 거다. 그러니 진정해라, 얘야."

"전하께서 많이 다치셨어요! 가서 어의님을 빨리 모셔와야 해요!"

울먹이며 말한 엘은 어서 가라는 기사들의 격려를 뒤로하고 힘껏 내닫기 시작했다. 그녀는 그들의 시선이 더 이상 따라붙지 못하는 곳에서 달리기를 멈췄다. 그리고 외투 자락을 뒤집어 얼굴과 목을 닦았다.

엘은 길게 이어진 돌길을 재빠르게 걸었다. 몇 걸음 걷기도 전에 황궁 전제가 들썩이고 있다는 걸 쉽게 알 수 있었다. 별궁을 향해 뛰어가는 병사와 기사들, 시종과 시녀들 무리가 쉴 새 없이 곁을 스쳐 갔다. 그들 중 누구도 그녀를 알아보지 못했지만 엘은 단 한 순간도 경계를 늦추지 않았다.

그녀가 조금이나마 긴장을 푼 건 황궁을 완전히 벗어나 영업 마차에 올랐을 때였다.

"칼 베리만 재상님의 저택으로 가주세요."

엘은 허리에서 단도를 꺼내 들었다.

"돈은 없지만 대신 이걸 드리죠."

색다른 마차 삯을 본 마부가 놀란 표정을 짓더니 순순히 팔을 뻗었다. 엘은 단도에 닿으려 하는 먼지투성이 손을 바라보다 입술을 질끈 깨물었다.

"아니오, 다른 걸로 하겠습니다!"

숨 가쁜 외침이 터져 나왔다. 단도를 지키려는 듯 엘은 어느새 몸을 옆으로 틀고 있었다.

"이 외투를 드리겠습니다."

엘은 재빨리 옷을 벗어 마부에게 내밀었다. 떨떠름한 표정을 짓고 있던 마부가 마지못한 기색을 내보이며 외투를 받았다.

곧 마차가 움직이기 시작했다. 엘은 옆에 내려놨던 단도를 집어 들었다. 손에 잔뜩 힘이 가해졌다. 마치 칼날을 쥐고 있는 것처럼 단도 자루가 살을 파고들었다. 엘은 꼼짝 않고 단도를 내려다보다 허리춤에 그것을 밀어 넣었다. 그리고 힘없이 눈을 감았다.

*　　　　*　　　　*

클레르몽은 침구를 말끔히 정리한 다음 벗어놓은 옷을 개어 침상 위에 내려놨다. 몸을 펴며 그는 팔 소매와 아랫단이 해진 초라한 겉옷을 집어 들었다.

지금까지 머물던 방을 둘러보는 클레르몽의 눈엔 착잡함이 어려 있었다. 이제 이곳을 나가야 한다는 건 알고 있었지만 발걸음이 떨어지려 하지 않았다. 당장 갈 곳도, 의지할 사람도 없는 그로서는 이 작은 안식처를 떠나는 것이 두렵기만 했다. 하지만 언제까지나 식객 노릇을 할 수는 없었다. 그를 도와준 친절한 농부에게 더 이상의 신세를 진다는 건 도리에 맞지 않았다. 골목에 쓰러져 정신을 잃고 있는 그를 거두어 정성껏 보살펴 준 은인을 떠올리며 클레르몽은 마음을 다잡았다.

그는 끼고 있던 반지를 빼내 옹이진 작은 탁자 위에 올려놨다. 반지 하나로 은혜를 갚을 수는 없겠지만 이렇게라도 고마움을 표시하고 싶었다.

클레르몽은 반지 자국이 선명한 손가락을 쓸어보았다. 흉터처럼 새겨진 불그스름한 자취마저 사라지면 그에게 남아 있던 과거의 흔적은 깨끗이 씻겨 나가게 될 것이다.

클레르몽은 손을 꼭 움켜쥔 다음 마지막으로 다시 한 번 방을 둘러봤다. 그가 막 걸음을 내디디려 할 때였다. 문 두드리는 소리가 들리더니 중년 남자가 모습을 보였다.

"인사도 못 드리고 가나 했는데… 그동안 정말 고마웠습니다. 베풀어주신 은혜, 잊지 않겠습니다."

클레르몽은 부드럽게 미소 띤 얼굴로 정중히 목례를 했다. 그가 채 고개를 들기도 전에 순박한 농부로만 알고 있던 중년 남자가 지금까지와는 전혀 다른 근엄한 목소리로 말했다.

"오프리트 베른 클레르몽은 예를 갖춰 법황 성하의 뜻을 받드시오."

튀어나올 듯 눈을 크게 뜨고 입술을 벌리고 있던 클레르몽은 남자의 엄격한 시선과 마주치는 순간 바닥에 무릎을 꿇었다.

"신 오프리트 베른 클레르몽, 법황 성하의 뜻을 받들겠습니다."

바닥에 닿을 듯 조아린 머리 앞에 정교한 나무 받침이 놓여졌다. 받침 위엔 대사제의 인장과 봉인된 문서가 올려져 있었다.

"성하께서 클레르몽 대사제에게 두 가지 중 하나를 선택할 수 있는 기회를 내리셨소. 만약 인장을 잡으면 다시 아시리움 성전의 대사제로 복귀하게 될 것이오. 성하께선 그에 따른 안전상의 문제를 해결해 주시겠다는 뜻을 밝히셨소. 하지만 인장이 아닌 문서를 선택하면 대사제는 클레르몽이란 이름을 버리고 완벽히 다른 이로 살아가게 되는 것이오. 그 문서엔 대사제가 갖게 될 새로운 신분과 이름이 적혀 있소. 물론 아시리움에서 앞으로의 평안한 삶을 보장해 줄 것이오."

클레르몽은 자신의 인생을 결정지을 두 가지 물건을 뚫어지게 응시했다. 그에게 생각할 시간을 주려는 듯 잠시 입을 다물고 있던 남자가 더욱 엄숙하게 말했다.

"선택하시오, 오프리트 베른 클레르몽."

마음을 정한 클레르몽이 신중하게 팔을 뻗어 문서를 집어 들었다.

"좋소, 일어나시오. 지금 밖에 마차가 준비되어 있소."

"잠시만 기다려 주십시오!"

클레르몽은 걸음을 떼는 남자를 다급히 불러 세웠다.

"무슨 일이오?"

"시간을 좀 주십시오. 부탁합니다. 다녀올 데가 있습니다. 과거를 버리기 전에 꼭 만나고 싶은 사람이 있습니다."

"불가능하오. 지금 마차에 오르지 않으면 그 문서는 휴지 조각이 될 것이오."

기계적으로 나열되는 메마른 목소리가 간절한 염원을 잘라 버렸다. 클레르몽의 어깨가 힘없이 늘어졌다. 밖으로 나가려던 남자가 바스러질 듯 약하고 초라해 보이는 클레르몽을 흘깃 쳐다봤다. 그의 얼굴에 망설이는 기색이 나타났다.

"마차를 타시오. 마차에서 내리는 순간 만나고 싶어하던 얼굴을 보게 될 것이오."

클레르몽이 번쩍 고개를 치켜들었다. 남자를 바라보는 그의 눈가에 물기가 아른거렸다. 그는 떨리는 입술을 움직여 목메인 어조로 말했다.

"성하께 한말씀만 전해주십시오. 성하를 모신 지난 3년이 제 인생에 있어 가장 소중한 시간이었다고……."

*　　　*　　　*

"날 만나고 싶어한다는 사람이 자네인가?"

엘은 안도감을 느끼며 칼 베리만을 돌아봤다.

"엘!"

버럭 소리친 칼 베리만이 흠칫하더니 날카롭게 주위를 살폈다.

"어서 이쪽으로 오십시오."

엘을 비밀스런 내실로 데려간 칼 베리만이 그녀에게 의자를 권하고 맞은편에 앉았다.

"절 찾는 사람이 엘일 줄은 상상도 못했습니다. 그나저나 어떻게 이곳까지 오신 겁니까?"

"조금 소란을 피운 다음 그 틈을 이용해 빠져나왔어요. 그것보다 칼 베리만, 죄송하지만 저 좀 도와주서야겠어요. 도움을 청할 분이 칼 베리만밖에는 안 계세요."

긴장한 칼 베리만이 몸을 내밀었다.

"어서 말씀해 보십시오."

"좀 뻔뻔한 부탁이에요. 그러니까… 말하고 돈이 필요해요."

"말과 돈이라면… 설마 이곳을 떠나신다는……."

엘이 고개를 끄덕였다.

"예, 그럴 생각이에요. 죄송해요, 칼 베리만. 하지만 이곳에서… 그 삭막한 황궁에서 살고 싶지 않아요. 전 칼 베리만이 생각하시는 그런 사람이 아니에요. 전 페르가몬 황제 폐하의 딸이 아니에요. 리아잔 제국의 후계자라는 말만 들어도 온몸에 소름이 돋는 그저 평범한 여자애일 뿐이에요."

"엘의 마음은 충분히 이해할 수 있지만 이런 상황에서 바드리오를 떠나신다니… 안 됩니다, 엘. 이미 돌이킬 수 없는 지점에 이르렀습니다. 없던 걸로 하고 물러서기엔 너무 많은 일들이 일어났습니다."

칼 베리만은 절실한 바람을 담고 있는 보라색 눈동자를 들여다봤다.

"부탁드립니다, 엘. 마음을 바꾸십시오."

"그럼 그곳으로… 다시 황궁으로 돌아가란 말씀이세요?"

"지금으로선 그게 최선입니다."

엘의 얼굴에 파리한 그늘이 내렸다. 탁자를 바라보고 있던 그녀가 이윽고 시선을 들었다.

"제가 이대로 바드리오를 떠난다면, 그래서 아무도 찾지 못하는 곳으로 숨어버린다면 어떤 일이 벌어질까요?"

"숨는다는 건 불가능합니다. 엘이 모습을 감춘다면 세상은 엘이 달의 아이가 아니라서 도망친 거라 믿을 겁니다. 그럼 아시리움 측에서 움직이지 않을 수 없게 됩니다. 자신들을 두 번이나 속인 죄인을 잡지 않으면 그 이름에 치명적인 상처를 입게 될 테니까요. 그것뿐만이 아닙니다."

칼 베리만이 무거운 한숨을 내쉬며 피곤한 듯 등을 기댔다.

"리아잔 제국 또한 가만있지 않을 겁니다. 비록 모습이 보이지 않는 다 해도 엘이 세상 어딘가에 살아 있다는 것만으로도 그들은 불안할 겁니다. 어느 날 자신들의 자리가 무너질지 모른다는 두려움이 항상 따라다니게 될 것입니다. 그렇기 때문에 어떤 방법을 써서라도, 설령 평생이 걸린다 해도 엘을 찾아내 제거하려 할 겁니다."

엘은 눈을 감은 채 칼 베리만의 말을 듣고 있었다. 스스로 막아버린 시야였지만 눈을 떠도 언제까지나 어둠 속을 벗어나지 못할 것 같다는 생각이 들었다.

"괜찮으십니까? 어디가 불편하신 겁니까? 갑자기 현기증이 나신 겁니까?"

칼 베리만이 걱정스럽게 외쳤다. 그의 목소리가 뇌리 깊숙이 울리는 순간 엘은 자신이 못난 자포자기에 빠져 있었음을 깨달았다.

그래, 난 아무것도 하지 않은 채 지레 겁을 먹고 있었어. 내가 친 울타리 안에 갇혀 이건 내 일이 아니라고 그저 고개만 가로젓고 있었던 거야.

"대체 이 일을 어떡한담. 엘, 눈 좀 떠보십시오!"

"전 괜찮아요, 칼 베리만."

엘은 근심 어린 갈색 눈동자를 향해 부드럽게 미소 지었다.

"그저… 어떤 생각에 잠겨 있었어요. 걱정시켜 드려 죄송해요. 그런데 궁금한 게 있어요, 칼 베리만. 제가 별궁에 있는 동안 무슨 일이 벌어진 것 같은데 누구도 말해 주는 사람이 없어요. 물어봐도 모른다는 말만 되풀이하더라고요."

"혹시 반지에 대해 하셨던 말씀 기억나십니까?"

"반지라고요? 제가 반지 얘기를 칼 베리만께 했다고요?"

반문하는 엘의 말투에서 칼 베리만은 그녀가 조금도 기억하지 못한 다는 걸 알 수 있었다.

"화형식이 있던 날, 어렸을 때부터 몸에 지니고 있었던 물건이 없느 냐는 질문을 했습니다. 그때 엘이 반지를 언급하셨습니다. 그리고 그 반지를 리오란 사람에게 주었다는 식의 말씀도 하셨습니다."

귀를 기울이고 있던 엘이 진지하게 답했다.

"예, 어렸을 때부터 갖고 있던 반지가 있긴 해요. 제가 직접 몸에 지 니고 있진 않았지만요. 할머니께서 반지를 주셨어요… 돌아가시기 바 로 전에요."

"어떻게 생긴 반집니까?"

"남자 반지예요. 가운데 연한, 그러니까 꼭 달빛 같은 빛을 내는 돌 이 박혀 있고, 그 옆으로 이상한 문양이……."

"맞았군요! 바로 그겁니다!"

흥분을 못 이긴 칼 베리만이 의자를 밀치며 일어섰다.

"그걸 리오란 사람에게 주었습니까? 그 리오란 사람은 체르몬 국의 왕자 전하가 맞으신 거겠죠? 그분은 지금 어디 계신 겁니까? 어딜 가야 찾을 수 있는 겁니까?"

칼 베리만이 연거푸 질문을 쏟아냈다.

"리오는 체르몬 국의 왕자가 맞아요. 제가 그 반지를 리오에게 준 것도 사실이고요. 하지만 리오가 어디 있는지는 저도 모르겠어요. 처 형식 때 잠깐 얼굴을 보긴 봤지만……."

오열하던 리오가 떠오르자 엘의 낯빛이 흐려졌다.

"그렇다면 바드리오에 있을 가능성이 높겠군요."

"그런데 리오는 왜 찾으시려는 거예요? 그 반지 때문인 것 같은데, 그 반지가 그렇게 중요한 건가요?"

"엘이 갖고 있었다는 반지는 후계자의 반지가 틀림없을 겁니다. 후계자의 반지는… 그러니까 리아잔 제국의 통치자들에게 대대로 내려오던 귀한 보물입니다. 그 반지를 꼭 찾아야 합니다, 엘. 폐하께서 아르벨라 황녀님의 혼인식까지 제 예언이 사실임을 입증하라는 황명을 내리셨습니다. 즉, 그날 엘이 달의 아이임을 증명할 수 있는 그 반지를 세상에 내보여야 합니다."

"그래서 리오를 찾고 계신 거로군요."

엘이 심각한 얼굴로 말했다.

"솔직히 말하면 전 왕자 전하를 찾고 있지 않습니다. 그러고 싶은 마음은 간절하지만… 전 지금 철저한 감시를 받고 있습니다. 엘이 저를 만나러 왔다는 사실도 이미 보고가 되었을 겁니다."

"그럼 반지는 누가……."

엘의 입술이 단단히 다물어졌다. 그녀가 무슨 생각을 하는지 알아챈 칼 베리만이 입을 열었다.

"예, 대공께 그 일을 부탁드렸습니다. 아마 대공께서 최선을 다해……."

"필요없다 그러세요!"

엘은 소리 높여 칼 베리만의 말을 잘랐다.

"그 사람의 도움 같은 거 필요없어요. 왜 하필… 왜 하필 그 사람에게 제 일을 말씀하신 거예요?"

"엘… 엘이 왜 이러시는지 저도 압니다."

"아니오, 칼 베리만은 모르세요. 누구도… 그 누구도 알 수 없어요."

잔뜩 잠긴 목소리로 엘은 가만가만 속삭였다.

"그럴지도 모르겠습니다. 하지만, 엘… 이것 하나만은 믿으셔야 합니다. 대공께선 엘이 알고 있는 것 이상으로 엘을 아끼십니다."

안타깝게 그녀를 바라보던 칼 베리만이 속내를 조금 내보였다.

"아니오, 믿을 수 없어요. 칼 베리만껜 죄송하지만 단 한 말씀도 믿을 수 없어요."

하지만 사실입니다, 엘. 대공께선 믿어지지 않을 만큼 엘을 소중히 생각하십니다. 정말 믿기지 않을 만큼 말입니다.

칼 베리만은 눈을 꼭 감았다. 처형식이 열렸던 날 새벽에 있었던 일이 손에 잡힐 듯 생생히 떠올랐다.

칼 베리만은 문을 두드리는 소리에 잠에서 깨어났다. 몸을 뒤척이다 얼마 전에야 겨우 눈을 붙였지만 심상치 않은 예감이 잠기를 단번에 몰아냈다. 그는 부랴부랴 옅은 새벽빛이 깔린 카펫 위를 걸었다. 문을 열어 리자드를 발견한 칼 베리만은 아무 말 없이 몸을 비켰다. 전혀 생각지 못한 일이었지만 미리 예상하고 있기라도 한 것처럼 그는 리자드의 방문을 자연스럽게 받아들였다.

"어서 오십시오, 대공. 지금까지 밖에 계셨던 것 같군요."

"코벨에서 돌아오는 길입니다."

칼 베리만은 그 말에서 모든 걸 짐작할 수 있었다. 그는 창가에 놓인 의자를 권하며 리자드를 살폈다. 평소와 다름없이 그의 움직임엔 힘과 절제가 배어 있었지만 의자에 몸을 묻는 단순한 동작에선 짙은 피로감이 느껴졌다. 흐트러진 청회색 머리카락을 빗어 올리는 손짓에서도 지친 기색이 묻어 나왔다.

리자드는 칼 베리만이 그의 앞에 자리 잡은 후에야 말을 꺼냈다.

"실패했습니다."

담담한 말투에 스며든 고뇌가 느껴지자 칼 베리만은 한동안 입을 열 수 없었다.

"그 말씀은……."

그는 칼칼한 목을 가다듬은 후 다시 말을 꺼냈다.

"그 말씀은 엘을 구해내지 못하셨다는 거겠지요. 역시 그녀를 구하려 하셨군요. 엘이 잡혔을 때부터 대공께서 그러실지 모른다는 생각을 하고 있었습니다."

"칼 베리만께서는 저에 대해 너무나 많은 걸 알고 계십니다. 제 자신보다도 더."

리자드가 어렴풋하게 미소를 지었다. 그늘진 그의 얼굴을 걱정스럽게 응시하던 칼 베리만이 불쑥 물었다.

"술 한잔하시겠습니까?"

"아니오, 생각없습니다. 사실 드릴 말씀이 있어, 아니, 부탁이 있어 찾아뵌 것입니다."

"말씀하십시오, 대공. 제가 할 수 있는 일이라면 최선을 다해 도와드리겠습니다."

리자드가 칼 베리만의 눈을 꿰뚫을 듯 직시했다.

"그 아이를 구해주십시오."

칼 베리만이 멍하니 입술을 벌렸다.

"대, 대공… 그게 무슨 말씀이십니까? 제가 그럴 힘이 어디 있다고……."

"그 아이를 구할 수 있는 분은 오직 칼 베리만뿐이십니다."

"대공, 전 엘을 구할 수 있을 만한 능력이 안 됩니다. 저도 그럴 힘만 있다면 무슨 일을 해서라도 엘을 구하고 싶습니다. 절 향해 환하게 미소 짓던 그 소녀를 살리고 싶습니다. 하지만 대공도 아시다시피 전 무능력한, 그저 그럴듯한 명패를 단 허수아비 재상에 불과합니다. 더군다나 이번 일은 아시리움의 일입니다. 제가 손써볼 만한 그런 단순한 일이 아닙니다. 저보다 대공께서 더 잘 아시지 않습니까?"

칼 베리만이 절실한 마음을 토해냈다.

"아니오, 그렇지 않습니다. 칼 베리만께선 누구도 따라오지 못할 힘을 가지고 계십니다. 그 누구도 무시할 수 없는 능력을 가지고 계십니다."

리자드가 강하게 주장했다.

"대공, 그럼 지금… 제 예언 능력을……."

"예, 바로 그걸 말하고 있는 것입니다."

"대체 무슨 말씀을… 무슨 말씀을… 하시는 겁니까?"

걷잡을 수 없이 떨리는 목소리가 흘러나왔다.

"그 아이가 누구인지 밝혀주십시오. 그것만이 그 아이를 죽음에서 구할 수 있는 유일한 방법입니다."

"하지만 그 문젠 대공께서도 확신하지 못하고 계시잖습니까? 무슨 증거가 있는 것도 아니고… 그저 그럴 가능성이 있다는 한 가지 이유로 엘을 찾아내신 것 아닙니까? 저 역시 이렇다 저렇다 감히 판단할 수 없는 일이고 말입니다. 그런데 어느 누가 그걸 믿어주겠습니까?"

"그렇기 때문에 칼 베리만이 아니면 안 된다는 말입니다."

리자드가 조금 격해진 어조로 말했다. 칼 베리만의 얼굴에 경악이 서렸다.

"그걸 저보고 발표하라는 말씀이시군요. 예언하는 것처럼 속여 세상에 알리라는 말씀이시군요."

"예, 그렇습니다."

"안 됩니다, 대공! 불가능합니다!"

칼 베리만이 숨 가쁘게 소리쳤다.

"힘든 일이라는 건 저도 알고 있습니다. 하지만 다른 방법이 없습니다."

"엘을 살리고 싶어하시는 대공을 이해할 수 있습니다. 또 말씀드렸다시피 저 역시 대공과 같은 마음입니다. 하지만 거짓 예언을 하라니요? 어찌 거짓 예언으로 세상을 속이고, 제 영혼을 더럽히라 하시는 겁니까? 불가능합니다. 당장 죽음이 닥친다 해도 그것만큼은 할 수 없습니다. 죄송합니다, 대공. 하지만 제 심정도 좀 헤아려 주십시오. 이런 말을 할 수밖에 없는 절 이해해 주십시오."

리자드의 턱이 팽팽하게 당겨졌다. 청회색 눈동자에 비친 미명(微明)이 조금씩 어두워졌다. 리자드가 뻣뻣한 동작으로 몸을 일으켰다. 그리고 칼 베리만 앞에 무릎을 꿇었다.

"대공!"

소스라치게 놀란 칼 베리만이 외마디 소리를 질렀다.

"부탁드립니다."

"대공… 대공……."

칼 베리만은 두 눈을 질끈 감았다. 그는 더 이상 말을 이을 수 없었다.

"처음이자 마지막 부탁입니다. 그 아이를 살려주십시오."

리자드의 목소리가 점점 낮게 가라앉았다.

"제 힘으론 할 수 없습니다. 제 힘으론… 그 아이를 구할 수 없습니다."

"일어나십시오, 대공."

칼 베리만은 꽉 막힌 목을 겨우 울려 힘겹게 말을 이었다.

"알겠습니다. 예… 알겠습니다. 그러니 어서 일어나십시오."

대공의 그런 모습, 다시는 보고 싶지 않습니다. 두 번 다시 보고 싶지 않습니다.

칼 베리만은 같은 말을 되뇌며 깊이 빠져들었던 회상에서 벗어났다. 그는 어두운 눈으로 고개를 꺾고 있는 엘을 물끄러미 바라봤다.

잠시 망설이던 칼 베리만은 마침내 결심을 굳히고 내실 안쪽에 놓인 문으로 걸어갔다. 그가 깊숙이 보관하고 있던 상자를 찾아 돌아올 때까지 엘은 얼굴을 들지 않았다.

다시 의자에 자리한 칼 베리만이 상자의 뚜껑을 열고 안에 든 물건을 꺼내 탁자 위에 올렸다.

"엘, 앞에 놓인 걸 보십시오."

눈에 익은 물건을 확인한 엘이 고개를 치켜들었다.

"이건 제가 갖고 온 거잖아요. 제가 직접… 리자드에게 건넨 물건 말이에요."

"맞습니다, 엘. 엘이 아시리움 성전에서 목숨을 걸고 찾은 물건입니다. 그리고 대공께 전하신 물건입니다."

"그런데 왜 이걸 저에게 보이시는 거예요? 그것도 이렇게 반으로 갈라진걸."

"제가 큰 실수를 하는 건지도 모르겠지만, 이미 제 손으로 뚜껑을 열어버렸으니 솔직히 털어놓겠습니다."

칼 베리만이 심란한 표정을 지으며 감추고 있던 비밀을 털어놓았다.

"그 물건은 가짜입니다. 엘은 대공께 가짜를 갖다 드린 겁니다. 그런데도 대공께선 엘에게 그 사실을 전혀 내색하지 않으셨습니다."

엘의 얼굴이 창백하게 질렸다. 그녀는 떨리는 손으로 물건을 집어들었다.

"가짜… 이게 가짜라고요? 그렇게 말씀하신 건가요?"

"예, 그렇게 말했습니다."

칼 베리만은 생각하지 않고 그저 감정대로 움직인 자신의 행동을 자책하며 침울하게 인정했다.

믿을 수 없다는 듯 문양을 몇 번이고 쓸어보던 엘은 손바닥에 느껴지는 거친 감촉을 깨닫고 물건을 뒤집었다. 뒷면엔 이해할 수 없는 글자들이 새겨져 있었다. 엘은 물건의 나머지 쪽을 들어 두 개를 맞대었다.

"루벤스타인 대공… 제 선물이 마음에 드십니까……?"

엘은 혼란스런 시선을 칼 베리만에게 옮겼다.

"누가 이런 글을 새긴 건가요?"

"법황 성하십니다. 어떤 증거를 내밀 순 없지만 그분의 필적이 틀림없습니다."

엘은 거친 숨결을 토해냈다. 시야가 흐려지며 머리가 핑 돌았다. 그녀는 잠시 후에야 띄엄띄엄 말을 꺼낼 수 있었다.

"성하께서… 모든 걸… 아시고… 나를 이용해… 가짜를……."

"죄송합니다, 엘. 충격받으실 줄 잘 알면서도 엘 앞에 그걸 들이대다니… 무슨 말을 해야 할지……."

엘은 손바닥 가득 돌 조각을 움켜쥐었다. 거친 모서리에 살이 패이며 아픔이 느껴졌다.

"정말 잔인하군요. 차라리 도둑이라며 그 자리에서 목을 자를 것이지. 그게 더 자비로웠을 거예요. 왜 나를… 왜 하필 나를……."

목소리가 거칠게 갈라지자 엘은 말을 멈추고 숨을 가다듬었다.

"언젠가 그분을 만나게 되면 왜 저를 이용하신 거냐고 묻고 싶어요. 그럼 전 어떤 대답을 들을 수 있을까요? 너같이 비천한 건 그걸 오히려 자랑스러워해야 한다는 대답일까요? 아니면 감히 성하께 무례한 질문을 했다는 죄목으로 다시 화형대에 묶이게 될까요? 칼 베리만… 대체 저는 얼마나 하찮은 존재인 걸까요?"

엘이 입술을 떨며 가냘픈 웃음을 흘렸다. 칼 베리만은 너무나 고통스러워 보이는 그녀의 눈에서 시선을 뗐다.

"죄송해요, 칼 베리만. 제가 한 못난 투정은 잊어버리세요. 전 이만 돌아갈게요. 더 늦기 전에 제가 돌아갈 수 있는 유일한 곳으로 가야겠어요. 아무도 반겨주진 않겠지만요."

엘은 누구도 자신을 업신 여기거나 상처 입힐 수 없다는 듯 꿋꿋하게 걸음을 옮겼다. 그녀를 따라가던 칼 베리만이 나직하게 속삭였다.

"몸조심하십시오, 엘."

엘은 돌아보지 않은 채 조용히 대답했다.

"전 괜찮을 거예요. 그러니 걱정하지 마세요."

그녀는 문 앞에 멈춰 선 후에야 칼 베리만을 바라봤다.

"고마워요, 칼 베리만… 건강하세요."

"엘도 마찬가지입니다. 엘도 건강하셔야 합니다."

엘은 약한 미소를 그리며 문을 열었다. 다음 순간 앞을 가로막고 있는 청회색 눈동자가 전신을 훑어냈다. 엘은 눈을 질끈 감았다. 작은 실 핏줄이 파리한 눈꺼풀 위에 그려졌다. 리자드가 문을 두드리기 위해 들었던 팔을 천천히 내렸다.

"이, 이런 대공께서 오셨군요."

어쩔 줄 몰라 하던 칼 베리만이 서툴게 침묵을 깼다. 멈췄던 시간이 다시 흐르기 시작했다.

"루벤스타인 대공 전하."

엘은 리자드를 향해 허리를 굽혔다. 그리고 고개를 들어 다시 그와 시선을 맞댔다.

"기쁜 소식을 알려 드리게 되어 영광입니다, 전하. 오늘에서야 제가 갖다 드린 물건이 가짜라는 걸 알게 되었습니다. 이로써 전하와 저 사이를 잇고 있던 한 가닥 줄이 완벽하게 끊어지게 되었습니다. 물론 전하께선 이미 알고 계셨겠지요."

엘은 정중한 미소를 지었다.

"전하께 보고드렸으니 전 이만 물러가겠습니다."

리자드를 스쳐 지난 엘은 쉬지 않고 다리를 움직였다. 그의 눈길이 느껴졌다. 등줄기가 뻣뻣하게 굳어졌다. 그녀는 후들거리는 무릎에 잔뜩 힘을 가했다.

"처형대에 묶여본 소감이 어떠냐?"

리자드가 잔인한 비웃음을 담아 물었다. 엘은 걸음을 멈췄다.

"제법 짜릿할 것 같은데……."

"대, 대공!"

경악한 칼 베리만이 소리 높여 리자드를 불렀다. 하지만 그는 엘에게 시선을 고정한 채 한층 더 도발적인 질문을 던질 뿐이었다.

"수만 명의 시선을 받으니 우쭐한 기분이 들지는 않았느냐? 아니면 처량한 신세타령을 늘어놓느라 미처 음미할 여유가 없었느냐?"

엘은 성난 불길이 자신을 덮치는 걸 느끼며 몸을 돌렸다. 그리고 리자드를 향해 걸어갔다. 그 바로 앞에 도착하자마자 그녀는 팔을 높이 치켜들었다. 리자드가 사납게 내리꽂히는 손목을 낚아챘다.

"이거 놔!"

엘은 이를 악물고 손을 힘껏 비틀었다. 거친 맥박을 휘감은 손가락에 힘이 가해졌다. 마치 그녀를 상처 입히고 싶기라도 한 듯 리자드가 강하게 손목을 조여왔다.

"날 때리고 싶다면 지금보다 최소 열 배는 강해져야 할 거다. 철이 들려면 백 년은 지나야 할 테고."

"대체 당신이 뭔데 그런 말을 하는 거야? 철이 들든 말든 당신이 상관할 일이 아니야! 들었어? 당신이 상관할 일이 아니라고!"

보라색 눈동자에 물기가 차 올랐다. 엘은 이를 갈며 손목을 잡아당겼다. 그녀의 눈을 들여다보고 있던 리자드가 천천히 손가락을 풀었다.

그 즉시 엘은 걸음을 떼었다. 부릅뜬 눈으로 선명하지 않은 문을 노려봤다. 그녀는 터져 나오려 하는 거친 숨결을 참으며 밖으로 나왔다. 그의 시선이 더 이상 느껴지지 않았다. 볼을 타고 흐른 눈물이 차가운 바닥으로 떨어졌다.

*   *   *

문이 닫히자 칼 베리만은 진이 다 빠져버린 사람처럼 힘없이 리자드에게 고개를 돌렸다.

"대공, 왜 그런 말씀을 하신 겁니까? 엘이 지금 얼마나 힘든 상태인지 대공께서 누구보다 잘 아시지 않습니까?"

"저도 모르겠습니다. 정말… 모르겠습니다."

리자드가 거칠게 속삭였다. 칼 베리만을 바라보는 청회색 눈동자엔 알 수 없는, 어떤 아픔 같은 것이 서려 있었다.

"하지만 그 이유가 무엇이든 중요하지 않습니다. 그 아이 말대로 제가 상관할 일이 아니니까 말입니다."

흐트러진 마음을 추스르듯 딱딱한 어조로 말한 리자드가 내실로 들어갔다.

칼 베리만은 단단히 경직된 넓은 어깨에서 시선을 뗐다. 자신이 너무나 무력하게 느껴졌다. 그는 두 사람의 상처를 외면하기엔 자신이 지나치게 많은 걸 알고 있는 건지도 모르겠다는 생각을 하며 고개를 가로저었다.

〈7권으로 이어집니다〉